一頁 folio

始 于 一 页 ， 抵 达 世 界

稻垣足穗 著

[日]

王子豪 译

一千一秒物语

广西师范大学出版社
GUANGXI NORMAL UNIVERSITY PRESS

·桂林·

图书在版编目（CIP）数据

一千一秒物语 / （日）稻垣足穗著；王子豪译.——
桂林：广西师范大学出版社，2022.12
ISBN 978-7-5598-5231-1

Ⅰ.①一… Ⅱ.①稻… ②王… Ⅲ.①幻想小说 –
小说集 – 日本 – 现代 Ⅳ.①I313.45

中国版本图书馆CIP数据核字（2022）第139960号

著作权合同登记号桂图登字：20-2022-075 号

YIQIAN YIMIAO WUYU
一千一秒物语

作　者：（日）稻垣足穗
译　者：王子豪
责任编辑：谭宇墨凡
特约编辑：徐　露　徐子淇
装帧设计：汐　和 at compus studio
内文制作：陆　靓

广西师范大学出版社出版发行

　广西桂林市五里店路 9 号　邮政编码：541004
　网址：www.bbtpress.com
出版人：黄轩庄
全国新华书店经销
发行热线：010-64284815
北京华联印刷有限公司印刷
开本：787mm×1092mm　1/32
印张：13.75　字数：190千字
2022年12月第1版　2022年12月第1次印刷
ISBN 978-7-5598-5231-1
定价：69.00元

如发现印装质量问题，影响阅读，请与出版社发行部门联系调换。

目　次

一 千 一 秒 物 语

* 本篇的标点符号用法悉遵原作。——若无特殊标注，本书注释均为译注。

——哟　大家请到这边来！各色香烟早已备齐　请随意试用

月亮上的来客

从夜景画的黄色窗子里流淌出吉他声　时钟发条松动的声响　巨大的月亮在对面的全景画装置[1]中升起

月亮停驻在离地面约一米的位置　有个戴歌剧礼帽的人从月亮上轻盈地飞身跳下　噢呀！那人惊奇地四望周遭　点着了香烟　沿着林荫道漫步　我尾随其后　落在地上的斑驳树影勾勒出奇妙的形状　在我的注意力被树影吸引的刹那　走在前头的那人消失不

1　全景画装置（kineorama），结合 kinema（电影）和 panorama（全景画卷）的和制英语，明治时代流行的一种表演装置，用彩色光线照射全景画背景以展现景色的变化，类似于我国的西洋镜、拉洋片。

见了　即使侧耳倾听　也听不见任何脚步声　我回到
了原来的地方　月亮不知不觉已经升上高空　只有风
车还在静谧的晚风之中吧嗒吧嗒地旋转

拾星记

某夜　一个绮丽的发光体落入大屋黑魆魆的阴
影里　对面的街角只有一盏煤气灯散发着幽蓝的光
于是　我拾起那物体　揣在兜里　折返回去　走到电
灯下细细端详　那是从天空坠落的死去的星　什么嘛
真无聊！我把它丢出了窗外

礼拜五的黄昏　我走进一家帽子铺　店铺最深
处的巨大镜子映出一个正在挑选领带的青年　恰在此
刻　对方也看向了镜子　我与青年目光交汇　他鲁莽
地冲过来　脑袋探过我的肩膀说

"你小子。"

"什么？"

我转过头答道

"还记得礼拜三晚上发生了什么吗？"

他说

"那谁记得住嘛……"

我回答

"就是这回事!"

青年粗暴地高声呵斥道　只听玻璃窗嘎吱一声
被打开　我重重摔在柏油路大街上

投石事件

"今晚也奔拉在天上呢。"

我朝月亮扔石头　哐当!

"好疼。给我站住!──"

月亮降落在地面　追了上来　我撒腿便逃　翻
过围墙　横穿花田　跳过小河拼命地逃跑　正当我想
要跑过铁道和公路的岔道口　疾行的列车咻的一声呼
啸而过　手足无措的我背后被猛地抓住　月亮把我的
脑袋死死摁在电线杆上　待我恢复意识之时　白茫茫
的雾霭盖在田野上　远处　信号灯的红色眼睛正在哭
泣　我站起身仰头望去　伸出拳头示威　月亮却摆出

一副事不关己的表情　回到家后　我浑身酸痛　还发烧了

　　清晨　街道化作桃色的时分　我想要出门呼吸新鲜空气　走到十字路口　对面走来了一个似曾相识的人

　　"还好吗？昨晚实在是失敬。"

　　他说

　　他是谁呢　想着想着　我回到了家中　桌子上放着一瓶薄荷水

与流星斗殴的故事

　　一天晚上　我看罢歌剧归家的途中　汽车转过街角时撞上了一颗流星

　　"别碍事！"

　　我说

　　"是你方向盘打得太烂了！"

　　流星还嘴道　流星和我在地上扭打作一团　高筒礼帽被压瘪　煤气灯被撞歪　白杨树被折断　我压

倒流星　流星反扑回来　我的头狠狠撞在人行道的路缘石上

　　过了凌晨两点　我才被巡警扶起来　回了家我立刻检查手枪里的子弹　爬上屋顶　躲在烟囱的阴影里静静等待　未几　流星倏地从头顶划过　我再三瞄准　砰！流星画出一道大弧线　坠落在远方月光笼罩的玻璃屋顶上

　　我走下楼梯　关掉电灯　沉沉睡去

口琴失窃记

　　一日黄昏　我出门时迎头撞上一颗流星

　　回过神来　那里空无一人

　　我在悬铃木下一边踱步一边思索　不禁怀疑起那是否是流星　然而　撞了个满怀的瞬间　一顶帽子掉落在地　仔细查看　帽子上还沾着尘土　我朝家的方向奔跑　一冲进屋子就拉开书桌的抽屉　口琴不见了

某夜在仓库角落听到的故事

"月亮出来了呢。"

"那是用马口铁做的。"

"什么？马口铁？"

"是啊，老爷，反正只是个镀镍的玩意罢了。"

（我只听到了这么多）

月 与 香 烟

有天夜里　看完电影回家的路上　我掷出了一块石头

砸中了正在烟囱上唱歌的月亮　月亮缺了一角　月亮涨红了脸怒吼

"赶紧给我恢复原状！"

"非常抱歉。"

"这事儿没完。"

"看在我年纪小的分儿上……"

"不，快给我复原。"

一千一秒物语

月亮不愿宽恕我　但是呢　最后他还是接过一根卷烟并且原谅了我

与月亮吵架的故事

一天晚上　电影散场后　我顺道去了咖啡馆角落的桌旁有个长得像大皮球的家伙正在喝啤酒

"什么嘛，我就说感觉今天哪里怪怪的。已经迟到两个小时了。要是被大伙儿知道你躲在这里喝酒，你铁定要挨揍的。"

我说　像皮球一样的家伙耸了耸肩

"你懂什么。"

他答

"你这样太不负责任了。"

"不负责任又怎样？你快走开。"

"你说什么！"

"你有意见吗？"

当我正想要走出店外拉开架势　身后冷不防飞来一个啤酒瓶　映在吧台的镜子里　所以我稍一偏头

酒瓶嗖的一声从我脸庞划过　　正中镜面　　啪喳!

"卑鄙!"

"说什么呢,你这不良少年。"

"好一个自命不凡的月亮。"

"放马过来!"

"谁怕谁呀!"

月亮抽出匕首　　我抄起椅子　　月亮的伙伴和我的朋友互相抓扯　　厮打作一团　　不知是谁揿下按钮周围顿作漆黑……　椅子在空中交飞　　窗帘滑落　　花盆碎了一地　　我飞起一脚踢中月亮的侧腹部　　月亮反身扫腿踢中了我　　有人抡起桌子　　桌角击中了我的头部　　趁我跟跄站不稳的间隙　　月亮拔腿开溜　　我砰砰砰连开六枪　　还是被月亮逃走了

红十字会的救护车和警察的警车都来了　　他们确认了伤者　　在我向警察交代情况的时候　　月亮摇摇晃晃地从东方的地平线上升起　　我跟宪兵借来步枪在街道上单膝跪地　　瞄准目标　　砰!

月亮头朝下坠落下来

所有人齐声高呼　　万岁!

A MEMORY（一段记忆）

娴静的春月悬于中天　森林　山丘　河流　泛着朦胧的青蓝色　而远方岩山的背脊上流出点点微白光亮

在那里　月光沉静地倾泻着　远方的远方传来笛声　咚　咕　咯　嚸——嚸——　那旋律不由令人哀伤怀恋　只在似有若无之间　轻曼如缕　侧耳倾听随着那笛声的　不知是怨诉还是叹息　仿佛在吟唱又像在说些什么

咚　咕　咯　嚸——嚸——

笛声起　月光再度流泻而下

是时

"也许就是这样的夜——"

不知从哪儿传来这样的喃喃自语

"哎？什么样的夜？"

我惊讶地反问道　那声音却不作答　唯有月光仍在无声落下

片刻后　方才的呢喃声又不知从哪儿传来　漫不经心却又感伤　这回的语气里还夹带着少许嗔怒

"也许，就曾是这样的夜——"

"哎？什么样的？"

我慌张反问　但那声音已经不愿回答

……

我回过神来　从脚边拾起一颗石子　但在朝对面掷去之前　石子便从我手中颓丧地脱落了

蓝色的月夜之下　山丘森林恍然如梦

咚　咕　咯　噼——噼——

A　PUZZLE（不懂的事）

——蝴蝶在月夜变成了蜻蜓

——哎？

——蜻蜓的响鼻高亢尖厉

——什么？

——用擤鼻涕纸钓到了鱼吗

——什么？什么意思？

——不懂的事情才有价值

A CHILDREN'S SONG（一首童谣）

好多月亮

好多月光

这也多　那也多……

月光鬼语

午夜醒来　只听得后院响起蹊跷的人声

"若是如此　在下就露一手吧

"请务必让我见识见识在种子岛[1]令四座胆战心惊

的名弓

"在下明白

"您切不可大意

"一切尽悉——

砰！离弦的箭矢飞向了何方？

1　种子岛，位于鹿儿岛县的岛屿，作为火枪传入日本之地而闻名。此处的
　　"名弓"实指火绳枪。

咔嚓！一声悲鸣响彻中天　裂成两半的月亮好像坠落在了温室的玻璃屋顶　我匆忙踢开挡雨板　飞奔到庭院　一切如常　仍是个恍如白昼般的月夜

某夜的事

某夜　当我吹着口哨走过一条遍布月影的菩提树林荫道　哎——！咚！被一股巨大的力量猛甩了出去

IT'S NOTHING ELSE（就是这样）

根据 A 氏的说法　那着实是一桩不得了的事情　该怎么说好呢　确实是一件叫人目瞪口呆的事情　就是这样

SOMETHING BLACK（黑物）

甫开匣　黑物飞蹿

转眼间　消失不见

匣子中　空空如也

于是乎　一夜未眠

剪断黑猫尾巴之事

有天晚上　我逮住了一只黑猫　用剪刀去剪它的尾巴　啪叽！它顿时化作一阵黄烟　听得头顶“咔！”的一声　我推开窗户　看到没有尾巴的彗星正在逃之夭夭

被撞飞的故事

夜深时分醒来　在电灯熄灭的暗处　小小的蓝色物体正发着光

我摸黑拿起一本书　砰地压住那东西　翌日早晨　挪开书本　那里残留着一撮黄色粉末　闻起来有烟花的味道

正当我满腹狐疑之时　咣！有谁冷不防自背后捶了我的头　可房间里并没有人　我刚想离开房间却从身后被撞飞到了走廊上　再一扭头　砰！鼻尖撞上了紧闭的房门

被弹飞的故事

某夜　我很晚才回家　桌上摆放着一个小圆球

凑近端详　那物体正在渐渐膨胀　惊愕不已之际　它倏地变大　甚至挤满整间屋子　将我推到了走廊上　尽管我从走廊一侧把门锁死　但听见一阵吱嘎声响　锁具突然迸裂飞脱　它从内部溢了出来　无比蔚蓝　继而压断了门的铰链　梆！被挤碎的玻璃窗碎片飞溅而出……

从庭院回去的时候　房间内弥漫着紫色烟雾电灯暗淡　我坐在倾倒的门板上　想了许久许久

被推出去的故事

某夜晚归　我正欲开门　有人从屋内抵住了门　我使尽了浑身力气　但对方也用力顶住　门都快坏了　我强行撬开门　里面空无一人　书桌上放着一本书　我困惑地拿起书　翻开书页的刹那　有什么东西从中翻滚升起　呀　呀　呀　呀　我的肩头被推搡着　直至被推到了走廊……

回过神来　已被推出门外　我看到蓝色群星正在闪耀

接吻的人

月亮深夜漫步在巴黎的近郊　有个人从背后强行扭过月亮的脸颊亲吻了一下　"啊！"　一声惊叫　在煤气灯的映照下　月亮看见那人转过对面街角时的背影　"是那个人。"月亮心想　可是他的真面目无从知晓　月亮苦思冥想了三日　依旧是一头雾水　这件事最后还是不了了之了

为雾所骗的故事

白雾氤氲的夜晚　我在煤气灯的眼皮子底下走入小巷　道路却格外宽阔　且是沥青铺就　两侧是商店橱窗　电灯与煤气灯通明　亮得犹如白昼　漂亮的帽子和衣饰熠熠生辉　却阒然无人　尽管如此　在那里　玻璃窗嘎吱嘎吱的开关声　人群熙熙攘攘的喧闹声　始终不绝于耳　路过的时候　我朝宽敞的店内窥望　仿若游丝的东西在深处的楼梯上纷沓攒动　我忽地感到毛骨悚然　拼命跑过了两三条街　不知何时我已经离开了那条巷　在通往那幢眼熟的黑色建筑的台阶上空空荡荡　只有电灯还在微微颤动……

口袋里的月亮

有天黄昏　月亮走着走着把自己放进了我的口袋　爬坡时鞋带松了　我俯身去系　月亮从口袋里滚落出来　在被骤雨打湿的沥青路上骨碌骨碌骨碌骨碌地滚动着　尽管月亮追了上去　月亮却在加速度作用

下不断滚远　月亮与月亮之间的距离愈发遥远　就这样　月亮在坡下的蓝色雾霭中迷失了自己

叹息的归去者

昨夜　有谁来到我的枕畔　不断在说些什么可我根本听不懂那些话语的含义　所以只好保持缄默那人长叹一声后就归去了　现在想来　昨夜的访客也许是从透着乳白色的夜空中降落的月亮

射止大雨的故事

敞开窗户　雨仍在下　我把子弹装填进步枪瞄准漆黑夜幕的中心扣动扳机　"咔"的一声　美利坚星条旗的天空霎时在头顶飘扬　铺展开来

月光私酿者

　　某个夜晚　时近天明　阳台上似有人声　我从锁孔向外窥探　只见两三条黑影正围着奇怪的机械打转——我想起一条报道：近来　一伙犯罪分子在伦敦出没　他们发明出了某种秘密装置　待到明月高悬永夜时刻　便在别人家的阳台上借月光酿酒　我用自动手枪对准锁孔射击　砰砰砰砰砰……　只听到玻璃碎片砸落在屋檐和道路上的声音

　　我推开门正打算飞身奔出　却有风一般的流体交替涌入　将我吹倒　恢复意识之后　我来到阳台空荡无人　一只瓶子被停放在屋檐一角　我拾起它在月光下观照　瓶中盛着似水一样的液体　轻轻摇晃软木塞径自飞了出去　叭兵！　声音在夜晚寂静而清冷的空气中回荡　从瓶口升腾出大量蒸汽　眨眼间溶解在月光里……

　　我始终盯着瓶子　直到里面什么都没有留下仅此而已　只是月亮隐约比平日更泛出一丝青蓝

捕捉彗星的故事

夜深了　我出门去捕捉彗星

我把摩托车停在七叶树下　走上石阶　道路左旁立着一间漆黑的小屋　拿手电筒照过去　其上有白色字迹：HÔTEL DE LA COMÈTE[1]

我推门却纹丝不动　我拿出小刀把锁头撬开冲进屋内的瞬间　地板骤然塌陷　我悬浮在星光璀璨的虚空之中……　仔细看去　小屋的天顶刺破夜空我躺在镜中的地下室的地面上　当我心中困惑　方要起身的刹那　乓！　像被什么推搡了似的　我发觉自己仍伫立在那棵七叶树下　手里攥着一张纸片我擦亮火柴去看　上面用铅笔写着：Ne soyez pas en colère[2]！

1　法文，意为"彗星旅馆"。
2　法文，意为"不要生气"。

食星记

某晚　一个发白的物体落在了露台上　我把它含在口中　冰凉凉的　味道有点像钙

这究竟是什么呢　我正思忖着　不料忽而失足坠落　那星星般的物体从我口中飞出　拖曳着尾巴向屋顶逸去　消失无踪

我从铺路石上坐起的时候　黄澄澄的窗户正在月下哂笑着我

AN INCIDENT IN THE CONCERT（音乐会事故）

北极星的梦幻曲奏响之际　黄色烟雾在管弦乐团的众人间跳舞般四散开来　在整个会场中蔓延扩散

站在玄关的工作人员们忙把窗子都打开　烟雾彻底消散的时候　管弦乐团也好　听众也好　都不知去了哪里　唯余下宛若花间薄霞般的光　流泻在偌大的会场之中

究竟发生了什么事情？由于会场内的人悉数消失　我们不得而知　但众人一致认同　引发了这场不可思议事件的　大概是当夜犹如落雨般盈满天际的星屑

TOUR DU CHAT-NOIR（黑猫之塔）

月亮冉冉升起的时刻　黑色圆锥形高塔巍然矗立　我在其周围踱步　忽然脚下发出轻响　我堕入黑暗之中　原来已进入到塔的内部　地面与墙壁都绘饰有奇异的几何花纹　塔心的圆桌上端坐着一只黑猫　我想伸手去摸它　只听得一声开关按动的声音　塔开始回旋转动起来　空间越发收窄　我被卷入红与黄的漩涡之中　直至被推到圆锥的顶点　砰！被抛出天外的我在空中翻了三个筋斗　悬挂在电线上　但那金属丝旋即被压断　我落在恰好途径的马车上

打盹儿的马夫未曾察觉　他就这么载着躺在稻草上不省人事的我　在蓝色的月夜下向着远方田园驶去

星？花火？

　　某夜　我一边高声唱《统治吧！大不列颠！》一边把帽子扔向空中　恰与星辰相撞　一颗星星因而坠落　落在砖石上　发出清脆的声响　我拾起落在那儿的白色物体　向煤气街灯走去　我细细端详它　不如拿来做一枚纪念章吧　但它忽地破碎裂开

　　我跑进十字街口对面的警察岗亭

　　"你捡到的是花火吧？真正的星星坠落在那附近才对"

　　警察这么说着　回到现场并拿出手电筒四下探照　什么都没有发现

　　"果然还是星星"

　　警察说

　　"真的存在那种如花火一样的星星吗？"

　　"谁知道呢……"

　　"如果是花火的话——"

　　我继续说道

　　"不会有这般明亮"

　　警察和我伫立在原地　思考了得有五分钟

"星星也好　花火也罢"

警察看着手表说

"这起事件实在是不可思议"

于是　我和警察并肩离开了

与煤气灯扭打的故事

　　夜深雾沉　我手持一根短手杖在散步　有颗红星蓦地散落于眼前　我忙跑近去看　是一支点燃了的雪茄　仔细看　是刚抽完的哈瓦那雪茄　我把它衔在嘴里　咻地进出火星　只听"噗"的一声　火星宛如流星烟火般飞驰　正中路对面的煤气灯　灯光熄灭了

　　我一时间手足无措　煤气灯飞身拔起　把我压倒在铺路石上　我爬起来一脚将煤气灯踢飞　煤气灯用力抱住了我　双方死死纠缠作一团　互相揪打　我好不容易压制住煤气灯　用手枪握柄狠砸它的点火口然后　我摇摇晃晃地立身起来　空中忽然传来一阵笑声　我抽出手枪朝空中扣动扳机　石子似的东西掉落下来　打在我的帽檐上　但我已经连确认的精力也不

剩了

　　回到家　我一头栽倒在床上　当我似睡非睡之际　突然感觉到有什么东西在口袋中蠕动　噼咻！听得一声穿破墙壁的巨响　墙灰纷纷扬扬地飘落下来

　　我猛然坐起身　只见天花板凿出了一个洞　它穿透二楼乃至冲破屋顶　我想　一定是有什么东西从我口袋中逃走了　那种美妙的律动令人莫名心悸　它究竟是星星　还是香烟呢　想着想着　想困了　我也就睡着了

遗失自己的故事

　　昨夜　在大都会前从电车上跳下的刹那　我遗失了自己

　　即使在电影海报前点燃香烟——即使纵身跳上转过街角的电车——即使望到车窗外闪烁的灯光与人群——即使落座在对面的女士散发的香水味完整而清晰地留存在我的脑中　当意识到自己从电车跳下的时候　我已经不在了

把星星揉成面包的故事

深夜的街道上　群星分外绮丽　四下无人　所以我从院墙上摘下三颗星星　此时　背后传来脚步声　我回头看见月亮站在那里

"你刚才做了什么？"

月亮说

没等我想开溜　月亮已经抓住了我的手腕　不由分说地把我拽到昏暗的小路　痛殴了我一顿　抛下几句狠话便扬长而去了　我朝它离开的方向扔去一块砖石　啊！紧接着惨叫　传来的是倒地的声响　回家之后　我摸了摸口袋　星星已碎成粉末　翌日　一个名叫Ａ的人以这些星屑为原料　揉制出三块面包

被星星偷袭的故事

某夜　群星的颜色格外奇怪　所以我趁早锁上门睡觉　突然　传来一阵敲门声

我越不吱声　来人就敲得越猛烈　门都要被砸

烂似的　我握住手枪　悄悄从二楼向外窥望　某个漆黑的物体蹲踞在门口　我正欲探出身子一看究竟　身后忽然被咚地猛推了一把　我整个人头朝下掉进树丛费尽气力匍匐爬出时　只见窗户已被打开　灯光闪烁人声嘈杂　仿佛屋中挤满了人　我举枪便射　窗户唰地被拉上　电灯也被关上　黑黢黢的屋中发出拧螺丝的巨大声响　我望见从烟囱中砰的一声飞出无数星星

当真去过月亮?

A 问——

当真去过月亮?

B 答——

什么? 怎么可能嘛!

跌落下水道的故事

某夜　我走在无人的街道上　脚下忽然滚出一

根棒状物　将我绊倒在地　又兀自消失在对面的街角
我忙跟上前　只见井盖被打开了　我想伸头看看方才
是什么从里面跑了出来　却被谁从身后顶着腋下扑倒
随着扑通的落水声　头顶的井盖被合上了　我回家了

升放月亮的人

夜深了　我倚靠在公园长椅上　背后的树林中
传来人声

"好慢啊你"

"赶紧开工"

滑轮发出卡拉卡拉的声音　一轮赤红色的月亮
自东方升起

"OK！"

月亮止步于那里　之后　随着齿轮缓慢咬合的
声响　月亮也开始徐徐移动　我翻身朝树林的方向冲
了过去　只有月光覆落在白色的沙砾路上　耳际拂过
的　唯有夜风轻微摇动冷杉树梢的声音

THE MOONMAN（月人）

在霍夫曼斯塔尔[1]的夜景中升起的月亮上走下来的人　漫步于山丘、池畔与林荫道　在头顶勾勒出巨大圆弧的月亮降落于地　他再度回到其中　这时　叭喳一声！我意识到　所谓的月人　原来便是散步归来关上身后门扉的我自己

可可的恶作剧

有天晚上　我想要喝可可　从热可可的颜色之中传来一阵肆无忌惮的笑声　我慌忙把杯子扔出窗外

半晌　我偷偷把脑袋探出窗子看　茶碗似的雪白物体在暗影中虚现　究竟是什么呢　我走下庭院正要翻弄那物品　只听得　"嘀！"　一声吆喝　我整个人被抛到了屋顶

1　胡戈·冯·霍夫曼斯塔尔（Hugo von Hofmannsthal，1874—1929），奥地利诗人、剧作家，新浪漫主义的代表作家，剧作著有《厄勒克特拉》《玫瑰骑士》《没有影子的女人》等。

电灯下通过的奇怪东西

某夜　我正不着边际地想事儿　一个半透明的长方形物体如同悠荡的海带　摇摇晃晃地从电灯下通过　我足足看了有五分钟　才心里一激灵　飞快地逃离了屋子

月亮马戏团

所有事物都被收纳进玻璃箱中的静谧深夜　远处的街灯之下奔跑过成群的发条木马　我追逐着它们走进了搭在公园前的大帐篷

借着帐篷帘的缝隙朝里瞅　帐内弥漫着瓦斯般的气体　加上乙炔灯的昏暗光线　让人无法看清其中情形　我悄悄摸了进去　里面堆积着贴有漂亮传单的皮箱　我刚一靠近　有个黑色的东西从箱底一跃窜出把我扑倒在地　帐篷内顿时喧嚷嘈杂　许多许多辆杂戏马车从我身上穿行而过

当我恢复意识的时候　一切不复存在　青蓝色

的月在对面旅馆的上方闪耀着清辉　我已经坐在被露水沾湿的草地上　想了很久

THE MOONRIDERS（月亮骑士）

每逢月升　便有一队不知来自何方　戴面具的白色骑士　在街道上无声驱驰　而后消失于摇曳的月影之中　在我听闻这桩轶事的当晚凌晨一时许　亲眼目睹了一队白影转瞬间绕过远处的街角　事不宜迟我跨上摩托车追了上去　那队白影横穿公园　沿着高架线的铁道驶入郊区　我将排气阀全开　房屋　树木交通信号灯以及其他不知为何物的事物的影子在我的脚下流逝　编织出不可思议的月夜花纹　然而　当来到金合欢的林荫道时　我还是跟丢了他们的去向回去吧　我掉头驶向广场　白色骑士早已在那里聚集　我还来不及踩刹车就撞了上去！　前轮陷在沙地里　继而使摩托车在空中翻腾一周……

被压在摩托车底下的我站起身　瞥见一队白影向原野尽头的树林疾驰而去　沾满露水的草地上　洒

满了无字的白色卡片

被丢进烟囱的故事

某夜　猫蜷缩在三角形屋顶上　一颗眼睛闪烁发光　我不禁疑惑　为什么看不见它的另一只眼睛呢　蓦地　响起"呀——"的一声号子　我的身体漂浮升空　眼底是被月亮遍照的屋脊和植物　白色的道路线一般延伸　我却以恐怖的速度在空中旋转　随之"咚!"的一声　从烟囱掉进了家里

A TWILIGHT EPISODE
（暮光插曲）

暮色时分　电灯却未点亮　人们都有些恐慌

我骑上自行车去电灯公司交涉　无人的事务所里鸦雀无声　我跑上发电厂的石阶　小心翼翼地试着推了推门　依然空无一人　只有发电机在黑暗中发出

微茫的光　我透过窗户的微光往里望　无处不飘溢着粉状物体　怎么回事　我刚推门而入　只听得啪嗒啪嗒的声音　似是飞鸟的生物从头顶掠过　它朝暮色沉落的方向低飞　我追赶上去用帽子猛拍　它重重地摔落在地上　仍在不断挣扎　发出轰隆轰隆的声响　原来是一只发条机械飞蛾　与此同时　街上的灯啪的一声都亮了

射落黑猫的故事

　　在深夜睁开双眼　屋中的灯熄灭了　走廊的灯却还亮着　兴许是谁的恶作剧　我走到灯的开关前什么都没有发生　当我狐疑地回头看时　这回却是走廊上一片漆黑　有什么鬼鬼祟祟的东西在　我回到房间点燃蜡烛悄悄观察　霎时　那东西擦过我的头顶朝窗外逃去　蜡烛失手掉落的瞬间　我听见它逃窜到锌皮屋顶上的动静　便用手枪射击　硝烟乍起　只见它轻飘飘地坠落　好极了！　我跑下楼用手电筒一照砖石铺就的人行道上躺着一只卡纸折成的黑猫

蝙蝠之家

某夜　一只身形似鸟的生物停落在院墙之上
是黑色马口铁制的蝙蝠　想要将它击打下来　它却振
翅翩飞　我追赶过去　它飞进了伫立于街角建筑第三
层的窗户　因此　我架起梯子向上攀　正欲往里窥视
噼沙！黑色幕布在我鼻尖前垂落　正中央贴着一张
扑克牌　揭下来后　底下有个圆孔　刚想把眼睛对准
孔去看时　从中飞出一根棒子　将梯子推翻了　我和
梯子在三层楼和地面之间画出四分之一个圆弧　四脚
朝天地翻倒在地

散步前

有天晚上　散步回来之后　我回忆起方才在街
角看到的不可思议的光景　偶然间　我瞥见墙壁上挂
着什么东西　刚想靠近一瞧　咚！突然从背后被推
了一把　转瞬之间　我竟已身处墙外　月亮从对面的
石瓦屋顶上升起　忽然意识到　这里便是我开始散步

的地方

THE BLACK COMET CLUB（黑彗星俱乐部）

也未经谁在某时提起便成立了　两三个月后竟变成如此庞大的集会　但后来也并未发生什么　两三个月后就解散了

经调查　该集会的兴衰与从地球附近经过的黑色彗星的作用密不可分　该俱乐部在扫把星接近时逐渐壮大　离去时趋于崩溃　因此　这一集会被称为BLACK COMET CLUB

友人变为月亮的故事

一天晚上　我和友人散步的时候说了月亮的坏话　见他一言不发

"哎　你不这么觉得吗"

我转过头问他　看见的却是月亮　我拔腿开溜　月亮却紧追不舍　在拐角处　月亮扑倒了我　并就势从我身上滚了过去　而我倒在沥青路上　变得又扁又平

关于这起三更半夜的事件　凯涅博士当即主张

"我们暂且必须承认　月亮是三角形的　因为它翻滚后留下了这样的痕迹"

博士一边依次展示印在沥青路上的锐角形孔洞　一边说道

"由于三角形高速回转　所以月亮才看起来是圆的"

一边向人们解释着　博士一边拾起倒在人行道上的自己　而那只是用卡纸折成的人偶罢了

说着似曾相识之事的人

"你觉得月亮　星辰　之类的事物真的存在吗"

某夜　某人说

"嗯　是这样"

我点点头

"可你一直都被蒙在鼓里　天空实际上是黑色的卡纸　那里贴着月亮与星形的马口铁而已"

"那么月亮和星辰为什么会运动呢"

我问

"你呀　那是机械装置哦"

那人说着不禁放声大笑　我回过神来　面前空无一人　我惊奇地抬头望　绳梯的末端正哧溜哧溜地消失于星空之中

AN INCIDENT AT A STREET-CORNER（一次街角冲突）

某个黄昏　我走在沥青路上

"谁也不在　这感觉真奇妙"

自言自语

"这多有趣呀"

被人撞倒在地

有个黑影在煤气灯下走过　没等我看清楚　它

已经走过了街角

A HOLD-UP（停顿）

某夜　当我横穿十字路口时　月亮冷不丁用手枪抵住我的腰眼

我举起双手　月亮从我兜里摸出了一枚金币那枚金币原本粘在夕阳中百货商店的塔顶之上　是我苦心孤诣才给剥下来的　当然　粘在夕景之塔上的金币就是月亮自己

来自银河的信

某夜　当我酣睡之际　咻！有什么东西穿破天花板　射进了屋中

我扭动开关　只见屋内弥漫着黄色的烟雾　地板上掉落着一颗小小的黄铜子弹　我拾起它并取下弹壳　里面装着一张折成三联的铜版纸　信上写着

Dear Sir !

   I'm alighting for the top of a mountain
with a scarlet cap on my head.

yours ever

a man in the Milky Way

（亲爱的先生！

　　我戴着一顶红帽子，正朝山顶去。

您永远的

银河人）

　　我立刻披上大衣去登山　然后在山顶东找西探
可并未发现戴红帽子的人　也不曾有绳索自天上垂下
漫长的时间里　我一边在被星光照耀得熠熠生辉的岩
角间寻找云母　一边等待着　不久后　我注意到　遥
远的大海尽头在月出之前染作绯红　我失望地下了山

THE WEDDING
CEREMONY（婚礼）

黄月于冷杉树梢间升起　汽车与马车在草地上
无休止地转圈　最终停在鲜花装饰的玄关前

在被白炽耀眼的灯光照亮的厅堂上　佩戴金丝
花缎的侍者往来忙碌　在如镜子般的油毡上　装饰着
白缎带的漂亮女鞋和锃亮的漆皮鞋交错走动

不久　银铃轻响　从棕榈叶影后现身的是　年
轻的公爵与人偶似的新娘

黑衣人吟唱神圣的词句

年轻的公爵握紧新娘的手

啪哧！

新娘消失了

瘪了的胶皮气球落在了地上

与我极为相像之人

星与新月被细线悬吊着的夜晚　我行走在两旁

栽种着白杨的小径上　道路尽头　是与我极为相像之人所住的正方形房屋

接近时我发现那房屋与我家一模一样　好生古怪　想着　我推开门　毫无顾忌地走上二楼　那个人背对这边　正靠在椅子上读书

"Bonsoir！[1]"我大声说　他闻声大惊　站起身看向这边　那个人正是我自己

深夜的来访者

某晚凌晨一点我醒来　却再也睡不着了　盯着天花板和墙壁看了半天　忽然记起前日买的童话书就放二楼　便想取来读　刚一推开门　一个半透明的黑色三角形物体悄然进入　我慌忙冲到走廊将门上锁　又跑下庭院　从外边轻轻地打开窗户　往里窥视　没有人在　我从窗户爬进屋子　只闻见残留在空气中淡淡的雪茄气味

---

1 法文，意为"晚上好"。

42

一千一秒物语

从纽约归来之人的故事

在纽约居住二十年之久的青年　因为某夜在摩天大楼上拍摄火星的照片　而被课以罚金

我看过那张底片　其中根本看不见任何像星星的物体　尽管如此　他还是支付了两美元五十美分的罚款　这究竟依据的是美利坚合众国的哪一条法律？此事　与那名青年出于何种必要拍摄这样一张照片一事　同样令人费解

月亮的客人

月色清冷的夜半　一辆轿车驶过泛白的林荫道停在寂然无人的旅馆玄关前　从车中走下数不胜数的——多到令人难以置信竟能装得下——身着晚礼服的绅士　步入旅馆　我有些惊诧地在玄关处窥视　煌煌烨烨的灯光照耀着内堂的蛇纹石阶梯　密密麻麻的黑影熙攘走动于其上　听　人们随着玛祖卡舞曲风格的伴奏翩然起舞　衣裙交错的窸窣声之中混杂倾吐着

裂帛般的笑声……

待到第二日清晨　此事经某人之口传了出去
旅馆前聚集了乌泱泱的人群　纷纷议论着　深夜的暗
影进入这幢闲置已久的空屋　于是有人说道　他们想
必是那彻夜明亮清冷　流照万物的月亮招待的客人吧

如何从酒醉中醒来？

有天晚上　我唱着歌散着步　掉进井中
HELP！HELP！我大喊　有人垂放下绳索　我
才得以从单手拎着的、装着喝剩的白兰地的瓶口匍匐
爬出

A ROC ON A PAVEMENT
（石板路上的大鹏鸟）

青月之夜　我漫步于中华街 [1]　洼陷的砖瓦上掉

1　指位于兵库县神户市中央区的南京町，是日本著名的中华街。

落了一枚绿色的蛋

　　放入口中　啵沙！　蛋壳破碎　冒出黄烟

　　又走了一会儿　我感到腹中有东西在咕噜咕噜往上翻涌

　　嗝噗！　一只雏鸟态势迅猛地从我口中飞出

　　它顷刻间长成庞然大物　占据了整条街道

　　旋风骤生　我被吹翻在人行道上　大鹏已扶摇直上而去

黑 箱

　　青蓝月光在街上流溢的夜晚　一位绅士匆匆闯进夏洛克·福尔摩斯先生的寓所

　　"我想请您打开这玩意"

　　那是个结实的黑色小箱子　装饰以宝石缀连而成的唐草花纹　福尔摩斯先生拿出一串钥匙　依次去试那锁孔　但哪一把都不合适　福尔摩斯先生拿出第二串钥匙　仍是行不通　继而他是拿出了第三串钥匙吗　抑或是使用了其他道具吗　这我就不得而知了

总之在这一晚的凌晨一点半　小箱子的盖子被掀开了

"什么　这不是空的吗?"

夏洛克·福尔摩斯先生说

"是的　里面什么也没有装"

绅士答道

月夜的 PROSIT[1]

时钟敲响了十一点钟　读童话书的男子仿佛想起了什么似的站起身　打开窗户　望见月光的青色洪流正在落下　他探出半个身子叫嚷道

"赶紧给它撵走"

从隔壁的窗户传来回应

"OK！"

不一会儿　蓝色的露天阳台仿佛是青蓝灯光下的舞台　一张圆桌被安放于此　两个影子伫立在桌旁彼此伸手交错时发出轻响

1　德文，干杯时的祝词，祝健康、恭喜之意。

A votre santé[1] !

双方的玻璃杯中不知何时已经斟满了液体　一饮而尽后　其中一人说

"越来越美味了呢"

另一人答道

"是呀　因为今宵恰是十三夜[2]"

红铅笔的由来

昨夜　我在梦中看见红色彗星掠过烟囱和屋脊之时　不巧被晾衣杆挂住而坠落　然而　今早我醒来去看　掉落的却是这根红铅笔

1　法文，祝酒用语，意为"祝您健康"。

2　十三夜，指阴历九月十三的夜晚。依日本习俗当于此夜举办月祭，因供品多为毛豆与栗子，故而十三夜之月又称"豆名月""栗名月"。

三颗土星的故事

　　土星来到街角的酒吧喝酒　我特意去察看　发现不过是个人类罢了　那个人为什么会变成土星呢　我说　因为他讲话爱夸大其词　有人说　把这事添油加醋说成土星来了的人更应该被叫作土星　我说　却被人回呛道　拿这么一桩无聊事大做文章　夸夸其谈的你才是土星吧

吃掉月亮的故事

　　我听说过这么一个故事

　　某夜　Ａ走过公园　看见七叶树的枝头悬挂着个浑圆的东西　好似某种动物的蛋　于是他将那玩意儿放到嘴里　随口一咬　喷出二氧化碳似的气体　不一会儿　他感到胸口堵闷个胶皮气球似的东西　脱口飞出　轻飘飘地飞向空中　Ａ在恍惚中沿着那条被青月照亮的路走回了家　Ａ吃下的究竟是蛋还是胶皮气球已经无从知晓　Ａ的朋友里有个博学多识的男人　他

一口断定　悬挂于七叶树枝之物　若是蛋则太圆　若是气球则太硬　况且那晚本可望见明灿星光　然而当 A 归家时却是月辉盈夜　因此 A 吃下的大概是月亮吧

故事到此为止　你问我觉得哪一个是真的？蛋？气球？还是月亮？我无法抉择　话说回来　此事发生于何时何地　A 是谁　那位朋友又是谁　或许都已不得而知　非但如此　我甚至不记得是从谁口中听来的这桩故事　因为无论这一事件是真是假　只要月亮每夜依然出没　为这种问题烦恼就是毫无意义的……

月亮变作三角形的故事

"某夜　我与两个朋友并肩走在路上　三角形的月亮照临大地　不知不觉间我们也变成了三角形　与月亮相互重合"

我向少年讲述了这件事　然后

"如果你觉得是谎言　那我就证明给你看"

我说着　从书桌的抽屉里取出两颗球

"喏　这颗球只是球而已　那颗球却是月亮乔装扮成的　若问为何……"

我让那颗平凡无奇的球在桌面上滚动起来

"什么也不会发生——但如果是这颗的话……"

现在　我转动起另一颗球　桌面上现出极其细微、有规律的痕迹

"这是三角形的角磕出来的　所谓月亮呀　就是不可思议的三角形物体　明白了吗"

次日　少年到了学校仍在绞尽脑汁想这档事儿被老师点名时回答得驴唇不对马嘴　放学后　老师把这个学生留了下来

"你今天怎么了"

当日黄昏　少年和物理老师结伴来到我的住所说想要再听一遍昨晚的故事　可是无论我如何解释他们仍旧一脸茫然　于是我将三角形陀螺在桌上旋转起来　老师似乎惊讶得哑口无言　我从少年口中听说自那日起　物理老师变得少言寡语　每日描画几何图形　陈列复杂公式　沉思直至夜幕降临　便怔怔地眺望月亮　夜复一夜　月亮逐渐变成了三角形

上述这些事情是　某天夜里　一对朋友的其中

一人说起的

　　另一人皱起眉头说

　　"但是　月亮不是圆的吗"

　　讲述故事的那人却说

　　"所以才讲给你听听看嘛"

　　当深夜这对朋友告别的时候　落映在锌皮屋顶上的三角形月亮令这个故事更加扑朔迷离了

星星与无赖汉

　　有天夜里　一伙无赖聚集在街角酒吧　埃及烟卷的烟雾浓烈弥漫　惹得街灯光看来都是紫色的

　　酒宴方酣之际　有个男人悄悄告诉邻座的侍者这伙人中混进了一颗星星　这条消息不胫而走　口耳相传　刚才那觥筹交错的热闹劲儿顿时烟消云散　众无赖面面相觑　想要找出谁是那颗星星　他们互相扭住手臂　诘问对方

　　"是那小子！"

　　突然有人大喊　大家齐刷刷望向他　只见他指

着角落里的一个人

"他抽的烟是蓝色的　肯定是星星没跑儿！"

被指的男人被团团围住　挨了顿毒打后被丢出门外　他们一边叽叽喳喳说个不停　一边回到原先的座位　但不知怎的　每个人都显得更拘谨了

"好像搞错人了"

有人说

"告发别人那家伙才更有嫌疑吧！"

于是呢　轮到那位忠告者被丢到大街上了

"不对　星星好像还躲在这里"

于是呢　这回是最早发声的几个人被拎出来丢出门外　就这么着　原来有二十人左右的无赖越来越少　最后剩下的两个人彼此指责"你是星星""我不是"　大打出手

一个人　将另一个人踢出店门后　自己也踉踉跄跄地回家了　这时已是午夜　酒吧的桌椅被砸得稀巴烂

然而待到拂晓　酒吧中却未留下任何骚动的迹象　我这才意识到　其实那一夜什么都不曾发生　一切只不过是酒吧老板一时兴起的妄想罢了

彗星为什么钻进啤酒瓶？

"昨晚走在街上　迎面有个冒着蓝光的东西拖着尾巴走来　仔细一看　原来是彗星呀　那颗彗星递给我一根烟　嘿　抽根烟吧——我划亮火柴却怎么也点不着烟　翻来覆去看　那香烟实际是一根蜡笔　我心想上当了　一回头瞥见　正从街角窥伺这边的彗星慌忙躲进滚落的啤酒瓶　我觉得有趣　就蹑手蹑脚地凑过去　然后拧紧软木塞　将酒瓶带了回来——这就是那只酒瓶　瓶里装着彗星"

说罢　那人拿出了啤酒瓶　我比较起酒瓶与对方的脸　过了会儿说

"真的吗"

"当然啦　真正的彗星就装在这里"

那人摇了摇酒瓶

"但听起来像是啤酒"

我透过酒瓶看着他说道　暗想这瓶中装的不过是普通的啤酒罢了　那人继续说道

"所以才有趣嘛　普通的酒瓶中竟然装着彗星多么美妙啊"

"那你能给我看看吗"

"OK！"

那人从书桌抽屉里捏出一根螺丝钉　将其一寸一寸地捻进了软木塞

砰！软木塞拔了出来　喏　那人轻唤我　顾自往玻璃杯里倒酒　真是咄咄怪事　我笑着　视线从溢满的泡沫转向那人的脸庞

我沉默地等待着　只感到些许的窘迫　等他端起酒杯正要畅饮时　我才决然问道

"彗星呢？"

于是　那人生气似的说道

"这不就是彗星吗？"

他微笑着将杯中酒一饮而尽　我目瞪口呆　考虑着啤酒和彗星的同一究竟具有什么样的意义　当我丈二和尚摸不着头脑的期间　他喝了一杯　又一杯但无论哪一杯都只是普通啤酒　丝毫没有彗星的踪迹我仍想追问　却因害怕被他斥骂而犹豫不决　在这片刻间　那人已经喝尽了酒　只剩下一个空酒瓶罢了

他为什么成了吸烟家？

面对声称"月亮是三角形的"那名青年，少年问道：

"这是怎么一回事？"

"只要你透过烟圈看　月亮毫无疑问是三角形的"说罢　青年手指夹起香烟　猛吸了一口　"啵"地呼出烟圈　此刻恰有青蓝的月光流入　屋中除了他俩外别无捣乱者　然后　青年揿下桌面台灯的旋钮　口吐出数个白绵绵的烟圈　仿佛被吸吞般飘浮消失在青蓝光芒之中　这时候　青年透过烟圈看见了月亮　他反复吐出烟圈观察　月亮确实呈现作三角形　而且按照青年的逻辑　月亮看上去是否为三角形都无所谓　在关灯的房间中向着青色月光呼出烟圈　与　月亮是三角形的　是同一件事　少年相信这套理论与现实吗？对此　我不得而知　因为我并非那名青年——话说回来　青年接连抽了五六根烟　吐烟圈想让少年也看看却都以失败告终　次日起　少年的口袋里每天都装着一个纸盒　他开始在无人的场所练习吐烟圈　此后三个月间　夜夜明月澄莹　不知不觉间　少年俨然已是

手持银制烟盒的吸烟家了　青年早已料到会是这样而我正是从他口中听来此事　这时的少年想必能吐出完美的烟圈　但是他从烟圈中看到了什么形状的月亮呢？月亮是三角形的吗？谁也不会问这些问题　再也没有问的必要了　对于青年与我而言　谈天的话题只有"他为什么会爱上抽烟呢？"因为我俩生来就是只对这种事感兴趣的人

A MOONSHINE（月光）

　　A 在竹竿顶套了一个金属环

　　我问　在做什么　他说　摘月牙儿

　　我禁不住笑了　可是　你可别吓一跳哦　新月已经挂在了竿头

　　哟　拿到了拿到了　A 刚想要捏起新月　却因为烫手而掉在地上　他说　不好意思　你能给我取来那只杯子吗　他一接过杯子就往里倒汽水

　　你想做什么　我问　我想把月亮放进去　这么做的话　月亮便会死去　他说着　旋即用铅笔夹起月

亮丢进玻璃杯中

沙砰！ 奇怪的紫烟忽而升腾弥漫　钻进A的鼻孔　使得那家伙　阿嚏！ 然后连我也　阿嚏！ 再往后　我俩都失去了意识

清醒过来后　你看　时针已经过了十二点　但令人惊诧的是　新月依然在窗外摇曳

A交替看着时钟指针与新月　不住地摇头　但当他瞥见桌上的玻璃杯时　霎时变了脸色　杯中什么都没有　只是汽水有些许发黄　A凭借灯光细细观察那杯子　作势就要喝下

住手！ 有毒　我提醒道　那家伙却直言无妨将剩余的汽水咕嘟一饮而尽　A既已如此　接下来便轮到你

可自那以后　我仍百思不得其解　所以便前去拜访S氏

坐在桌前的S笑盈盈地听着

难道……

不　我说　是我亲眼所见　千真万确　于是S氏又问道　哦？ 那一夜的月亮始终在照耀吗

这么说来　着实是个明丽的月夜呢　我说　一

切都沉浸在纯粹的青蓝之中

S 氏吐出烟圈　笑道

是 Moonshine 呀!

那究竟是怎样一个故事?　时至今日　我也未曾知其全貌　所以我一直都想问问你　你是怎么想的呢?

Good night !　晚安!　你今夜的梦定会不同于往日

黄漠奇闻

1

赤红的太阳从沙砾中升起，在沙砾中赤红地沉没。风营造了沙丘，却又夷平沙丘而远逝。风日复一日地低语着无数从世界尽头载来的事物，说的却是人类无从知晓的语言。死一般的寂寞君临于彼方。巴布昆德[1]便是这样一座城。这座城效仿诸神之都而建，城区犹如蜘蛛巢般呈正六边形环绕在宫殿外围，道路由纯白的大理石铺就。每个路口都栽有红夹竹桃、设有大大小小的神像镶边的水盘，商队从喷泉的彩虹下

---

1 巴布昆德（Babbulkund），邓萨尼勋爵（Lord Dunsany）发表于 1908 年的短篇小说《巴布昆德的陷落》（*The Fall of Babbulkund*）中的虚构城市，被述作阿拉伯人在沙漠中凿山而建的一座与大地同龄、与群星为姐妹的奇迹之城。

经过，他们东张西望的瞳孔中盈满了梦。在售卖毛皮、宝石工艺品、香料的店铺前，缠纱的女人肩扛水瓮走过，饰有羽扇华盖的轿子从大路对面静静行来。沙漠尽头的落日将街道染作燃烧的红，绛紫的夜幕笼覆四方，从家家户户的窗子洒落出的橘色灯影映照在夹竹桃的木梢与水盘间。宴会作乐的人们沉浸于美酒与音乐、歌声与纸牌，直至深夜仍然喧闹欢笑……

红云的羽翼，龙卷风的黑沙，仿佛都有意避开此地。不必忧虑被狮子袭击，不必担心遭蛮族胁逼。这座白色大理石之城犹如尘世乐园。穿过沙漠而来的旅人在山丘上俯瞰传闻中的巴布昆德，都不禁瞠目舌，以为抵达了诸神之国。当他们穿过城门，终于确认这一切绝非幻梦，人力何以成就这般巧夺天工？他们茫然良久却又不由颔首。有些同行者在城门外看守骆驼，待卫兵的影子消失，他们屏息低声议论道："诸神为何会许给人间的王这等荣华？我早有耳闻，王慈悲为怀，但他从不祭祀群星。既然如此，神圣的星辰为何没有对王降下惩罚呢？"这些流言并非空穴来风。然而，白色的巴布昆德仿佛毫不在意这些惊愕和疑窦，超然地散发着诸神之都的光辉。在街市中央，比周围房屋更加洁白炫目的尖塔与穹顶绵连林立，旗帜在沙漠的风中翻卷飘扬，群青色的旗面上浮现出灿烂的黄金新月。身披红衣、头戴青巾的商队在骆驼背上度过漫长的沙漠旅途，从八方前来聚集于这座憧憬之城。

2

王虽然在建城御民上抱有艺术家的热情，但确如城外的风闻所言，他从不祭祀星辰。在王眼中，星辰仿佛并不存在。

距今未远，还只是一介酋长的王率领三千亲兵趁夜袭击了巴布昆德——一座坐落于石灰岩丘的怀抱之中、被竹林围绕的小城。一举攻陷王宫之际，这位统帅推翻了矗立于大殿正面的绿色神像："就是因为摆弄这种人偶，才落得将城池让与我等的下场。"然而，为首的侍臣卡诺斯劝谏道：

"不可说这等话！"

"为什么？"王说。

"虽说是土块，但毕竟是神圣的伊露里埃尔像。"

但卡诺斯只是枉费口舌，王一脚将神像踢落台阶。神像撞在圆柱根部，碎裂成了三块。

七日后，安顿妥当的王正在兰花盛放的庭院中与参谋长交谈，卡诺斯恳请王留意占领当夜的不祥征兆。

"你说那尊绿色人偶怎么了？"

王的心情非常愉悦，因为今早刚刚发现了巴布昆德的宝库所在地。

"臣诚惶诚恐，陛下此前大业未竟，因此并无大碍。但如今，您已经将神圣的巴布昆德纳入囊中，决不可再怠慢星辰。诸神垂青于陛下，故将这座石膏之国、黄金之城轻易交予陛下之手。这当然归功于陛下的骑兵，然而无可否认，比骑兵更重要的是——不，比一切更重要的是诸神的加护。若不是因为星辰特意选择了陛下，又是因为什么呢？伊露里埃尔虽是敌人的神，但废黜时仍需以礼相待。正如人间运行着人类设定的成规，诸神也墨守着诸神世界的法则。"

王与参谋长相视而笑——

"别犯蠢了，卡诺斯。我们之所以取得这座城，就是因为他们成天摆弄这人偶，懈怠了军事训练。沉迷于你口中的星，将金银献给自诩星辰祭司的骗子，这才是城邦沦陷的根源。不必多言。只需像从前一样，借你的智慧为我建造城市、治理百姓。还记得指定作战计划的时候，你大受感动，脱口说出：'我们必将于午夜攻陷巴布昆德。'我们照你所言来到了这里。如果事情完成得轻而易举，谁都不免产生微妙的心情，这只是你给自己施加的催眠术罢了。群星守护巴布昆德，是吗？看来那颗星就在这里。你不就是其中的一颗星吗？"

王随手指向回廊的各处，最终用指尖顶起卡诺斯的鼻子。

"陛下，再容我多言几句。"卡诺斯仍然苦苦央求，"这不是杞人忧天。臣此前闭口不谈星辰，并不是对星辰一无所知，而是因为陛下的事业始于征服伊萨拉。此时——不，今后也不应懈怠军事训练，但是最终选择陛下入主这座黄金之都者乃是群星。因此，陛下如果将星辰等闲视之的话，诸神决不会轻易饶恕陛下乃至这座城。臣斗胆进言是为了永保新都繁盛。一切王国皆因星辰而兴，又因星辰而灭。陛下的骑兵所向披靡，陛下的大臣能够像桃子缠线一样理清纠葛。

然而，他们面对天上的星也只好束手无策。我们除了依赖、取悦祭司之外别无他法。如果在此事上有所懈怠……大国因星辰而灭亡的例子实在不胜枚举。"

"你说，国家因星辰而灭亡？"

王皱起眉头。

"正是如此。喀尔达昔日何其强大。那里的国王像神祇一样广受崇拜，他的城像神国一样兴盛。但是因为他杀害了祭司长，大地犹如鳄鱼张开血口，偌大的城市被整个吞入地底。"

"不能断言一定是诸神所为。根据学者的说法，这是由于地底出现空洞，别说是地表的土了，就连大山也会坠入其中——"

"塞库的主城呢？那座用蛇纹石建造的城市在巨浪中消失得了无形迹……若不是星辰，还有谁能做到？"

"也许是由于海底地震。不仅城市消失了，燃烧的扬恩河[1]上流甚至彻夜湖水阻塞，不是吗？我知道的，湖水呈现出浩渺澄净的蓝色，你想说那是诸神赐

1　扬恩河（the River Yann），出自邓萨尼勋爵发表于1910年的短篇小说《扬恩河上的闲日》（*Idle Days on the Yann*）的河流。

予的色彩对吧？要让我说，那源自造化或者自然的力量。"

"可是陛下，据说塞库毁灭之日，有可怖的笑声不知自何方而来传响不止。"

"是那些惊惶的灵魂把土崩浪摧声听成了笑声吧？也许是星辰所为。但我觉得，造化的力量便可简单地解释这些事。参谋长似乎随身带着护身符，在我眼中，他的护身符不过是一颗小石子。崇拜石头以换取短暂的慰藉是个好主意，但是也可以广泛地研究其他石头、从中提炼各种金属。我更赞成后一种做法。不过，我明白自己的想法有多偏离常轨。你的忠告不就想说这回事吗？是的，我想要创造的真正文化将彻底摆脱愚蠢的祭祀和仪式。倘若巴布昆德果为预言中的应许之地，我定要把花在如何将婴孩和野兽的生命献祭群星的工夫，用来建造一座兼备学术与技艺的美丽都城。无论为这项事业付出何等牺牲也在所不惜。如何？卡诺斯，我说的没错吧？"

"窃以为，陛下所说的一切仍是在群星裁决之后、诸神加护之下实现的。"

"我明白了。看来你有十足的把握能够证明星辰和神明是真实存在的。"

"的确如此。"

"什么证据？"

王双眼放光。旁边的侍臣们都凑到二人跟前。

"最近从南方来的星辰祭司告诉我，杰利科恩的新王在城门前将皇冠献给星，旋即被群星悦纳。卫兵森严地守备着四周，连一只小狗的影子都看不见，但是黄金冠冕霎时化作轻烟消散。"

"愚蠢。肯定是被小孩儿或者乞丐偷走了。"

"不，这是出自神圣的星辰祭司长的判断，没有人能够质疑。"

"还有其他的证据吗？"

王一脸扫兴地问。

"来自莫比沙漠的阿拉伯人带来了关于诸神之城的音讯。这可是近来的重磅消息。这座沙漠的最北边矗立着连绵的高山断崖。"

"可是你亲眼所见？"

"谁也不能质疑神圣的星辰祭司长的话。高山的顶峰常常被层云遮掩，但是当云彩散尽时，仰首眺望山顶的话会感到头晕目眩。"

"嗬，难不成山顶是一片白银沙漠？"

"是的。有个男人爬上那座悬崖采掘云母。在他准备返回时，忽然被想去山顶一探究竟的念头魇住，于是，他再度开始匍身攀爬几乎垂直的崖壁。接近山顶处有一道岩缝，他往里看——陛下，那是一片在日光下灿烂生辉的银砂原野，迤逦无际，中心是一座大理石砌就的都城，缀连成蛛巢形状的穹顶与尖塔辉映出令人眩目的光辉……"

"什么？"王下意识地向前挺身，"不过，何以确定那就是诸神之城？"

"那条街市散发的纯白光芒一旦映入眼底，瞬时，便会有种异乎寻常的恐怖在体内流窜。在白色都城的中心，群青色的细长三角旗帜上凸现出黄金新月，即使无风却依然在翻飞。陛下，听闻此事的星辰祭司披上紫衣，遍览古代圣书，他告诉我，那面旗帜是司掌地上王国的美与荣耀的欣神[1]的徽印，那座白色大理石城市是去今六千年前主神玛纳[2]陷入沉眠之际，齐

1　欣（Sin），苏美尔语又称南纳（Nanna），古代美索不达米亚地区信仰的月神，主要的崇拜城市为乌尔。

2　玛纳-尤德-苏塞（Mana-Yood-Sushai），为邓萨尼勋爵于1905年出版的处女作《裴伽纳的诸神》（*The Gods of Pegana*）中的主神。玛纳创造诸神后陷入长眠，当他醒来时将再度创造新神与世界，并毁灭既存的一切。

聚于裴伽纳的诸神商议建造的萨达斯利昂[1]。"

"要是能把那面旗取回来就好了。"

"采掘云母的男人回过神来，他已经失足横陈于绝壁之下的黄沙中。"

"原来如此。白色大理石街道上的新月旗多么雅致呀，这当真不是虚伪的幻景吗？"

"久居沙漠的阿拉伯人不至于被幻象迷惑吧。"

"我知道了！"王说，"那个疯子现在在哪儿？"

"一个月前我在伊萨拉的城门前遇到了他。他说将要前往巴布昆德，今夜去竹林的阴影中寻找，或许便会发现他的踪影。"

王的心已经迷醉于那座大理石都城。卡诺斯越说越兴奋，但王仍然沉默地交叉抱着双臂。少顷，王向以侍臣长为首的幕僚表明了自己的意向：

"我也要兴建一座白色的都城。从此以后，巴布昆德的旗帜易为欣神的新月旗。"

众人面面相觑。虽然流星王的部众惯于将生死视

---

1 萨达斯利昂（Sardathrion），出自邓萨尼勋爵出版于1906年《时间与诸神》（*Time and the Gods*）的虚构城市，是裴伽纳诸神尚自年幼时居住的梦中之城，后为诸神的臣仆"时间"所毁灭。

若儿戏，但这次他们犹豫了。王却轻蔑地继续说道：

"我中意那白色的大理石，依照蜘蛛巢形状规划街区也不失为妙想。还有比这更理想的都城吗？削平这片土地上的每一座山丘，大理石的街市不就浮现于眼前了吗？我现在就能断言，今早发现的宝库正如传闻中那样堆满了黄金。期待吧，巴布昆德转眼便将成为大地上的港口，数不尽的沙漠之舟将如同凑近灯火的飞蛾一般群聚而来。我要立即征召那个阿拉伯人来设计城市。太阳从沙中升起之时、沉没之时，与这燃烧的红轮相对的白色街道，沐浴在金光之中的一座座穹顶、一排排塔楼，以及白昼的群青底色上犹如浮雕般的六角形都城，多么摄人心魄……只要那个男人看到的不是海市蜃楼，我便会建造出一座完全相同的城市。大地上将有两座那样的城市，再没有比这更加美妙的事情了。裴伽纳诸神的别邸与我们的巴布昆德，何者将更胜一筹呢？让我们等待沙漠的旅人来回答吧。"

王把手背在身后，来回踱步。卡诺斯在旁急得团团转，一声"陛下"还未脱口便被打断：

"去向所有人宣告，我们将成为诸神。"

3

没有人能够改变王的意志。祈祭的苏铁叶从街道与广场被挪走的同时，测量开始了。被征辟的阿拉伯人为了召集劳工而四处奔走。宝库确如王所说，汇集了梦幻般的、传说般的财富。山峦丘陵被穿凿夷平，竹林外扎起的帐篷如同连绵的浪峰。数千头大象被带到这座城市。王城的穹顶下聚集了从诸国召唤而来的工匠。王亲自监工。六条平坦的大道呈放射状向外延伸，市民们目睹通衢转眼铺就，心中只感到恐惧诧异。然而，当古老的、红褐色的街道从一端起逐渐被纯白色大理石拱门与立柱所取代，人们简直不敢相信自己的眼睛。而且，王的新政以前所未有的周密程度和速度进行着。这期间，人们开始庆幸自己拥有一位英明的当政者。

当然，也有人提出诸如"区区凡人不可开展如此浩大的工程""不应使用新月旗"之类的异议，但是王对于一切批评都不以为意。他的事业博得了人们的好感。事实上，人们相信王的高超手腕能够实现任何事情。人们已经将王与诸神并列。跟随着这位具有惊人才智与力量之人，对来自群星的惩罚的担忧失去了意义。王被视为神祇一样的人、能够比肩神祇的人，甚至占据了诸神的一席。肉眼不可见的巨大蜘蛛在迅速建构。大理石的六角形巴布昆德宣告竣工。一根恢宏的圆柱从采石到运输原本需要整整一年时间，这座城市究竟是在怎样的速度下建造的呢？巴布昆德落成了，但是王、将军乃至平民百姓的脸上都不见年岁增长的痕迹。无论如何估算，巴布昆德的建成绝无可能花费三年以上的时间。

4

当日，伫立在与城门遥遥相望的山丘之上的王瞪大了双眼。围绕在他身边的侍从也都震惊得合不上眼睑。在悬挂于群青色天幕中央的日轮的映照下，雪白的尖塔、穹顶、菱形及圆锥形的建筑编织出的景象令人不禁起疑，这是否为此世的光景？恰在那时，一阵冷风吹袭，骤雨落在这座兰花盛开的绿洲上。被淋湿的大理石都城更显透明，一道色彩鲜艳的虹桥横跨上空。恍若身处梦中的王与侍臣怔怔地呆立于原地。时光的推移仿佛中了魔法，纯白的都城由红变紫，被金银锻造而成的闪星花纹的幕布所笼罩……

　　竣工之日的景象大抵如此。灯火的胭脂装点了夜幕下的新都，街市周围的山丘上到处是熙攘的群众，喧闹杂沓直到天亮方休。人们曾经对诸神怀抱的敬意和畏惧，如今都倾注给王与他一手承建的城。这座允许任何人拜谒的萨达斯利昂的街头充塞着来自沙漠各地的巡礼者，他们形成的数条人堤甚至延续到城门之外。从高处的窗户俯视，人群犹如奇异的印花布悠悠荡荡地摇摆，终日川流不息，时而有人流连观望好似缀连的枪尖般的尖塔，以至于跟跄地跌了跤。

　　编织昼夜的时间风车始终旋转，王都的繁荣却不减反增。王着手展开各种各样的古怪计划。为了凸显大理石的白，王选择用嫣红的夹竹桃装饰街道。黄昏之神、烟神、殴打猫之神、化薪为灰的神……诞生自王的诙谐趣味的大小无数的奇妙石像被安放在王都的每个角落。狮子在宽阔的台阶上打盹。庭院的深绿色中镶嵌着无数鹦鹉及色彩斑斓的鸟，犹似蔓延的花纹点染在喷泉的彩虹绒毯上。回廊各处的灯被点亮了，火光映照于圆柱、栏杆和拱顶，使得王城远远望去有如光团。此刻，宫中传出笛子与大鼓的声音。绚丽的星座在造型奇异的圆顶和尖塔上空转动，无休止地邀请凡人将心付与疯狂的欢愉。

5

如今，巴布昆德接受来自列国的艳羡与惊叹。就连那势力强盛的塞利孔王——他一直对在北方岩山筑城的基布王的鸵鸟商队虎视眈眈——在高举欣神旗帜的骑兵面前也不敢贸然行动。这座如旋风般兴起的王国为何能够繁昌如斯？念及此，诸王无法不感到恐惧战栗。因为实在难以想象，仅凭人力竟能造就这样一座无与伦比、穷极豪奢的伟大城市。一切事实皆如谎言般令人难以置信。忆昔阿蒙泰普全盛之日，也无法与巴布昆德相提并论。尽管前者的国都亦是由自然与人工的精粹筑就，但转眼就在革命中归于灰烬。然而，大理石筑成的巴布昆德绝不会遭此厄运。王从未犯下一丝一毫凡人的过失，他是诸神的智慧与力量的持有者。四境的诸王由是深信，巴布昆德是真正的诸神之都。他们为了亲近诸神的王朝，便进献金块、宝玉、红海的贝壳以及美貌的奴隶，长长的队列在沙漠中蜿蜒行进，朝巴布昆德而去。

6

然而那时，莫名的不安笼罩在巴布昆德人的心头。那是永恒本身加诸栖居于"完全"之中、作为非造物的凡人的压迫。活在过于调和的状态下，人们感到了疲惫。某个微小的事物时时刻刻舒展着看不见的黑色翅膀，对于王与诸神的质疑再度甚嚣尘上，仿佛塔拉洞窟的巫女言说的神谕般刺穿人心。"难道我们获准居住在这种仙境了吗？这是非同小可的罪过。历来依仗群星、侍奉诸神的我们怎么会被赐予这种荣耀？"这种情绪逐渐发酵，莫名的不安不仅在群众心中酝酿，同时也令王产生了相同的疑惑。

"一切真的会这么顺利吗？我一夜攻陷伊萨拉城时备尝了多少艰辛，就连袭击商队也不像这样轻而易举。自从来到此地后，一切都好像非比寻常。尽管我在与卡诺斯的关于群星的问答中信口开河，但是现实却远超出我的一时兴起，它完成得那么恢宏、那么完美。不，或许是因为我走运……但什么是'运'呢？'运'指的是什么？"

王的想法改变了。即使再怎么高估，自己也不可能具备营建一座大理石之城的力量。

"但是，"他又反过来想，"人类身上潜藏着自己意识不到的能力。阿蒙泰普的隐者、塞利孔的年轻僧侣，未必起初就抱有兴建王国的雄心。最终达成的结果一定是连他们自己也始料未及的。"

——不，还是说不通。尽管行事缜密，但他充其量只是一伙沙漠强人的头目，并非生于塞利孔和阿蒙泰普之地的名门。最令人不解的是，自从发现宝库以来，所有事进行得像美梦一样顺利。

"这究竟是怎么回事？"王试图理清头绪，"从前啃嗫羊骨头的我，如今却被推崇为神祇。我仍不满足于自己的名望，但是比起今日聚集于此的学者已是不遑多让。为什么？是时势吗？难道是某种我以外的力量所推动的？可又能是谁呢……啊，我摧毁了那尊绿色神像……"

　　王惘然环视四周。夕阳将圆柱的影子一直拉长到石阶上。沙漏滴落殆尽，蛮族奴隶小儿已经睡着了。

<h1 style="text-align:center">7</h1>

　　然而，与此同时，王城前广场的棕榈绿荫下，看骆驼的旅人的悄声议论却也未停止。

　　"好奇怪呀。作为诸神之都却从不祭祀群星。"

　　满面胡须的男人远眺着红色天幕下并连的尖塔说道。

　　"尽管如此，伟大的王不也是诸神之一吗？"

　　腰缠黄布的一个人说道。

　　"伟大的王或许是诸神之一。但和俺们这些卖水晶和印花布的小贩毫无瓜葛。诸神不会挑逗走过十字街头的少女，更不会聚众在青灯下赌博。更让老朽费解的是，这座城市的人像是彻底遗忘了诸神，对其不置一词。如果复活的诸神住在此地，如果那面蓝色旗帜确实是欣神的象征，应该能在街头随处看见欣神宠爱的金角山羊才对。"

"你是说，还有另一座真正的诸神之都？"

"沙漠极北有连绵的悬崖峭壁，至今无人能够登顶。据说那里是世界的尽头，也有说法称其为魔界的入口，但是依照神圣的星使所言，那座高山上有另一片沙漠，真正的神国便在那里，其名为萨达斯利昂。"

"我听说的是，那座萨达斯利昂迁都于此地……"

"老朽觉得不是迁都。压根没这么做的理由呀。"

"听从北方来的阿拉伯人说，这座城比萨达斯利昂更加伟大。"

"问题就在这儿！有人说萨达斯利昂美，有人认为巴布昆德更胜一筹。无论如何，世上岂能有两座诸神之城？——按照神圣星使的长篇大论，萨达斯利昂旗帜上的新月远比此地的月亮更加辉煌夺目。数百上千颗天上的月亮被缝进了那面旗，从远处的沙丘上回望，七彩光矢自都城中心射向天穹。不过，老朽也不敢断言哪一座才是真城。这太可怕了。统治万物的诸神会使一切依照他们的意志发展。不管怎样，老朽总觉得这座城不像是由诸神亲自治理似的。"

"那就是说，两边都是假的？"

"判断萨达斯利昂和巴布昆德到底哪一方是真的，还要待以时日。依照神圣星使冗长的发言，没有一个欺骗诸神、盗用星名、背叛群星的国家能够保持繁荣。前些日子，据说有一群商人听到了群星呼唤彼此的声音。一行人中的老者说，昔日塞库都城毁灭之夜也听到了同样的声音。还有呢，今早在市场上碰见的男子称，他前夜望见成群的青蓝色流星朝北方逝去。说来也奇怪，从前在巴布昆德城下绚烂耀目的兰花如今连一朵的影子也看不到了——"

说着，长胡子的男人清了清嗓子，补充道：

"总之，希望不会发生什么厄事。"

两人望着渐渐昏暗的沙漠上空。执枪的卫兵从他们面前走过。

8

类似的话题已经在市民以及卫兵间传得沸沸扬

扬。但即使如此，谣言只不过是晨夕时分拂过椰树叶子的微风罢了。巴布昆德盛满了太过灿烂的梦，令所有人迷醉不已。不啻说，纷扰的议论是面对完璧无瑕的王都之时心生的杞忧。——然而，某天清晨，从沉睡中醒来的白色大理石街道褪去了淡紫色的衣裳，在桃红色的朝日中呈现出一派和平景象。不知从谁处流出的一桩奇闻传遍了街巷。人们不禁哑然互望，印证了埋藏在彼此心中的预想。

9

那是前一日夜里发生的事。王登上箭楼，恰好望见匆忙逼近的夜将面纱覆在整座城市上。适才被沉落沙漠的太阳染作炽烈燃烧的红，转瞬化为黄色，眨眼间又显出红褐色、紫色……映照着夕暮的巴布昆德一如既往地夺人心魄，但今晚的夕阳更胜以往。王陶醉于这样的瞬间，但未几时，他别开了目光，注意到悬于天空西陲的新月。

"有几分像你的眉毛。"

王回头望了望候在近旁的侍女。伊克塔里翁脸上浮现出稍纵即逝的媚笑，旋即用孔雀羽扇遮住面容。正在此刻，王的眼眸中映出了彼方尖塔顶端的旗帜。曾经在炎炎烈日下闪烁、随着热风翻飞的新月旗，今时却在黄昏吹来的风中垂落，宛如被射坠的鸳倒吊在杆头，时而微微飘摇，好似因痛苦而无力挣扎。西方天空中的新月却散发着清辉，愈发超然而冷彻，不正是在藐视漆黑而萎靡的巴布昆德之旗吗？

"恶魔！是恶魔！"大惊失色的王指着月亮叫骂，"那是魔鬼的化身，为了熄灭巴布昆德的光辉而来。张弓！把侮辱我们圣旗的家伙射下来。"

但众人只是面面相觑。

愤怒的王拔出腰间佩剑，他跑上箭楼的胸墙，把剑朝西方天空中的新月掷去。剑刃在钻蓝色的黑暗中闪闪发光，剑身在空中旋转，但不可思议的是，剑中途调转方向飞了回来，恰好刺进前来阻止王的侍女的胸膛。

卫兵不断朝新月射箭，然而无一支箭不是描画着徒劳的弧线，落入黄昏的虚空之中……月亮悠然地沉入远方沙漠的地平线下，仿佛在嘲笑着愚者的游戏，又仿佛静静地从王出离的愤怒中逃逸……

10

然而，民众是不大相信这回事的。乍一听颇符合先前的预感，但仔细考虑，拥有匹敌诸神之智慧的王竟将剑投向月亮，即使是玩笑也未免荒唐。于是，这件事只被人们当作空穴来风的流言。

一日，大学者巴卡斯被召至王座前，他被嘱以这样一条命令：

"我想要你制造出一样会发光的东西，其光芒不亚于西天的新月。然后再将其镶嵌在从四面八方皆可望见的旗帜之上。"

巴卡斯偷偷瞟了一眼王的脸色，王却是一副严肃的神情。于是他战战兢兢地说道：

"陛下，我们利用腓尼基人的狩具的原理，制造出了可以像鸵鸟一样飞奔的战车。我们又利用巴比伦的光学，成功研制出能够照亮广厦的太阳灯。但是不消说，这些终究只是人造物。再迅疾的战车也不能与鸟竞速，再明亮的灯影也无法与日争辉。让巴布昆德的圣旗比西天的月轮更加皎洁、灼烁，诸如此类恐怕只有文人的修辞可以做到。科学的语言中不应掺入任何比喻，正因为恪守准则，我们的许多方案才得以实现。望陛下宽恕我的妄言，陛下砌造的大理石之城与夕照高天之上的云楼霄殿相比，简直是天壤之别。这是陛下自己也承认的事情，但这并不意味着陛下的力量不济，而是由于自然与人工之间存在着无法弥合的差距。"

"够了！"王大手一挥，"你在恐惧欣神吗？"

"怎么会！在下认为除了大地以外，掌控世界运作的三要素只有火、水与风。"

"那你为什么说造不出月亮？你不是曾在从南方来的星辰祭司面前扬言，世界凭借地水火风四种元素而运行，只要能够利用这种力量，别说是欣神，甚至复制主神玛纳的奇迹也易如反掌吗？"

"这……"

"是啊！我们曾以这座城取笑欣神，而今我们却被月亮嘲笑。人们似乎尚未察觉。若他们一旦注意到西天的月亮，拿来与跟蝙蝠似的挂在箭楼上的旗子相互比较，都城还哪里有威仪可言！城中的射手昨夜请月亮尝了数百支箭，但是因为气力不足，没有一支能射过去。我们必须在箭楼上竖起能对抗新月的东西，剥夺它的光辉。"

巴卡斯无言以对。不，许多反驳还淤积于胸，但他不敢在脸色铁青、浑身颤抖的王面前说出口。只是——

"臣等竭尽所能去试试看吧。"

他答罢就慌忙告退了。

11

巴卡斯当着一众学者和工匠的面接着说道：

"就是这么回事。这次的命令让我也一筹莫展，但是，我们必须完成这项工作。这里面最大的难题就在于，我们需要让它从任何方向看都是细长的镰刀形，难度无异于做出一个正二角形。更何况，它所模仿的原型存在于遥远的虚空，根本无从调查。喀珊，新月从侧面看是什么形状？"

"有人说像是从天空裁剪下一块似的，也有人说像天空贴着的一个金色物体。"天文学家回答，"有种说法称，月亮是由一对牛角接成的。但这类说法充其量是童话故事而已。巴比伦的观测报告表示，月亮是从内部接受光线的球体。我们很难在箭楼上造出一模一样的东西。"

"球形可就伤脑筋了。单从观察到的外形而言，似乎没有其他的解释了。"

"没有。目前我们只知道月亮是神明。"

"几何学是如何分析的？"

"唔……"

"人们不是都说月亮是欣神的象征吗？"

"哪一本书都没有相关记载。"

"真没用。但那段描述怎么解释呢？清透的月光宛如基布的金币发出的光，但从大地上任何一座山采掘的金子都无法发出那么柔和的光。"

"据说欣神拥有一座金山。"

"在哪里？"

"位于扬恩河上游的歌谷。"

"歌谷？卡安，你听说过吗？"

"没有。"地理学家歪着头说。

"欣神只是空想的产物，自然也不可能坐拥一座山。坦白说吧，我认为所谓的诸神之都仅仅是那个阿拉伯疯子的白日梦。"

"这些留待日后再说。我们的当务之急是尽快制造出一轮新月。"

12

翌日拂晓，王城穹顶下的工事在日出之前便开始了。

在被选定的矿石拣选场上，数十座熔炉已经建成。雇佣的木匠个个手艺高超。这些手艺人刚开始制作新月模型时，金属溶液在试验中释放出强光与浓烟。参与作业的人都戴着黑曜石眼镜。在另一间工坊，巴卡斯带领技师钻研新月的构造。铸造反复进行了数十回之多。巴卡斯迫不及待想把磨得像镜子一样的新月形铸片镶嵌起来。尽管完工近在眼前，却还要遵照王命将其拼接在旗帜上……他不由得重重叹了口气。

13

一个月过后，黄金弯弓再度浮现于西方的天空。

王转过回廊，目光停驻在月亮上。王无所顾忌地走到栏干边，但他不再想投掷佩剑。——月亮不能从那里摘下来吗？……不能把它缝在旗帜上吗？今宵流丽的月华让王不禁生出这样的愿望，但是一个月前的愤怒难以平息。王朝身后吼道："把大学者巴卡斯叫来。"

被传召的时候，正在检查金属粉末的巴卡斯被青烟给熏得够呛。

"巴卡斯，一个月过去了。你们已经造出月亮了吧？我一直相信你的学识和才能。新月完成了吗？从四面八方皆可望见的新月旗，如何了？……"

王接二连三诘问年迈的学者。巴卡斯开口道：

"陛下，请您怜悯。臣等接受君命以来，夜以继日地投身于研究。刚才已进行到第六十八次铸造，精炼的金属板能散发出刺眼的光芒了。但无论它完成得多么理想，依然无法与今夜悬于西天的皓月相提并论。臣如今才理解了这一点。无论怎么借助科学的力量，所有的努力还是劳而无功，隐秘的叹息早已夹杂在沙漠之风中。陛下啊，望您体察臣的苦衷。"

但王并未回复。

"陛下，望您体察。"

大学者的声音在发颤。

"一个月亮都做不出来吗！我只能眼睁睁看着巴布昆德蒙受屈辱，却什么都做不了吗！"

王望着驻留在远处尖塔上的新月喃喃道。月亮散发着不祥的红色光辉。

此刻，王的眼眸露出怪异的光，右手嗖地拔出长剑。

"你是欣神派来的奸细吧！"

那声音全然不似寻常人声。狂人的剑扎进了正欲告退的大学者的肩头。

14

王命令数学家接替这份工作。阿巴斯惶恐地参与到新月的制作中。先前造出的新月回炉重铸之后，被安装在旋转台上。终于赶在下次新月出现之夜前完工了。然而，人造月亮被搬上箭楼的时候，在实验室中欣喜鼓掌的王也陡然变了脸色。与悬于暮色之中的静穆新月相比，这是多么冥顽愚钝的光啊！这颗依靠发条装置旋转的月亮只是一出愚不可及的哄孩子的把戏！夜半时分，几何学者已成一具冰冷的尸骸。

王接下来委托的是天文学家喀珊。但一个月过后，他也遭遇了和学者一样的命运。每逢新月降临，曾经洋溢着和平与歌声的巴布昆德王城就会变成"受诅咒的王宫"。王一到新月出现时就会陷入疯狂。随着那纤月逐渐丰满、月光愈发柔和，满月的青蓝色光芒彻夜流照大理石街市，将巴布昆德化作一座水底之城，这时，王与从前心智正常的状态别无二致。但是当圆月渐染晦暗，天空之西再度出现细长镰刀之际，王的性情便会加倍残暴。伴随月亮盈缺而起伏不定的疯狂越来越严重，就连在圆月的日子，王也会紧张不安，看见金属器具便大呼是欣神的同伙，挥剑便砍。

事情很快传到了街上。白昼人们仰望倒映出群青色的箭楼，夜晚则眺望摇曳着灯影的高窗，都像着了魔似的关注着王城，一时间众说纷纭。据说王宫中已经出现数百名牺牲者，旅人的数量也大幅减少。被金银星屑装饰的夜复一夜，人们无法再像从前一般安然入睡。十字街口的神像在子夜来临时散步、遥远的北方升起不知真相的孤烟……流言四起。王城之内，狮子仿佛在惧怕着什么，悠长的哀号徒劳地回荡在洁白炫目却又萧条无人的街市上。不可估量的恐惧与竹林中的巨大蝙蝠一同游掠过幢幢房屋。

15

深不见底的不安中，那是人们能够在巴布昆德望见新月的最后一夜。

自东方而来的黑夜的双足尚未踏上狭长的石板路，王城的广场就已奏响不合时宜的喇叭声。与此同时，一队骑士从城门奔出，成簇的长枪映出凛凛寒光，他们向西疾驰。当目瞪口呆的人们爬上屋顶和高塔守望时，他们已如飞鸟般横穿大漠，裹挟着沙尘的人影渺若芥子，消逝于泛着微茫的赤红与青蓝二色的沙丘之后。

王一马当先。昔日的流星王苏醒了，展开了这场对于新月的追逐。王高举长剑，布满血丝的双目怒视着正前方的细长镰刀状的仇敌。在他身后，排列成三角形的骑兵队浑然一体，势若绝尘。他们将长枪夹在腋下，紧握着马缰，屏息凝神，身体所能感知的唯有头盔边吟啸的风与脚边飞散的沙子。但是，月亮亦向西而行，眼看着就要沉入地平线之下。这些风尘满面者犹如一道电光般突驰猛进。眼前，忽而出现了一脉将微明的天空割成锯形的岩山。染红的新月即将触及群山之巅的边缘。铁蹄迸溅火花，奔马踏着虚空冲上了陡峭的斜壁。月亮即刻落向彼方的溪谷。王的剑自手中滑落。

"快！"

一位追随在王身后的勇士策马登上险峻的岩壁，猛然掷出长枪。月亮被枪尖刺中，滚落在不远处的岩上。功勋卓著的英雄却连人带马坠入了深渊。

王在马上直起身，挥舞着头盔。岩石表层的薄光映在众人高举的枪尖上。

奇妙的角形月亮被盛放在特意准备的小青铜箱中，然后系绑在马背上。一行人放声高唱着凯歌，沿着来时的路归去。

16

众人头顶的暗夜中，星屑漫天，色彩斑斓地闪烁着。只听得见被马蹄扬起的沙砾与马具的摩擦声。每个人都沉默地匆匆赶路。已是午夜了。然而，东方仍未看见红色的灯火，王登上地势稍高之处张目四望。无论何处都布满了相同的星星，时不时仿佛谁忽然想起似的，传来两三声"嗞——嗞——"的声音。一行人彻夜向东方驰骋。夜尽天明。映在眼中的仍是绵延的沙丘，只有风留下了条纹状的足迹。

王不禁侧首忖量。昨夜开始从月亮坠落的地方返程，应该用不了这么久，但也不像是弄错方向。倏尔，王望见了月亮坠落的岩山。"啊，那是什么？"王从不知道巴布昆德附近有这样一座山，"不止是距离，巴布昆德以西是没有山的。也许确实是混淆了方向。"王重新考虑道。但是，月亮必然是向西沉没的。王脑袋角落里的微弱记忆被唤醒。传说中，西方尽头有座怪物居住的山，山对面则是深谷。

"没有其他的山了。应该是那里没错，"马头朝着无尽的沙漠前行，王继续思忖，"但是那里距巴布昆德不知有多少路程。穿过沙漠，渡过大河，之后再入沙漠，翻过群山……这几千里的旅途是只应存在于故事之中的距离。——怎么可能区区一夜就抵达了呢……"轻微的战栗窜过全身，王无意识地环视着周围，但他很快装作镇静地大声喊道：

"我们一定是绕了个大圈，很快就能看到巴布昆德了。"

然而，一行人整个白昼都在如焚的沙漠上奔走。第二日、第三日……其后的事情也就不必赘述了。马毙。人亡。

不知经过了几多日、几多月。因为月亮被收纳在青铜箱中。然而，牵着嶙峋瘦马的王与三名侍臣，终于在夕暮中找到了堆积无数的白色碎片。

17

那些白色碎片是大理石，但不是巴布昆德。这里只是巴布昆德曾经存在之地。尖塔与穹顶已埋没在沙中，只有尖顶露在外面，散落在沙漠之中。王与部下循着些许残迹来到了王宫的遗址。王跪倒在地，发疯似的拨开沙土。他终于仿佛想起了什么，走到那匹犹如影子的马前，从马背上卸下青铜箱。但王的手臂已经承受不住箱子的重量。箱子砸落在地，盖子打开了。还保持新月形状的赤红色灰烬零落在碎石上，转眼便化作一缕烟尘消散了。

"噢……噢……"

低吟着的王伸出手指。

在烟尘消逝的彼方，曾在箭楼上遥望的新月皎洁如旧，如同一张黄金弓般散放清辉。继而只听得——唔啊哈哈哈、唔啊哈哈哈哈哈、唔啊哈哈哈……从天上、地下传来地崩山摧般的哄笑声。

☆　　☆　　☆

那一夜，流逝了数千年的时光。天色见亮，那里已经连一片白色大理石瓦砾都看不见了。在风建造了成千上万座沙丘，又将其摧毁之后，其中一座沙丘背后，邓萨尼上尉与我早早折叠好帐篷，跟随着车队出发了。在桃色朝日的照耀下，甲壳虫式车体在沙漠上拖曳出长长的影子。那一日的旅行启程了。在清朗的星座之下、垂挂的天帷之中，当我整晚酣然沉睡时，吹过卡西利那沙漠的风始终窃窃私语，叙说着这个古老的故事。

バンビとモノクロ　チョコレット

巧克力

1

薄霭弥漫的拂晓，珀皮吹着嘹亮的口哨，两手插进裤兜里，在街上散步。

太阳还未升起，一颗硕大的、绮丽的星已在东方的天空中闪烁。染作紫色的街微微亮，但哪里都不见人影。一片静悄悄中，只有珀皮的脚步声以及不时从远处路口传来的急匆匆驶向市集的马车声。如果问珀皮干吗要赶个大早来散步，其实也没什么特别的事。自从在英文课本上读到"为了寻找白雀而早起的农夫"的故事之后，珀皮就开始每天早起，比谁都先从床上爬起来，一个人出门散步。

这天早上，珀皮也瞒着家人从后门溜出，凉飕飕的空气迎面袭来，他什么也不想地在林荫道上散步。道路宽阔平坦，两侧的房屋都还门扉紧闭。珀皮趾高气扬地走在大路中央，若无其事地踢飞了一颗小石子。"砰！"石子飞出一条平缓的弧线。珀皮盯着石子的轨迹，直到正前方，忽地停住了脚步。——距离珀皮约两百米的地方是下坡路，他隐约看见那儿有个小小的红色三角形物体。塔尖？但那个方位应该没有塔呀。这么说是玩具啰？可那也够奇妙的。仔细一看，小小的三角形好像正在摇摇晃晃地爬上坡。是什么呢？珀皮绞尽脑汁想出了一堆红色三角形事物，却都和眼前的东西对不上。珀皮有点害怕，目不转睛地眼看着对方变得越来越大，从红三角下忽然露出一张人脸。三角形是一顶红色尖帽子。

"什么嘛，是这么回事呀。"珀皮心里嘀咕道。就在他轻抚胸口的工夫，那张脸下露出了双肩，然后露出整个身体。原来是个戴着红帽子的人。

于是，珀皮继续往前走，仔细打量一番。什么玩意儿！从对面斜坡爬上来的人穿着半红半黄的裤子。那双鞋子怎么看都像是玻璃制品。他背上长着轻薄的绿色羽毛，只有五六岁的孩子那么高。他和民间传说中登场的罗宾·古德费洛[1]简直像一个模子刻出来的。

——珀皮在书里读到过，罗宾·古德费洛住在栲树、栎树与蔷薇丛之中，在月色迷人的夜晚出现，在山丘上用美妙的嗓音歌唱，跳着奇趣横生的圆舞，直至天亮才归去。太阳现在即将从东方升起，他没理由在大街上徘徊呀。而且，这些都已经是相当久远的故事了。他听学校的老师说，妖精早已灭亡，如今只活在孩子们的想象中。所以说，他想，这家伙八成是假冒的妖精。罗宾走到跟前五六步远的时候，珀皮看了又看，可不管怎么看都像是货真价实的妖精。珀皮还是头一回见到真正的妖精。罗宾那身衣裳如果出自人类裁缝之手，未免也太过精美了。珀皮从未见过这么轻盈曼妙的身体，肌肤还泛着不可思议的光泽。珀皮怔怔地望着那纤如蝶翼的淡紫色羽毛随风飘动，不知如何是好。罗宾·古德费洛微笑着说：

"早安，珀皮！"

对方竟然知道自己的名字，这让珀皮大吃一惊，他立即回以问候：

1　罗宾·古德费洛（Robin Goodfellow），英国民俗信仰中喜欢做家务的妖精，爱好恶作剧，常变成马把背上的旅人摔落水中。

"早安，罗宾·古德费洛！"

既然这矮小的罗宾叫出自己的名字，珀皮也就直呼其名了。但珀皮早有耳闻，"山丘的住民们"都很易怒，帕克[1]也好，寇伯[2]也好，就连那些小妖精也一样，如果不在称呼里加上"绅士"或者"好人儿"，他们登时就不乐意了，所以珀皮说起话来恭恭敬敬。本以为能讨好罗宾，但出乎意料的是，他听罢皱起眉头，脸色难看。哎呀！这是怎么了呢？

"我才不是什么罗宾·古德费洛呢。"

他的语气很粗鲁。这么说认错人了？珀皮慌忙改口道：

"那你一定是尼克·奥·林肯！"

"不，我也不是尼克·奥·林肯。"

罗宾把脸扭向一边儿。

"那么，你是'烈焰'罗布利·巴伊？"

"不是！"

1　帕克（Puck），英国民间传说中的森林妖精，身材娇小，擅长变形，能凭笛声使人类起舞。常被描写为妖精世界的宫廷小丑。在莎士比亚的《仲夏夜之梦》中作为奥伯龙的仆从登场。

2　寇伯（Kobold），德意志民间传说中的精灵，根据地域不同，有时被认为是山脉与大地的守护神，有时是帮助人类做家务的精灵。

罗宾·古德费洛第三次摇头。这可就伤脑筋了，珀皮绞尽脑汁地想着。妖精一旦不高兴就很难哄好，而且人类会为此遭殃。据说，如果有人朝妖精居住的古堡扔石头或者妨碍他们跳舞，就会遭到妖精的报复。譬如，啤酒瓶塞在深夜被拔出来、菜圃和花园被践踏得一塌糊涂、厨房的盘子和盆盆罐罐碎了一地。珀皮听说过许多类似的故事。他冥思苦想，把妖精一族的名字说了个遍，最后甚至连异国怪物的名字都列举进去了。

"鬼火""大哥布林"[1]"地精"[2]"迈亚"[3]"穴居人"[4]"棕精灵"[5]……但无论哪个答案换来的都是罗宾连连摇头。他的面色越发严峻，将双臂抱在胸前，

1　大哥布林（Hobgoblin），中世纪欧洲传说的类人生物，相对于哥布林的矮小、丑陋、邪恶，带有家神属性的大哥布林是对人类友好的善良存在。

2　地精（Gnome），或音译为"诺姆"，欧洲传说中生活在地底的小人，形象常为戴三角帽的老人，擅长制作器具，对矿脉了如指掌。

3　希腊传说中迈亚（Maia）是一个水精，与宙斯结合生了神使赫耳墨斯。该典在后文出现的《浮士德·阿尔卡狄亚》中亦有出现。日文原文"マイム"，亦可对应希伯来语的"水"（mayim）。——编者注

4　穴居人（Troll），北欧传说中生活在洞穴中的巨人，力大无穷但智识低下。

5　棕精灵（Brownie），或音译为"布朗尼"，苏格兰及英格兰北部的民间传说中的小精灵，因着棕色的褴褛衣衫而得名。居住在老宅的阁楼或墙洞中，夜晚出没帮助人类做家务。

和珀皮相视无言。被逼入绝境的珀皮怯生生地看向周围，别说能够出手相助的人了，就连一只狗的踪影都看不见。他暗暗摆好逃走的架势。但如果真的逃跑了，会不会招惹更可怕的后果？想到这里，珀皮更不知如何是好了，只能直愣愣地盯着自个儿的鞋尖。

突然，只听得"哈哈、哈哈、哈"，珀皮被这笑声吓了一跳，抬头看，罗宾·古德费洛仿佛实在憋不住似的捧腹大笑。那双美丽的碧眼狡黠地凝望着自己，这让珀皮忽然发觉自己叫罗宾给戏要了。珀皮有点生气。

"你果然就是罗宾·古德费洛！"

珀皮扯着嗓子喊道，这回被吓一跳的人换成了罗宾。罗宾讶然地盯着珀皮的脸。

"为什么这么说呢？"

他歪着脑袋发问。

"为什么……你的帽子、衣裳、鞋子，不都是罗宾·古德费洛喜欢的风格吗？"

珀皮模仿大人的口吻，不失时机地质问道。

"不过嘛，你猜错了。"

罗宾又坏心眼地说。

"哪儿错了？"

珀皮鼓起胆子反问道。他现在恼火得就是干上一架也在所不惜。罗宾见状赶忙好声好气地劝慰他道：

"你好像生气了。其实你说的也没错。只是……听好了，我小小的朋友。我曾是你所说的罗宾·古德费洛——但现在不是了。"

"现在不是了……？"

珀皮瞪着对方的脸。

"我现在是彗星。也就是康莫特（Comet）·罗宾殿下哦！"

"彗星？"

珀皮又问道。

"没错，是如假包换的彗星。"

罗宾从容不迫地说。

"到底是怎么一回事？"

珀皮听得一头雾水。头戴红色三角帽、后背长有绿色轻羽的罗宾怎么看都是童话里的妖精，为何会和拖曳着发光的尾巴、疾行在黑暗天际的彗星混为一谈呢？

"你会疑惑也是理所当然的。"

彗星罗宾兴冲冲地点了点头，接着说道，

"为什么我们这些山丘的住民会变成彗星呢？这就说来话长了。还得从我们的祖先说起。你认为我们的祖先是什么？'农民说他们是土地的神祇，城镇的市民坚信他们是堕落的天使，大学教授称其为异教信奉的达南神族[1]。然而，他们的孩子渐渐不再受人尊敬，享受不到祭品，最终沦落为可怜的小不点儿。'——说的就是我们呀。这都是哪来的一派胡言？世人的无知竟能到这种地步，简直叫人无言以对！喂，小先生，难道你不这么认为吗？"

罗宾自顾自发着火，仿佛这一切都是珀皮的过错似的。珀皮有点纳闷，他是怎么做到一边强作温柔和善，一边用恶狠狠的语气讲话的呢？罗宾抓起珀皮的一只胳膊直晃悠，接着说：

"真是个叫人扫兴的故事。嘻，光顾着抱怨，还没进入正题呢。这话题就暂且放到一边吧。堕落的天使也好，达南的子孙也罢，我们也曾有过黄金时代！

1　达南神族（Tuatha Dé Danann），凯尔特神话中以女神达南为母神的神族，与其后登陆爱尔兰岛的米列家族交战，落败后被放逐至地下世界，变成了妖精和精灵。

在遥远的往昔，奥伯龙[1]王统治的时期，我们的王国遍及每一座山丘！我们在高山上修筑了漂亮的宫殿，以供在前往月亮途中歇脚。金银铺砌的奢华大厅里堆满了华丽的衣裳和美妙的玩具，整个世界都为我们所有。听说过吧？无数本童话书上都记载了这段故事，你应该读过才对……"

罗宾·古德费洛仿佛不忍回忆往昔，眼角泛着泪光。妖精那时都做些什么度日呢？罗宾往下说道——妖精隐匿在草丛和森林之中，对恶作剧乐此不疲。他们悄悄潜入农民家中推动碾磨，去田野里偷麦穗，在市集上乔装扮成占卜师、杂耍艺人或者地痞无赖。有时伪装成农民；有时往渔夫的网里放入木鱼，吓得他张口结舌；有时在山丘上演奏音乐，跳起圆舞，诱骗年轻貌美的姑娘。那些故事比童话书上写的还要有趣得多。珀皮此刻不是通过书本，而是听一个真正的妖精娓娓道来，好像他自己也成了其中一员。他专注地盯着罗宾的手势和动作，心无旁骛地倾听着。夏日的黄昏，圣约翰日[2]的夜晚，群山点燃篝火之际，妖精

1　奥伯龙（Oberon），欧洲民间传说中的妖精之王。
2　圣约翰日，基督教圣徒施洗者约翰诞生的 6 月 24 日。

的宴会是何其欢乐？为了争夺最好的一株麦穗，妖精每七年进行一次的战争有多么惨烈？随着罗宾绘声绘色的描述，这些场景一一浮现在珀皮眼前，珀皮不觉间听得入迷。

"啊！说着说着就跑题了。"

罗宾忽然发觉似的惊叫一声，像是要否认前言一样，改用低沉的声音继续说道，

"可是近来，不知道为什么，我们渐渐不再受到人们的尊敬。我等眷恋的那些栽满桦树的山丘上建起了大别墅，麦田中立起了烟囱林立的工厂，汽车奔驰的轰鸣声响彻湖畔。久而久之，人们仿佛已经将我们彻底遗忘，漠不关心。时至今日，夜幕降临时，再没有人会向窗外的妖精递上一杯牛奶。这样恍如隔世的变化，想来真是可悲……"

罗宾犹如朗诵哀诗般静静述说。末了，他似乎在垂泪，发出轻轻的、轻轻的，轻到几不可闻的呜咽声。珀皮知道妖精有将几百年、几千年前的历史讲给孩子听的习俗，所以他始终专心致志地倾听着，但听到这里，他不仅对眼前的妖精充满同情，还不由得心生寂寥，不知道如何安慰是好。

"牢骚话就到此为止吧——"

罗宾稍微振作了一些。

"但是，我们已经不能再做从前那些事了。就像农民丢弃锄头和铁锹，背井离乡前往大都会，我们也不得不离开令人眷恋的山丘。大家不免忧虑起来，以后变作什么样子生存下去好呢？齿轮、帽子、缎带、标签、香烟、玻璃瓶、鞋子、火柴盒，我们想出了五花八门的物品，最终却发现人间没有一样东西足够漂亮，足以配得上我们。于是，我们考虑起存在于天上的事物。天上世界存在着繁多绮丽的、不可思议的东西。云、彩虹、月亮、星星、极光……所以呢，我们聚在一起商量选择哪一个。有人主张星星才是最美妙的，但星星始终停留在同一个地方，这与天性爱动的我们不大合得来。那流星不是正合适吗？可是，流星有时候会一脚踩空，坠落到大地上。要是一不留神掉下来，就很难再返回天上，所以流星也被否决了。最终，当我们注意到彗星的时候，'太好了！'博得了全场的一致同意。那是一个黑沉沉的夏夜，事不宜迟，我们立刻在山丘上幻化成不同的模样，赤红的、黛蓝的、苍绿的，不一而足，形状上有像花瓣的、有如撑开的雨伞的、像棒槌的、像骰子的、小小的、大大的……我们凭各自喜好变成纷繁多彩的彗星，飞舞着奔向天河。那是何其壮观的景象呀！纵使是人类制作的最美丽的烟花、博览会的霓虹灯、庞大舰队的探照灯，也不及那夜盛景的万分之一。如同镁条燃烧般炫目，如同硝酸锶的焰火般发出鲜红色的光，数千万的彗星升空之际，就连参与其中的我们自己也大为震惊。"

罗宾像在发表演说一样挥舞着双手，对那些回忆如数家珍。他瞟了一眼珀皮陶醉的表情，继续说道，

"我们飞向太空，却又不知道要往何处去了。因为无垠的宇宙令人目眩神迷，难以辨别方位。即便我们五分钟就能环游地球一周，但不经意间就可能与伙伴走散。因此，我们决定结伴同行。起初我们常常因为迷失方向而苦恼，不过最近已经有了独自散步的自信呢。宇宙中还有无数尚不为人所知的地方。当你在地球上仰望星空，那些看似空荡荡的地方实则充满了你做梦也想象不到的瑰丽事物，无论你有多少双眼睛都看不过来。不过，我们现在已经习以为常，有时候怀念过去，就会回到地球看看。如果你看见夜幕下有

一颗星星拖着红色和蓝色的尾巴走在街上，那就是我。我从黄昏的大海飞向山巅，掠过岩石，恰巧望见下方闪烁的航灯，倏地心生眷念，便降落在山丘上。我心想，就这么打道回府有点可惜，不如像从前那样散散步。后面发生的事，你就都知道了。"

晨风拂过，犹如蝴蝶轻振双翅，罗宾的话戛然而止。他讲述时的表情是那么生动，使珀皮听得如痴如醉。罗宾言毕舒了口气，珀皮也跟着放松下来，二人不约而同地望着彼此。罗宾轻轻地笑了，珀皮也笑了。俩人忽地不知道接下来要做什么，彼此都有些忸怩不安，不一会儿，珀皮仿佛想起了什么，便问道：

"那你什么时候变回彗星？"

"随时可以。"

罗宾说。

"随时？"

珀皮立即问道。

"嗯，现在也——"

罗宾回答，但突然慌里慌张地补充道：

"不过白天的光线太明亮，不容易看得清哟。"

"那今晚怎么样？"

"啊，今晚……"

不知为何，罗宾露出为难的神色，说话也吞吞吐吐的。珀皮不禁起疑，或许他只是个普通的罗宾·古德费洛，变成彗星的经历仅仅是他信口胡诌。

"你真的可以随心所欲地变形吗？"

珀皮试探道。

"干吗这么问？我现在就是彗星呀。"

"啊，是这样吗？但你说过自己也可以变成其他东西嘛。"

"其他东西……可是……没错，大多数东西都不在话下。"

"那你不能让我见识一下吗？"

珀皮的请求冒冒失失的，他满脑子想的都是，要是能亲眼得见童话中才有的场景该有多好呀。

"这就变给你看！变成你喜欢的任何东西都不费吹灰之力。"

罗宾逞威风地点点头。

"没有任何限制吗？"

珀皮叮问道。

"唔，也不是完全没有，"罗宾回答说，"但我跟你保证，你提出的要求我都答应。"

珀皮双手放进裤兜，寻思着趁机可以打听妖精一族变形的秘密。他摸索出一个圆形的小玩意。就它了！珀皮取出的不是手账，而是一小块银色的东西。

"请你钻进这里面。"

那是一颗锡纸包装的巧克力。

"这里头？"

罗宾面对这唐突的要求瞪大了眼睛。

珀皮点了点头。罗宾陷入了沉思，过了好一会儿，珀皮都等得不耐烦了，他转念想，这爱说大话的妖精不会什么都做不到吧？

"不行吗？"

他又催促道。罗宾似乎想要说些什么，却欲言又止。

"好吧，做给你看！"

罗宾决然说道。连片刻惊诧的时间都没有，罗宾的身体转眼间变得像昆虫一样小，他啪的一声就飞进了巧克力。——尽管珀皮早有心理准备，却还是被这幅离奇光景惊得目瞪口呆。珀皮注视着手掌上的巧克力，良久，他回过神，呼唤道：

"罗宾·古德费洛!"

然而巧克力里没有传来任何回应。他更大声地呼喊道:

"彗星·罗宾·古德费洛!"

说完,他立刻把巧克力拿到耳边听声。依然没有回应。只是巧克力变得坚硬无比,像颗小石头一样,而且摇晃起来,内部有咯嗒咯嗒的轻响。该怎么办呢?就在珀皮愣在原地,削尖脑袋想办法的时候,市场上开始有高声交谈的行人走过。已能听得见家家户户的开窗声。朝阳不知何时为树梢染上桃红色,将珀皮的影子在道路上拉得很长很长。珀皮只好把巧克力装进口袋,朝家的方向走去。

2

回家后,珀皮一整天都在桌前托着脑袋,盯着那深棕色小块看。他找到机会把它带到没人的角落,呼唤着罗宾·古德费洛,但巧克力里头一直悄没声儿的,毫无回应。珀皮有点害怕了。可怜的罗宾明明十分不情愿,却被自己不由分说逼着钻进巧克力,现在他迟迟不出来，也许是出了什么变故。一想到这儿，珀皮焦急地想要做些什么，但始终一筹莫展。

不久，夜色降临，珀皮下定决心，干脆把巧克力扔出窗外了事。但他立刻又改了主意。罗宾是应自己的要求钻入巧克力的，若是被这样粗暴对待，他想必会生气吧——可他现今困在里面，又能怎么做呢？每天早晨要数一遍盆栽的花瓣数、夜晚会担心蝴蝶在哪里睡觉，珀皮就是这么个神经质的家伙，一旦开始胡思乱想，就算躺在床上也辗转难以入眠。他害怕家中的物品会自己蹦蹦跶跶地跳起舞来，最后碎个满地狼藉。所幸，这提心吊胆的一夜里，什么都没有发生，天就亮了。珀皮赶忙爬下床铺，跑去看放在窗台上的巧克力。它仍然很坚固，一晃荡就有响声。——珀皮心中祈祷，罗宾已经在夜里悄悄溜了出来，回归天际。他之所以这么畏怯，是因为曾在某本书上读到："如果斯科拉提尔凑巧住进人类家里，就会发生不得了的事。"不过，珀皮的担心是多余的，斯科拉提尔和罗宾·古德费洛可不能一概而论。斯科拉提尔是北方的恶神，性情顽劣，净做坏事；而罗宾只是欢愉歌唱的妖精，喜欢点燃放出缤纷彩光的蜡烛。虽说沉迷于恶作剧，但也仅仅是使磨盘自行转动、叫酒壶跳舞之类的小把戏罢了。珀皮满脑子想的都是那块巧克力，所以想当然地把两者搞混了。

然而，这天早晨，就在珀皮像往常一样戴上帽子，准备出门散步的时候，他刚一踏出家门就急忙折回。珀皮担心再度发生与昨天日出前一样的事件，不，比起这来，他更怕罗宾早已从巧克力中脱身，躲在街角埋伏自己。为此，珀皮一整天都缩在家里，直到傍晚，他才把这件事一五一十地告诉身边的人。但是大家都无法理解珀皮的奇妙烦恼，任谁听罢都哑然失笑。即使珀皮拿出那颗在事件中至关重要的巧克力，也只是徒令他们笑得更大声。

"这一定是为了戏弄人而用泥巴做成的巧克力嘛，没什么好大惊小怪的。至于咯嗒咯嗒的响声，八成因为这玩意是空心的，在素烧时有土碴残留在里面。就是这么回事。"

人们苦口婆心地说明道。珀皮当然知道世间有这种假巧克力，但这和他所说的是两码事。没有人点头赞同他。他们争论了半天，不管珀皮如何解释，人们都不愿相信他的话。

"这根本就是个童话故事！"

争论到最后，有人说。

"或许是你做了个梦？喏，最近每晚的月色不是都很美吗？"

即使有人认真聆听珀皮的话，终究也只是当作天方夜谭罢了。但是对于珀皮而言，无论受到怎样的批评，他都有义务坚持罗宾·古德费洛就在这颗巧克力里。因为他是这起事件的亲历者，更是证人。珀皮找了把旁边的椅子坐下，人们已经忘却了方才的话题，聊起了别的事情。不一会儿，珀皮站起身来，走到墙边，指尖摩挲着壁纸的花纹，不禁揣想，比起这帮人，那个喜怒无常、爱发脾气却会讲有趣故事给他听的罗宾，不知道有多惹人喜欢呢。

珀皮走到院子里。当他踏上铺路石时，忽地浮现出一个念头。既然如此，就只能把它打破了！珀皮下定决心，从口袋中掏出巧克力朝铺路石上摔去。——然而，小小的巧克力毫发未损。即便用鞋跟猛踩，它也只是在地上骨碌碌打转。珀皮又试了一遍，使劲把巧克力往铺路石表面上敲打。依然不起作用。珀皮第四次铆足力气把巧克力砸向石头，它弹飞到灌木丛中，却仍旧连一道裂缝都没有。珀皮背对着残留西空的暮光，茫然伫立在栎树下，束手无策，直到窗灯隐约照亮了栎树叶，他才决定回家。也许是由于连日的疲惫，珀皮当晚很快就睡着了。

3

翌日清晨，珀皮睡了个大懒觉。睁开眼时，朝阳已然射入房间，斑鸫啼叫不止。珀皮忽然想到，可以把巧克力拿到铁匠铺。于是，珀皮一下子充满干劲，飞也似的从床上爬起，草草洗了把脸，攥着巧克力来到了街上。面向交织如梭的车马人影，吭当当、吭当当……珀皮听到一阵回荡的打铁声，立刻跑了起来。他像颗子弹似的冲到铁匠铺的屋檐下，气喘吁吁地说：

"帮我把这个敲碎！"

铁匠听得一愣，忘记了炽热的铁片，注视着那颗巧克力，又瞧着珀皮的脸说道：

"小少爷，你别着急。慢慢说。"

"我不是说了嘛！帮我把这个敲碎！"珀皮说。

"你说敲碎……？"

铁匠听后诧异地捏起那颗巧克力。

"可硬可硬了，我怎么着都敲不开它。"

珀皮两手插进裤兜，还真摆出了一副老爷派头。铁匠歪着脑袋打量那物什，仿佛想起什么似的笑着说：

"小鬼，这个是打不开的吧，特意做得非常坚固呢。是为了恶作剧而精心制作的黏土工艺品吧？"

又被人轻易下了同样的断言，这叫珀皮很焦急：

"这我当然知道。但这东西和那类巧克力不一样。它原来是颗能吃的巧克力，后来才变成这样子的。"

"能吃的巧克力？肯定嘛，世上哪有不能吃的巧克力。我的意思是，这是仿照能吃的巧克力做出的假巧克力。"

铁匠好像在谆谆教导一个不明事理的孩子。珀皮简要叙述了和罗宾·古德费洛相遇的经过，想要得到对方的认可，铁匠却和身旁的弟子面面相觑，捧腹大笑。就当大人与孩子彼此鸡同鸭讲地争论时，铺子外聚集了一群爱凑热闹的看客，纷纷竖起耳朵，来瞧一大清早是出了什么事。这些人瞅见珀皮固执己见，不肯退让半步，不由得面露微笑，彼此交换眼神示意。

"总之我就是想敲碎这东西。不管我怎么砸、怎么摔，都没有一点用。"

珀皮半带哭腔，大幅度地挥手比画着，语调像是在倾诉却又带着点怒气。铁匠终于同意了他的要求。

"好吧！既然你都这么讲了。"

铁匠把巧克力放置在铁砧上，拿过铁锤。

"真的好吗？一破坏掉可就没法复原了。"

"没事！"

珀皮盘腿坐在一把粗陋的椅子上，瞟了一眼聚在铁匠铺檐下的人们，点了点头。铁匠一副从容不迫的样子，仿佛在说一大早就在店头吵吵嚷嚷，终于要告一段落了。他微微举高铁锤，娴熟地敲了下去。然而，巧克力承受如此重击后依旧纹丝不动！吃惊的铁匠更用力地落下第二锤。依然如是。他不禁咋舌，第三次挥舞铁锤。依然如是！

"奇了怪了……"

铁匠摇了摇头，再次把巧克力拿了起来。珀皮正担心地凝视着他。

"本来以为就是块土烧成的陶磁，没想到会这么坚硬。"

铁匠喃喃自语道。方才他是用能把铁片碾开的力气落锤的。但接下来，他使尽浑身力气——哐！巧克力依然毫发无伤。

"可恶！——"

铁匠的弟子看不下去，拉住了师傅，自己急不可耐地挥动铁锤，结果还是一样。又换了一柄更大的铁锤，继而依次拿出了越来越大的铁锤，铁匠、弟子和珀皮三人轮流敲敲打打。守在铺子前的人们也吃了一惊，大眼瞪小眼，其中有自信膂力过人者不耐烦地冲上前，一把夺过铁锤，狠狠砸下去，其中亦有昨夜取笑珀皮的故事的人。

"还真是有几分蹊跷，珀皮，"说着，铁匠迈进屋中，跃跃欲试地挥动铁锤，巧克力仍然安然无恙。

"好难缠的家伙！"他擦着汗说道。

这时，铁匠铺外的街上已经人山人海，珀皮反倒更担心起这边来。因为一颗巧克力耽误了铁匠铺的工作，还引发了这么大的骚动。

"已经可以了……"

虽然珀皮开口劝阻，被冲昏头脑的铁匠却更大声地反驳道：

"不要紧，小孩儿，我可不是会在委托面前退缩的男人。天知道这玩意儿是不是被恶魔附着了！但是连一块粗点心都敲不碎的铁匠还怎么吃这碗饭……不，世上没有这样的道理！"

与其说珀皮，不如说他这话是吼给门外拥挤的群众听的。然后，铁匠指向柜台深处靠墙竖放的铁锤，它的形状如同一把奇妙的板斧。这柄大铁锤是铁匠平日里引以为傲的宝物，放眼整座城镇，乃至全世界，可能也就仅此一件。这是铁匠的祖先在修筑这座城时所用之物。就连继承了大力士血统的铁匠本人，也只是在极其特殊的场合曾经挥动过一次而已。自那以后，大铁锤一直摆在铺里充当装饰。铁匠装出讲给珀皮听的样子，大声向屋外的人们宣传大铁锤的来历。他把那铁锤拿了出来。说实在的，珀皮和看客们都在心里忖度，铁匠纯属信口开河，即便是事实，那这大锤也应该是木头造的——不然的话，多么精壮的汉子也举不起来这般巨大的锤头。然而，当铁匠把它拖到明亮的外屋时，人们确信那毫无疑问是真正的铁锤。

相较于巧克力的坚硬，此刻珀皮和众人更惊讶于铁匠的怪力。铁匠仿佛夸耀般高举起铁锤。他的双臂隆起紧绷的肌肉块，微微发颤，充血的双眼中闪烁着势必一击将这颗傲慢不逊的巧克力化作齑粉的决心。众人都相信这回一定能行。但是对于珀皮以及知道来龙去脉的人而言，事情果真会在满座的哄闹声中尘埃落定吗？他们莫名感到惴惴不安。但是，无论罗宾·古德费洛再怎么神通广大，也不可能与那大铁锤匹敌。可是……珀皮委实放心不下，为了慎重起见，他说：

"躲在里头的可是彗星呀——多加小心！"

不可思议的故事适才还被铁匠当作耳旁风，如今却不由得他不信了。不过铁匠此时过于专注，他惘然地点点头，并没有听进去珀皮的话。古老的大铁锤犹如电光石火般沉重落下。地面发出一声低沉的巨响，房子开始摇晃。铁砧被劈成两截，大铁锤陷入地里，何等惨烈！巧克力还是完好无损。珀皮和人们瞪圆了眼珠，但铁匠怒火中烧，额头上暴起青筋，叫喊道：

"混蛋！太可恶了！"

大铁锤又被高高举起。

"圣安东尼啊，赐予我庇护吧！"

铁匠的脑袋上下左右地飞快转动，在空间中画出十字。随着"哎"一声吆喝，铁锤猛地落了下去，那气势仿佛要将巧克力打入地狱底层。

人们作鸟兽散时，铁匠的房子——啊，多么狂暴的光景——一半都被吹飞了。吓得面如土色的珀皮跑过街道的时候，警察一把从背后抱住了他。

☆　　☆　　☆

铁匠后来怎么样了？被毁坏的房屋如何修缮？那之后又发生了什么？这些细枝末节已经没有提及的必要了。只是珀皮后来想到，那天早晨遇到的罗宾·古德费洛真的是罗宾·古德费洛吗？或许，反而是彗星假扮成罗宾·古德费洛？因为最后的收场方式太过粗暴，不像是"山丘的住民"所为。又或许，只是为了那句"我现在是彗星"的戏言，巧克力才以爆裂的气势一飞冲天？因为珀皮一瞬间注意到，某个发光的物体穿过裂成两半的铁匠铺屋顶，直直奔突天际。之前，当自己问出"你什么时候变回彗星"的时候，罗宾也是慌里慌张地搪塞着。也许他一直在等待变身彗星的时机，直到在街上邂逅了散步的自己……

究竟哪种猜想才是真的呢？珀皮思来想去，还是想不出个所以然。不过呢，这个故事虽然告一段落，但必须得提醒你一句：上述均为真实发生过的事情。只是，我已经说不清这件事发生于何时、何地。毕竟，故事的主角是彗星嘛。你说对吧？——

天体嗜好症

他们试图编织出太阳未曾暗示的梦。

——赫尼克[1]《月光发狂者》

对于不存在传统的事物，该怎么说好呢？我指的是，即便被传统束缚也不会让人有司空见惯感的事物，它们的另一面会因此变得虚无，变得机械性。拿我们在白杨环绕的校园里谈论的话题举例，按键闪闪发光的单簧管要比背上覆盖着红毯的马戏团大象更好。然而，大象比马更好，汽车比单簧管更好，比汽车更符合条件的是令人在高空提心吊胆的莱特飞行器[2]，它有一对黄色翅膀，飞翔的影子落在麦田上。只要电影胶卷还是种新奇玩意儿，它就也应该位在此列，但是比起胶卷和连环画，电影标题秀丽的花体字母更显时

1　詹姆斯·吉本斯·赫尼克（James Gibbons Huneker，1857—1921），美国艺术批评家，创作了大量审美主义批评，将欧洲的印象派绘画、自然主义文学介绍到美国。

2　即美国的莱特兄弟于 1903 年发明的世界上第一架飞机。

髦。我并不是想讨论这种美学。但是，现在回想起来，我之所以会发现自己对新奇事物具有天生的敏感，还是受了我的朋友奥托的启发，我们对于此类事物的感受方式是如此雷同。

那时我们整天泡在电影院里消磨时间。电影是人工的造物，所以银幕上浮现的风景远比真正的自然更美丽、奇妙。全景画装置别提多让我们着迷了，人工照明的光线时而绘出夕暮，时而电闪雷鸣，转瞬又幻化出彩虹。实际上，当全景画装置的帷幕迅速升起，由马口铁、卡纸和油漆构成的"马耳他岛绝景"和"阿尔卑斯山"自深处显现，它们比电影那背弃现实的白色银幕上的幻影更加迷人。我俩为此曾经千百次踏进电影院的大门。后来，我们商量设计一个能装在纸箱里、放在桌上展示的小型全景画装置。奥托家所在的坡道上杂乱无章地林立着一座座洋馆，坡道正中央是一栋掩映在合欢树下的房子，我们在那里沉迷于异想天开的行为。虽然中途发生了种种意外，但是在制作出"日内瓦湖畔""阿拉伯魔殿""金字塔之梦"几部试作之后，我们的主题转向了"旅顺海战[1]"。

1　即日俄战争中的黄海海战。当时的旅顺口军港被沙皇俄国强占，沦为日俄战争期间两国第一次正面海上冲突的战场。——编者注

更早前，我就在附近的海水浴场的演出中看过"旅顺海战"。长方形舞台象征旅顺港外的海域，军舰劈开汹涌的波涛而来。月藏在云后，探照灯在暗影中纷然交错。随着响彻放映馆的巨大声响，从正面炮台发射的炮弹落入大海，威力之大几乎要将水怪惊醒……"为了向全世界展示，花费十余年岁月臻于完美"，演出确实和广告说的一样出色，我想要仿造它。三个多月后，我们的"世界的惊异·旅顺海战馆"终于完工，画着白色轮廓的建筑物在军舰色背景上拔地而起，随着纸箱中散落的红小豆模拟出破浪声，用海战将棋棋子再现了铅色的驱逐舰与鱼雷艇，让它们开进了剪纸工艺品的旅顺港中。这些船舰应在火焰炸响中朝炮台开炮。然而，手电筒打在红色明胶纸上营造的晚霞将逝，月亮升起，月下的海浪也像在真正的旅顺海战馆所见的浪峰一般逐渐光沉响绝。通过用灯光照射并旋转凿有小孔的圆板，我们成功模拟出雨夜，却完全体现不出鱼雷艇被探照灯发现的感觉。又经过一个月的苦思冥想，始终拿绿色铅笔抵着下唇、沉默不语的奥托终于开口，他的蓝眼瞳熠熠生辉，说想要中止在亚瑟港的实地演出。——取而代之的是我们的下一个主题"赫伯特的月球旅行"[1]。不久后，奥托将我们所罹患的对永恒的奇妙热忱命名为"Uranoia"。

（我的思绪奔逸着，当我在闪耀的夜景中，欲同谁接吻的时候，也许在同一瞬间、在群星之都的遥远夜幕下，还有另一个我在与爱人做着相同的事……你听罢这些话，肯定不会嘲笑我们对那个相似的世界所怀抱的宇宙乡愁吧。）

那么，他如何描述月球世界呢？据说月亮上像这条街的公园一样到处是马戏团表演、摩托车杂技、放映机及影院投放的电影——但是月球要比这条街的娱乐中心有趣许多倍。奥托口中的月球兴许就是他先前居住的外国大都会的模样。"赫伯特的月球旅行"小屋位于这座月亮公园的角落。它的外观模仿了天文台的圆弧穹顶，从小屋的背后眺望，钢筋铁骨的悬臂梁倾斜着伸向高空，仿佛通往悬于黄昏中的赤月。在那里——他欲言又止，手指在空中写下"Travelling to

---

1 指英国小说家赫伯特·乔治·威尔斯（Herbert George Wells）于 1901 年发表的短篇科幻小说《最早登上月球的人》（*The First Men in the Moon*）。

the Moon"的霓虹灯饰的字迹。往返于月球的缆车沿着高塔升降，当然，这只是招牌上的绘画。"月球旅行"终究只是设于圆弧穹顶内部的全景画装置。尽管我还未亲眼得见，但奥托始终坚称那是比旅顺海战馆更加美妙、更加宏大的机关。但是我听一会儿就明白了，它的内容很像以红公鸡为片头标识的百代电影公司[1]的作品。电影中，通常是让天文学家与性格反复无常的男人钻进炮弹或者巨大的肥皂泡，升上月球。赫伯特的月球旅行与此类似。苍翠的郊外景色被抛在身下，旅行者穿越云层与广布星辰的空间，轻飘飘地向上飞升。眼鼻俱全的月亮从上方迫近，正当旅行者疑惑自己是否已被它吞入口中之际，画面陡然一变，四周屹立着尖若枪矛的群山，奇花盛放，珍禽翩飞，还有怪物从岩缝里冒出并且紧追不舍。——然而，在旅行者被怪物追得走投无路的时候，月亮皱起眉头，他们便从月亮口中被吐了出来，头脚颠倒地坠回星辰广布的空间。这次去往的却是地球那喷出赤红烈焰的火山口……说到这里，我忍不住插话：

1　百代电影公司（Pathe），1896 年由法国人查尔·百代及其兄爱米尔·百代创立的电影公司，20 世纪早期的电影产业巨头。

"月球的公馆里有很多女人跳舞吗?"

"那里无所不有……"我们就不在这里一一赘述了。但我已经理解,那样的电影里必定出现时兴的舞蹈,仿佛是要破坏某种调和一般,月球世界这样远离世俗的地方也会出现"尘世"的女人。奥托说:

"唔,那些可真叫人提不起兴趣呢。远不如被剑刺穿就化作一缕轻烟的鬼魂,也不如"蹭"地冒出来的奇形怪状的蘑菇来得有趣——但在电影里,前往月球者总是孤身一人。话说回来,赫伯特的全景画装置中不会有旅行者,那些观众本身将成为旅行者,这正是它的价值所在。月亮出现之后,它会不断变大,直至充塞整座舞台,进而让观众以为自己真要葬身于那张巨口。我们就这么干吧! 但是月亮公主并不会出现。最初的山丘和森林的转场,可以将景色画在青色的明胶纸上,再用幻灯一照就行了。至于星空,我们可以在罗纱纸上扎出针孔,再夹在感光玻璃片里……"

这些究竟是他思索已久的结果,还是当场萌生的想法? 又或者这场交谈其实发生于第二日? 我早已彻底忘记了。他从抽斗里取出了装满一纸箱的 Biruta(金属拼装玩具)、一箱上百个小电灯泡、两枚纸制的新月。——拼装玩具在当时是极稀罕的玩意儿，是他身在纽伦堡的伯父送的。但不消说，伯父的礼物还不足以制作月球世界旅行馆的广告塔，他便煞费苦心地从其他朋友那里讨来许多东西，他是这样解释的。然后，圣诞节的小电灯泡用来缀连成空中文字，纸月亮是学校前的文具店老板早就许诺给他的。——两枚纸月亮是用巴伐利亚制的彩色铅笔画在衬纸上的，那种铅笔只要稍一削磨，便有散发着甘甜气息的细碎粉末撒落。奥特换了种构思，打算把月亮贴在全景画装置馆的正面及侧面。

"喂，这枚月亮的侧颜很美吧？——还有用花王肥皂制作的月亮，那可糟透了。"

他仿佛入迷般把两枚纸月亮递到我面前，可是，它们都是朝左的，没有月亮的右脸岂不是很不妙？我插话道。

"说得对，都是月亮，不脸儿对脸儿可不行——但也没法再改笔了。"

"重新印刷一个？"

我回答道。我举例说，学校附近车行的玻璃窗上张贴着海报，背景是彗星划过浓绿色的空间，轮胎把地球包裹得严严实实。确实如此，奥托点头称是。

"土星多时髦呀。"

"真漂亮。"

"彗星也不错呢。"

"彗星也好。"

"你看过吗？"

"看过。——你呢？"

"很久以前见过。深夜时，东北偏北的天空尽头仿佛飘浮着影影绰绰的幽灵，好像正隔着一层薄冰在观望，多少有些瘆人。"

奥托回忆起在从前寓居的异国街道，夜尽天明前，他披着睡衣在凉意浸身的露台上遥望天际。他补充道：

"那便是哈雷彗星吧？——那样的东西在宇宙中疾驰，多么奇异呀。"

诸如此类的对话穿插交错，奇妙地留在了我的脑海中。我至今为止一直觉得，月亮、星星和彗星好是好，可如果宣称像热衷于汽车和电影一样喜欢天体，未免有几分滑稽。但我总觉得，今天的对话无异于直抒对天体的嗜好。奥托也是如此。交谈过后，他在布置全景画装置的舞台、照明和帷幕的时候，还动手收集碎卡纸，开始裁剪星星、月亮、彗星和被光环围绕的土星。我也备受感染。两三日后，书桌上下、挂着大学三角旗的墙壁，乃至整间屋子里到处是乱扔的天体，有些天体则系上丝绳，自天花板悬垂而下，让事后收拾的女佣叫苦不迭。——虽然如此，这场消遣游戏开始的第一天，奥托将众多不同种类的天体排列在大椭圆形书桌上，眼神流露出些许陶醉。

"天上的事物为什么会这么美好？"他回头望着我说。我想起了一桩许久以前就想跟他问清楚的事情，便趁这时机说道：

"但是，太阳不是很无趣吗？"

按照奥托的说法，宇宙中存在的任何事物都奇异非凡，既绮丽而又妙趣横生……我的心中却生出狐疑，土星、流星及星云——甚至理科实验室中的地球仪——都和星月一样奇妙，唯独太阳是那般俗不可耐，恰如对夜景中的煤气灯、灯下墙壁与人影组合的一种妨碍。然而，看来思虑周详的奥托早有考虑，他三言两语就解决了这个问题：

"那是青空的过错。太阳在黑暗的空间中闪耀，也不赖嘛。你知道那家红三角屋脊的点心铺墙上悬挂的画吗？"

他所说的那幅画是我心心念念想要的东西，每次上下学途中一定会在店前驻足，瞧上半天。我却完全没有意识到它是极贴切的例子，结果面对友人哑口无言，这让我十分懊恼。走出合欢树之家的时候天色尚早，所以我去了坂道下的西洋点心铺，想要亲眼确认那幅画。只见装满星星和果汁软糖的塔形玻璃瓶被霓虹映照得闪闪发光，灯下是栎木框裱的"法式甜点什锦"的宣传海报，这实在是、实在是……看到海报中的场景，我不由得再次深受感动。——天文台的露台凌空伸向溪谷，戴红圆帽、穿绿衣的天文学家老爷爷正在用三脚架上的望远镜观察对面险峻岩山之上、朝这边窃笑的太阳。的确如奥托所说的那样，黑暗空间的底色充满夜空的质感，那里浮现的哥特式花体字写着太阳的名讳。缠着花冠头巾的太阳的眼睛和脸颊泛出明媚的色泽，沐浴在阳光中的天文学博士的白髯与衣裳互为明暗。倘若没有太阳是不可能织出这般美景的。

"要不要去看望远镜？"

星期一早晨，刚一碰面，奥托就开口问我。上周六晚上，我们点亮了赫伯特之塔上璀璨夺目的小电灯泡，但我星期天有其他事，就没有与他见面。

"在哪儿？"

"A 山——是一个叫 E 的人从伦敦买回来的。他在 A 山上建了个'圆屋顶'。"

"哎——带手轮的那种吗？"

"当然了！我看到了土星。才这么大一点。"

奥托弯曲拇指和食指连成一个小圆。

"什么颜色？"

"像是黄色和紫色混在一起——"

"土星环也看到了吗？"

"看得一清二楚——透过土星环的稀薄部分，还看得到土星的本体。不知道你会看到什么呢！"

恰巧上课铃响了，他撂下一句"待会儿见"，转身顺着台阶飞奔到操场看台上去了。留在原地的我不禁感到不可思议，他什么时候结识了那位绅士？没听说过 A 山上建造了一座天文台。但是每次去 A 山都会发现网球场、温室、花田之类意想不到的场所——

说来，市镇处于从山麓延伸至大海的斜坡上，山丘周围显得杂乱无序，明治时代的西洋式小别墅鳞次栉比，奥托的神情仿佛在说："这就是我出生的城市，德意志北部的奥斯滕……"——我寻思道，位于这种深山穷林中，难怪不为人所知。我不禁想象着，在飘满油漆味的圆形屋顶之下，恐怕还堆放着大量建筑材料，奥托忘我地把一只眼睛对准天文望远镜的筒口，映入目镜视野的是群星充塞的虚空，身佩光环的土星倾斜飘浮。——而那位看上去四十岁出头，留着一撇小胡子，打扮时髦却颇显沉稳的绅士想必就是 E。

在人们头顶画出半个圆弧的太阳沉入山棱线，徘徊的天光渐渐黯淡，奥托和我来到了托尔酒店[1]。从这里向西，穿过谷地就是 A 山脚下。前方的山丘上有一盏弧光灯随心自在地散开光晕，仿佛在指明那条近道。但是我们故意朝左，沿着宽阔的下坡道来到车水马龙的旧租界的入口，围墙上张贴着威士忌和肥皂的广告。我们飞身跳上在那里转弯的电车。

临近初夏的夜晚已全然像是入夏了。跑下坡道

1　托尔酒店（Tor Hotel），1908 年于兵库县神户市北野町开张的高档酒店，当时号称"瑞士以东最豪华的酒店"。1950 年毁于火灾。

的我汗流浃背，车窗外，商店的彩窗前交织的人影犹如未来主义的画作。我拉着吊环，一边嗅闻着斜前方的西洋女人身上的香水味，一边想着再过半个小时，"圆屋顶"内各式各样充满魔力的机械将让我大开眼界，E先生会向我们讲解那些天上的事物。今夜，我们将在望远镜中窥望另一个世界，却感受到我们所居住的地球这颗行星的不可思议，为此，我们还要乘坐流星烟火，眨眼间便飞越白色银河。还要依凭天文台栏杆眺望这座疯狂城市的夜景……胸前的领带飘飞之间，这些如梦似幻的情绪在我心间落笔成画。

"到了喔。"

被人提醒我才清醒过来，方才还坐满两边车座的乘客只剩下两三人，车顶的电灯散发出奇怪而孤寂的光，落在空空如也的绿色天鹅绒车座上。A山在东边——但在刚才那条坡道起始的近路看A山却在西边——绕了一大圈后终于到了A山。我下了车，电车轨道仍然向前笔直，铁轨在平坦的大道上纵横交错，路两旁是一盏盏青蓝色的煤气灯相隔而立，不知一直延伸至何处为止。虽然眼前的风景生机盎然，但那些巨树就像经常在德国古典画作中出现的一样，木叶脱落、长满树瘤，在摇摇欲坠的星空下明晰可见。哦？神户竟然还有这样的地方，我正想道，奥托忽然转过他那张白脸，问我有没有带烟。我口袋里的烟盒也是空的。

"稍等我一下。"说罢，他就跑开了。约莫二十米外，有座被铁栅包围的宅邸，一片漆黑，但隐约可以看见院中绿植。他的身影在那里消失了。

我很惊讶他对这里像对学校前的公园一样熟悉。我连忙跟上他，但却在高墙围绕的深院中一下子走进了死路。那里也立着一盏煤气灯。不知是否是弥漫的夜霭所致，煤气灯仿佛氤氲着水汽，悬挂着一圈淡漠的圆光，反射在侧面的砖墙上，令我想起曾经看过的某场戏剧的奇妙舞台。我忽然想到，这条曲折的窄径一定通往烟草店，那是间用蓝玻璃砌的房子，屋内点了灯，照得如龙宫模型般金碧辉煌……这时，煤气灯下窜出一条人影，跑过来往我手里塞了个小纸盒。

"只有这些了。"

我以为那是香烟，但抽了一口发现是薄荷。不，我感觉肚子有点熬不住，那是在口中化开丝丝冰凉与香浓的奶油。我走到煤气灯下把玩那纸盒，铝箔纸的表面写着"Starry Night"（星夜），但里面写满了密密麻麻的小字，没有放大镜就无法看清。

"哪儿来的？"

"真奇怪呀。"

我们边说边走，这条不可思议的街道上除了我俩外没有任何人影，唯有我们头顶的繁星与沿人行道排列的煤气灯忽明忽灭，交相辉映。

不一会儿，我们走到一个十字路口，左右是两排完全相同的宅邸，路对面耸立着一栋工厂似的四角形砖瓦建筑。皎然的灯光从高高的窗户流泻而出，还能听见"哗——哗——"的微弱声响，不知是机械发出的声音还是电流声。

"这里是哪儿？"来到那栋建筑门前时，我问道。然而，奥托却把加了薄荷的烟屁股随手丢掉，若无其事地回答：

"谁知道呢。"

我们又点燃了新的香烟，"嘶啪、嘶啪"地吐着烟圈，横穿过依旧寂寥却令人陶醉的街道。我们已经多少次经过这个犹如两面镜子互相反射的十字路口？这是电影中才会发生的情节，我们难道不是正在一部奇妙的电影中扮演角色吗？但是，看到若有所思的奥托好像心情愈发糟糕，我便犹豫地张不开口问他，只能沉默地跟在他身后。我的朋友忽然像提线木偶一样停下脚步。

"瞧！"

他用开朗的嗓音提醒我道。

"就是那儿！我们是从天文台背后的路爬上来的。"

在青灯指引的十字路口之左、在银梨[1]质地的星空之下，那座被白杨树覆盖的山丘被分割为半球形，矗立于山顶的天文台的影子依稀可见，从中流出与奥托衣裳同色的墨绿灯光。

1　银梨，莳绘漆器的一种技法，在漆器表面撒银粉加工成梨皮斑点状的花纹。

贩 卖 星 星 的 店 铺

第 69 回

星 を 売 る 店

日薄西山，海港的街市[1]迎来了澄静的夕暮。我换了件衬衫，系上前几日买的紫罗兰色领带出了门。

枝繁叶绿的法国梧桐矗立在山本大街[2]两旁，犹如文件夹两侧的钻孔。在这风平浪静的傍晚，罕见地有一缕凉风自海吹来。教会隔壁的网球场上，穿红着绿的孩子们像上了发条的人偶一样在玩跳绳。越过冷杉的树梢，爬满常春藤的阳台依稀可望，钢琴演奏的华尔兹从那里流淌而出。

"对了。"我忽然意识到了，便把手伸进右口袋，"再练习一遍吧。"指尖已经麻利地动了起来，从

1　指神户。足穗在神户度过少年时代，写下众多以神户为故事舞台的作品。

2　山本大街，神户市中央区的町名，因保留众多明治时代的西洋建筑而闻名。

"ABC"的纸烟盒中抽出了一根香烟。

我是在哪儿认识 T 这个男人的呢？我不费顷刻工夫就从口袋里的烟盒中取出了香烟。前阵子，我在凑川开发区的入口买了两包"星星"[1]，把其中一包递给他时惊觉，这家伙的嘴里已经叼着一根烟了！我检查了下他的口袋，里面是刚刚放进去的烟盒，并且恰好少了一根烟，锡纸包装却毫发无损。"你这简直比卡特[2]还厉害。干脆加入这里，按月领工钱怎么样？"我说着，并指了指美国魔术师举行表演的聚乐馆正门。也许只需稍加习练，T 就能在购物时将陈列于店头的商品放进自己口袋。我想起老师曾说过"魔术即练习"，便再次伸手摸进口袋，捏着蜡纸的烟嘴儿，摸出一根来。

我也是学过几个戏法的。大拇指和无名指按住烟盒两侧，托住盒底的中指向上顶，同时，大拇指向上弹开盒盖。再用食指帮忙揭开锡纸，拈住香烟一端。这已经有够费工夫的了。烟盒边缘容易破损变形，锡

1　指 1904 年起售的"星星"牌香烟，是日本明治时代后最早的香烟品牌之一。

2　查尔斯·卡特（Charles Joseph Carter，1874—1936），20 世纪美国著名魔术师。——编者注

一千一秒物语

纸也会变得皱巴巴。"但要是塞得这么紧凑的话……"我把取出的金嘴儿香烟放回胸前的口袋，又把手伸进右边的内衬口袋。这回却费了老大的工夫，取出的香烟也扭扭歪歪的。我又试了一次，但还是行不通。我走出了托尔酒店。

香烟大都被玩得没法抽了。我点燃幸免于难的一根烟，拐过街角，走过宽阔的下坡道。两旁是鳞次栉比的理发馆、花店、教堂、小旅馆、裁缝铺、陈列着浮世绘与刺绣的店、女式帽店，蛋黄色的哈德逊蒸汽机车随着律动的音符爬上坡道。穿着羊驼绒外套的人刚出商业会所，朝我这边走来；富态的老绅士裹在白色麻衣里，遮阳帽上残余着高档雪茄的香味；身穿水手服的夫人抬起一只手，另一只手撩起裙摆，急匆匆踏上归途；迎面走来一伙边嚼口香糖边聊电影的短裤少年，还有戴蓝头巾的印度人混其中——坡道之下，汽车、电车的侧影、熙攘的人群纷乱交错，交织出洋溢着诸国色彩的海港黄昏时分的模样。回首望去，坡道正中央的位置是……一座仓库？抑或是施工中的大楼？在那里，能看见堆叠的长方形与三角形，从山峦缝隙漏出的夕光将其浸染为桃红色。在满目青绿的风景中，舞台般的景象豁然浮现，就像整座全景画装置出现在视野正中，似若几何学花纹的形状与阴影上悬挂着赤红、黄色、青绿的船体与烟囱。

"这里适合画成立体主义。"我这么想着，下了坡，右方赫然现出闪烁着奇异光辉的橱窗。我便凑近去看看。

蝴蝶形的女用阳伞与玻璃窗外的花坛相映成趣。煤气灯光流动若水，唯有这里是一派迥然不同于夕阳街道的光景，恍如水族馆玻璃后的另一个世界。还未等挪步，我的目光又被别的东西所吸引。自蓝色橱窗往前数两三栋建筑，中华街的尽头是一片漆黑。我朝那里走去。

穿红缎袜的缠足女子，饱经海风吹晒的、眼睛如绿色玻璃珠般闪闪发光的水手，还有一群赤脚的孩童，他们在砖瓦建的仓库墙下围成半圆。铁门前盘腿坐着一个中国人，身着脏兮兮的黄色衣裳，帽子缀饰着红色毛线球。他身前褪色的红毛毯上排有三枚盘子。

"一二三！"他出声道，移开倒扣在地上的盘子。每枚盘子下都有数颗小黑珠。"嘿！"他将小珠聚拢在一枚盘子底下，其他的盘子也同样倒扣在左右。随着"一二三"的喊声，他揭开中间的盘子，下面什么都没有。又听得"呀"的一声，他打开另两枚盘子，左右却各有四颗小珠。他进而拿出一个金属盆，"嗵嗵"地敲了起来，随即掀开一旁仿佛覆盖着什么的印花布。那里有一把壶，他从中取出了一条幼蛇，那蛇只有铅笔一般粗细。他右手攥住蛇，向众人展示这是条活物。"嘶！"蛇仿佛叫了一声，但这应该是他摆弄响了藏在胸口或别处的笛子。然后，他把蛇头插入自己的鼻孔。蛇顺势钻了进去，随后被他从喉咙里拽了出来。换言之，蛇从他的鼻孔直通到了嘴巴。翘起的蛇尾还悬在鼻子外，忽地又挂上他的耳垂。他摘下帽子伸向前方，鼻子齉着似的，咕哝着讨要赏钱："我这可是豁出性命了，豁出性命了哪。"

"喂！"

有人推了我肩膀一把。回过头看，我身后站着一位身穿亮桃色条纹衬衫的男人。

"呀，是你啊——"

"你傻站在这里看什么呢？"

"豁出性命的表演哦。"

"什么？"N朝前探出身子，瞅见那个伸出帽子、念叨着"豁出性命，豁出性命"的中国人，他的嘴唇上还挂着颗蛇头。

"原来如此！确实是豁出性命了呢。"N从裤兜里捏出银币，扔进了对方破旧不堪的绢布帽里。我和N离开这条街，朝着铁路方向走去。

"我最近读了你的作品，非常有趣。写点异想天开的东西就能拿到零花钱，真是个自在逍遥的活计。读了它的人肯定会说：'神户竟然还发生过这种事啊。'"

我们就这样边走边聊。N忽然停住脚步：

"你还没吃晚饭吧？"

"你是准备带我吃什么吗？"

"来我这儿吃嘛。虽然不知道你本来有什么打算，不过我跟你保证，来我家吃的肯定比你要去的馆子好。"

我们沿原路返回。回到方才那条小路，在愈发暗淡的天色中，操纵蛇的男人正在把毛毯和脸盆收入包中。"

"豁出性命那位！"

N向他搭话道。

"豁出性命，豁出性命。"

那人回答，一副要赶去吃饭的样子。

"他说路过这附近时，霍地有黑影从两旁猛扑过来。他陡然将其塞进箱子，用粗绳缠绕了一圈又一圈，三下五除二就给丢进井底。估摸现在已经由地下通道漂到码头的某个角落去了。"

这家店的墙壁上粘着黏糊糊的红纸，吊着熏猪肉，店里的灯光映得水洼发亮。我走在极为狭窄、凹凸不平的石板小路上说着。

"谁？说刚才那话的人是谁？"

"M 呗。文法学校的小少爷。"

"哼哼，那家伙想得倒全面，但是怎么可能有这种偷运男人的方法嘛。一来不可能叫他干这种活儿，二来他个小毛孩也站不了那么久。比起这个，最近出了件好玩的事。就发生在我家的帐台。你听说了吧？"

"嗯，报纸上都报道了。"

"那人身材魁梧得要命。最初他只是在店里老老实实地哼歌。同行还有个手风琴技艺高超的家伙，奏响一曲不知名的西班牙歌谣，听得人心神荡漾。直到旅馆打烊，他们也没有要离开的意思。那大汉抄起椅子就砸，捡到酒瓶、盘子就扔，甚至夺过同伴的手风琴狠狠摔了。同伴想要摁住他，问他怎么了，却无济于事！他突然讲些不明所以的胡话，朝我和老爹的方向猛撞过来。霎时，老爹举起了手枪。你猜怎么着？大汉立刻像电动玩偶一样举起双手。当我回过神来，头目已经被制服，剩下的喽啰便也聚在一起，束手就擒。我不禁捧腹大笑。尽管我们一直谢绝接待奇怪的乘客，但只要开店就难以避免呢。"

他说起这件事来，活像个独当一面的男子汉。

"真了不起哪！"我说。

"什么嘛。"

"没想到 N 大少爷如今已经是山手一流旅馆的账房了。"

"什么话嘛。要是这么说的话，你……你还记得那把口风琴和包琴用的淡红色手帕吗？肯定没忘吧？"

"知道了！知道了！我跟你道歉！"

我慌忙堵住他的话头。为了掩饰自己的难为情，我掏出了"ABC"烟盒。

"这不是卡里加里博士[1]的马车吗？"

N抽出一根歪歪扭扭的烟。而当我巧妙敏捷地抽出烟时，N说道：

"哈哈哈，这儿还有一个闲人！要是T那家伙，肯定还要给周围的人都看个遍……"

N把烟盒揣进自己口袋里，然后又抽出了一根烟，但他的方法比我更费工夫，手法还很拙劣。

"少糊弄人，不让我盯着可不行。"

N划着火柴，往嘴里叼着的香烟上凑：

"整个神户唯一的未解之谜就是我抽出香烟的方法。怎么说好呢，其实谜底非常简单。我被盯着呢，当然不是从烟盒里抽出来的喽。蠢货，这不是显而易见的吗？我要是真会那一手，早就赚个盆满钵满了。是被戏法蒙骗的观众自己脑筋不灵光。那些人本来就不中用，连曼陀林琴都要摆弄个半年，到头来还是弹不出一首令人满意的曲子。而我呢……大概半天就够了。"

我们出了中山手路。红宝石似的汽车尾灯在鸢

---

1 罗伯特·威恩（Robert Wiene）导演的德国表现主义电影《卡里加里博士的小屋》（*The Cabinet of Dr. Caligari*）中的角色。

羽色的夕阳中愈发暗淡，然后在前方的路口转了弯。

"这是土耳其烟叶吧？好臭。"

N 叼着金嘴香烟的嘴吐出烟圈，又说道：

"——不过我挺喜欢的。这味道吧，和上等的白苏打水很搭，让人联想到浓墨重彩的青空下矗立的清真寺宣礼塔与穹顶，仿佛给金字塔换上了代赭色的棱角。"

"但你总不能在汽车尾气的味道里涅槃吧？"

我脱口而出道。

"唔嗯，这烟很有颓废感。我觉得汽车尾气的味道与 *Two-step Zaragoza*——就是朝日馆的管弦乐团在电影片头演奏的那首曲子——有异曲同工之妙。"

N 这么说着，自顾自用口哨吹起了被称作"二十世纪的悲哀"的快速进行曲，说道：

"你不这么觉得吗？"

"有点太甜了。"

"甜啊……耽美主义就是感伤主义。嘻，就像胖子也有各种各样的胖法。"

"'雅克'不就是专门卖给贵妇的嘛。"

"'雅克'？啊！香烟牌子是吧？确实是卖给城

里的贵妇的呢。你就适合抽'苏丹之月'。"

"'伊西丝'才是既便宜还好抽。"

我俩拐过刚才那辆富兰克林汽车消失的路口，走进位于生田森林背后的一家小旅馆。N打开了走廊尽头的门，他领着我走过铿里哐啷作响的厨房，来到紧邻的一间墙壁很厚的房间，咻的一声点燃了头顶的煤气灯。

☆

七点钟左右，我叼着一根马尼拉烟，拜访了打算在这附近开留声机店的K。

门很快就开了。店内的装潢完工了九成，油漆和清漆的气味扑鼻而来。只有电灯的光明晃晃地落在地板上，屋内空无一人。我上了楼梯，只见拆除了拉门的房间里，新榻榻米中央，K躺在用唱片、机械装置和海报搭建的城堡里抽着烟。

"可能有你喜欢的东西噢。"

K慢腾腾地起身，将一张名为 *Lion Chase*（《狮追》）的唱片置于转台之上。

"蓝色繁星燃烧在埃塞俄比亚高原的黑夜里……"唱针停止的时刻，我说道。

"——如果能听到狮子的吼声，就不自觉想要加上两三声枪响了。"

随后播放的是间或响起铃声的 *Fairy Land*（《仙境》），令人感觉仿佛与童话中的公主同乘鲜花马车，行进在绵延起伏的山丘之间——接下来是更加意味不明的 *Gaslight Sonata*（《煤气灯与你》）——时钟的指针划过八点。我想要早点回家，把黄昏时在坡道上的洋伞店橱窗前伫望时浮现于脑海中的童话记下来。不然的话，它就会变为堆积在我脑袋里的一沓"写不出来的故事"之一。我迅速起身向 K 告辞。

我穿过拥挤的道路，离开了这个丁字路口。我本来想要搭乘电车，但奈何这令人心旌摇曳的良夜，怎么能不步行呢？我在南侧的人行道上向西而行。这一带鲜有人影可见。路两旁是绿植茂盛的洋馆，排列于昏暗而宽阔的道路左右的煤气灯与宁静的街区出乎意料地协调。

"然后……怎么把故事写下去好呢？"我试图在脑海中梳理那个童话故事，"索性就不管不顾，想到哪里便写到哪里吧。"这样的想法萦绕不去，我不禁环望四周，这完全是我心目中的山手的夏夜，而且今夜蕴含着平日没有的不可思议感。有一种无法言喻的梦幻感，化作了薄雾，在这附近弥漫扩散。无论是在远方路口忽隐忽现的、闪烁着前灯的汽车，抑或是从身后哐哐当当驶来的、亮堂堂的电车，都在做着无比绮丽的梦——它们仿佛满载着做梦的乘客。两条铁道中间是成排的铁柱，每根柱头上有两点灯光，在空间中连缀成两条光线，在对面的坡道处画着锐角向下弯折。我仿佛走在曾经看过的某部电影里出现的表现主义风格的大街上。

是梦？还是变化无常的幻想？我发觉自己如同踏入了某部怪奇电影中的大都会。——几乎需要仰视的陡坡、无从判断方向的螺旋形道路、一犹豫便被挤满的人行道、有运动场那般宽敞的大道，在这夜幕下的城市中纵横交织，我所乘坐的灯火通明的电车犹似走马灯一样在街市的缝隙中穿梭。我还清楚地记得，那辆崭新的大型电车有着镜子一样的天花板和一尘不染的玻璃窗。然而，除我以外只有五六个乘客，装束都很高雅，却都忧心忡忡似的低着头。车厢内，只有炫目的灯光倾落在空荡荡的黑天鹅绒车座上。伴随着低沉的呼啸，全速奔驰的电车仿佛不会在任何地方停下来。

我坐在司机旁边，惊叹着，将透过面前宽大的玻璃而展开的街景尽收眼底。这里果然和煤气灯连绵不绝的山手大道很像，电线杆的灯光连成两条向前方延伸的光线，但街上寂寥无人。就这么行进着、行进着，前路漫漫，我的目光驻留在遥远的彼方，无限绵延的灯光在那里向下方折断。眼瞧着离那里越来越近。来了！霎时，我的身体飘浮在空中，电车嗖的一声从悬崖似的急坡上滑落……窗外成排的煤气灯一连串地向后飞逝，轨道倾斜了近四十度，细长的车体犹如表演垂直下降的飞机般旋转，在杂乱参差的房屋间迂回穿行，道路狭窄得令人担心会削掉墙壁……倏尔，玻璃窗外一阵影影绰绰，闪亮的橱窗和其前聚集的人影混杂纷乱，一闪而过，让人根本看不真切。此时，电车又驶过像先前一样荒凉无人、只有煤气灯点缀的寂寥街道，而电车这回一口气爬上了陡峭的斜坡。我是从煤气灯齐刷刷地向前倾斜判断出这一点的。这一瞬间，电线杆的灯光折线再度迫近眼前，轨道在那里成直角倾斜，电车将势如破竹地飞入半空……

"如果现在飞身跳上后面的电车——"我想，"从铺着黑色天鹅绒的座位，走到对面的绿色信号灯照亮的地方，那里有像滑水梯一样的斜坡，那座表现主义风格的城市或许就在坡下？"我不由加快了脚步。

然而这时，我看见正在横穿的十字路口对面，有一扇闪耀着奇异蓝色的窗户。今晚真是与蓝光结下了不解之缘，这次又是什么呢？离近一看，啊呀！小小的玻璃窗内堆满了亮闪闪的金平糖！个头大的若寻常可见的宝石，小的像酒心巧克力，色彩缤纷，红、紫、绿、黄以及介于两者的中间色无所不有。金平糖堆放在三层的玻璃架上，彼此争妍斗艳，释放着光彩。后面彩印海报的一角垂下了头。画中聚集着五六个穿戴阿拉伯风情的白头巾及衣袍的人，他们手持系着口袋的长竿，将头顶的群星拢到一处。我正思索着这幅画的构思，忽而注意到，在撒满红宝石、祖母绿、黄玉与钻石的夜空中浮现出几行白字。

Do you want to suspect This

for a Moonshine？

Sorry，Egyptian Government

declare This is Innocent

（你会怀疑这只是一缕月光吗？

抱歉，埃及政府

宣布了它的清白）

——看起来有必要刨根问底了。

步入店中，花灯下的陈列箱上摆放着停在铁轨模型上的玩具火车和风车。一直背对这边的店员对贸然光临的不速之客感到惊讶：

"欢迎光临。"他说。

"这些到底是什么？"

我指着玻璃箱中的金平糖，态度生硬地问道。

"请您稍候。"

这皮肤白皙的年轻男子有几分女相，他故意掐着嗓子说罢，从背后的架子上垒成金字塔形的小箱子间取出其中一个。他撕破明胶纸包装，一颗泛着蓝色的金平糖滚落到他的掌心上。他捏起那颗糖，向我展示了圆形铁轨上的火车。

"您请看，如果把这东西放进火车的烟囱里的话……喏！"

"哗——"，可爱的鸣笛声骤然响起，火车开动了。

"不是变戏法，也没有机关，而且火车放在玻璃上，也不可能通电。且慢！"

火车的速度逐渐加快，就在即将冲出铁轨时被店员用双手挡了下来。他把金平糖从烟囱里倒了出来，放在我的手上。这东西意外地还挺重，中心部位射出箭矢般的光辉，如同亚历山大石[1]一样随着观看位置不同而变换颜色。

"真不凑巧，本店没有乐器，"店员在一旁补充道，"如果把它放进曼陀林琴或者吉他的共鸣箱里，琴弦就会自行撩动，奏响音声。除此之外还能做到什么？请您睁大眼睛瞧好了。如您所见，这列火车已经拆除了发条，也没有安装汽笛。但是刚才响起了鸣笛声，您不觉得很离奇吗？——这东西甚至可以食用。比方说，若是将其放入鸡尾酒中，顷刻间便得佳酿，连那些用樱桃、葡萄干、杏子调试的美酒也无法媲美。

---

1 亚历山大石（Alexandrite），又名变石、紫翠玉，1830年在乌拉尔山脉被发现，因作为庆祝沙皇亚历山大二世生日的礼物而得名。

还可以磨成粉末，倒入烟叶后卷起来，虽说有些奢侈，但这样的香烟抽起来，仿佛凉丝丝的烟花在唇齿间纷纷扬扬散开。这诞生于无与伦比的奇想的香烟，实在再适合夏天不过了。更有甚者，还能把它丢进烧瓶，拿酒精灯之类的器具加热，嗅着那飘出来的一丝半缕的蒸汽，你将感到类似于抽鸦片似的陶醉，但这梦境是极清爽的，绝无成瘾的担忧，嗅的同时神志清醒，连看晦涩难懂的哲学书也不在话下。尤为奇妙的是，在这些糖果里，红色的当然是草莓味，蓝色的是薄荷味，绿色的是什么味呢？黄色的气味和口感都像是柠檬。人本来就有自己的口味偏好嘛，要是习惯了这些味道，就更加欲罢不能了。"

"那么——"我迫不及待地插话道，"这到底是什么东西？"

"星星。"

"星星？"

"'是天上的星星吗？'您想必要这么问吧。"他用手指向天花板。

"您会怀疑也是理所当然的。这种东西就算近在眼前，一下子也很难接受。不瞒您说，迄今为止，我仍然抱着和客人您同样的怀疑呢，但是无论如何，就像那面橱窗里的宣传画所揭示的一样，人类就是用这种方法收集星星的。这是埃及政府早已宣布承认的事实，所以也不由得我们不信了。"

"说到这里，就不得不提李上尉了，这位飞行员在过去的那场大战中声名鹊起。他在开罗的酒吧里和邻桌的阿拉伯士兵聊天时听说了这个奇妙的故事。他为了一探传闻的真伪，便雇了一个阿拉伯人向导，前往埃塞俄比亚高原上的奇迹之地。结果，他所看见的景象与那张海报上画的如出一辙。那里自古流传这样的说法：真主安拉唯独允许这片土地的住民捕捉星星。有了这段缘由，星星第一次沐浴了文明之光。那么，为什么当时此事没有广为世间所知呢？这才是最令人困惑的地方。奇迹之地是世界上离天空最近的地方，在那里摘星星需要在长老的监督下进行。因此如果讨不到哈桑·埃拉布萨这个男人的欢心，就很难得到星星。事情的始末就是这样。本店的老板是一位德国的印花布商人，仅仅就收集摆放在这里的星星而言，现在足以使同行们啧啧称奇了。虽然我这样说个不停，但客人究竟会信几分……不，对于负责照看这家小店的我来说，更加困惑的是，老板是用什么手段收集到这些星星的？他想用什么样的价格售卖？又或者说，卖了星星后想要做什么呢？……这一切毫无头绪。这辆火车是以前就有的玩具，但是往它的烟囱里放星星会鸣笛、会转动车轮，则是我昨天才发现的事情。同理，星星应该也能使风车转动，但我还没弄清楚该把星星放在哪里。如果我猜得没错，风车也好，别的东西也好，肯定都能转动起来。如若使用大量的星星，想必哪怕是真正的火车和风车也会动起来的。要是在我们的口袋里、胸前、两腋下、裤子里塞满星星的话，人类说不准也能升天呢。可是话说回来，过度开采星星之后，天空都变得寂寞起来了。时至今日，只剩下远方的星星时不时地发着光。"

"原来如此！——不过，也陆续发现过候补的摘星地吧？"

"候补？"

"是啊，比如安第斯山脉、帕米尔高原、昆仑山、富士山。"

我如是说。

弥勒
弥勒
弥勒
弥勒

这一未来必然发生的宇宙性事件无疑将被纳入哲学或者自然科学的讨论。无论历经怎样的进化，从"进化"这一概念本身的性质而言，必定走向某个终点，即必须抵达那个目标、那个目的。（克贝尔博士[1]）

——摘自某个男人的手记

---

[1] 拉斐尔·冯·克贝尔（Raphael von Koeber，1848—1923），德裔俄国人，哲学家、音乐家，在东京大学教授哲学与古典学，将叔本华哲学系统介绍到日本，对明治时代的日本知识分子影响深远。

第一部　黄铜子弹

　　某一系列动作电影 [1] 片头的字幕在江美留的脑海中挥之不去。他望着攒动的群众在明亮的橱窗前留下达达主义风格的影子画，手握着末班电车的吊环，夏日的夜风吹得胸前的领带打在面颊上，他仍在想着，那个艺术标题字幕——与领口荡漾的紫罗兰香气一样——着实难以忘怀。

　　那是剪纸工艺品般的都市夜景。灯火辉煌的塔形建筑物间缭绕着烟霞，上方有五六颗星星在闪耀。出现在那里的子弹却给人以炮弹的印象，像鱼一样轻快地游转，随后，子弹头钉在夜空中的一点，向右拼缀出硕大的空中文字——*The Brass Bullet*（在子弹化作句号时戛然而止）。

　　飞机、汽艇、蒙面怪人、炸药等场面接踵而至，美国佬的电影总透着股荒诞味和赛璐珞艺术的虚幻感，但若是只看标题，其中包含着某种难以描述的悲

1　系列电影（Serial film）指流行于 1910 至 1920 年间的电影形式，多是英雄救美主题的低成本动作片，每周放映一部，由十数部短片构成一系列。此处指本·F.威尔逊（Ben F.Wilson）于 1918 年导演的电影《黄铜子弹》（*The Brass Bullet*）。

伤。——也许是那颗仿佛上了发条般转圈的子弹的效果？也就是所谓"世纪末的感觉"，但却是与十九世纪或者二十世纪截然不同的另一种世纪末。打个比方的话，就像一捆洇了墨的日本纸，江美留如是想道。

在一张纸的两边分别涂上红与蓝的墨液，红蓝两色便如夏季夜市上卖的烟花的渐变色一样洇到了下方的纸上。从理论上讲，红与蓝是密不可分的原色，所以也可以只涂上红色。如果把两边染作赤红的一张张纸看作不断重复的一个个世纪呢？这样一来，一切事物的开端与终结——恰如作为"浮生一日"的白纸的上沿与下沿染上了日出与日落的红晕——不就变得彼此肖似，仿佛被移植入某种永恒的感觉？

这么一想，他开始为那幅艺术标题字幕寻找贴切的比喻。的确，它就像二次曝光的电影胶片，形如旧金山的夜景，在那里重合层叠，令人不禁感到，这恐怕就是文明在历经几十个世纪后演化而成的"最终的城市"。这些不可思议的未来建筑群仿佛已然半透明地、无声地浮现于分不清是晨晖还是夕暮的微光之中。不过，或许是因为在放映标题字幕同时，播放的那首厌世的快速进行曲，一回想起来，他就吹起了口哨，是那首急板舞曲 *Two-step*[1] *Zaragoza*，但降了半音。他吹了几遍通常被认为隐约显出涅槃意味的那一节。

标题背景中出现的未来都市让人联想起洛特雷克[2]画的歌剧海报，画中是一群佩戴假面的男男女女。江美留望着街头，信号灯的红灯鲜艳得像石榴、绿灯透着无可譬喻的清澈，总是让他联想起那幅画面。女子的双颊上各点了一笔红心圆，宛如孔雀，嘟起的嘴唇正欲凑向斟满香槟的玻璃杯，此时，黑影从背后压了上来，紧紧环抱住她。这是在暗示酒杯中的内容物。

他最近终于耐着性子读完了长篇小说《约翰·克利斯朵夫》。这部标榜新世纪英雄主义的大作通篇纠缠于暧昧的音乐主题，虽然读完依旧丈二和尚摸不着头脑，但刻画雅葛丽娜和奥里维这对年轻夫妇的那一章最后……所描绘场景的氛围如同一座人工性的模型城市。近来，巴黎的贵族小姐除了偶尔去索邦大学听柏格森教授的演讲以外，早已远离一切书籍和报纸，

---

1 交谊舞中，两步为一节的舞步，也指该种步法。——编者注
2 亨利·德·图卢兹 - 洛特雷克（Henri de Toulouse-Lautrec，1864—1901），法国后印象派画家，画风受德加和日本浮世绘的影响，是石版画艺术与近代海报设计的先驱。

纷纷热衷于赛车比赛，在场边焦躁得脸色蜡黄。这和小说第五章"节场"有着相同的气氛。在被高楼包围的、铺着石板的庭院中，少年每天黄昏来听音乐家克利斯朵夫讲话，胸中激荡着对革命的幻想。在江美留看来，这名少年的空想像电波一样扩散，性问题、航空技术、星际航行、精神分析学、病理性现象，尤其是克鲁克斯爵士[1]、华莱士博士[2]、阿克萨科夫教授[3]、奥利弗·洛奇[4]等人开创的SPR[5]及心灵学，除此以外，现代人难以想象的宏大无边的人类生活全部领域蕴藏的可能性都将一一展开。与其说它是H.G.威尔斯的世界，毋宁说它必须是梅特林克式思考的对象。

1　威廉·克鲁克斯（William Crookes，1832—1919），英国物理学家、化学家，通过光谱分析发现了铊，晚年对心灵学产生兴趣，担任心灵现象研究协会主席。

2　阿尔弗雷德·拉塞尔·华莱士（Alfred Russel Wallace，1823—1913），英国博物学家，在马来群岛进行生物相的比较研究，提出了区分东洋区与澳大利亚西区动物分布的"华莱士线"。

3　亚历山大·阿克萨科夫（Alexander Aksakov，1832—1903），俄国作家、通灵学研究者，创造了"心灵遥感"（Telekinesis）这一术语。

4　奥利弗·洛奇（Oliver Lodge，1851—1940），英国物理学家、作家，无线电发明的先驱。

5　即心灵现象研究协会（The Society for Psychical Research）的缩写，该组织旨在对心理现象和超自然现象进行科学研究，最初设立的研究范围包括心灵感应、催眠术、灵媒、幽灵、通灵术以及心灵现象历史六种。著名会员包括马克·吐温、刘易斯·卡罗尔、荣格、柯南·道尔等人。

太阳在街对面的房屋后落下，天色将晚，江美留仍然把自己锁在二楼西面的房间里，沉浸于不着边际的想象。这是他消磨时间的习惯。电灯的旋钮还未转动，室内一片昏暗，西方蔷薇色的天空催促着油毡及置于其上的家具浮泛出迥然不同于白昼时的意味。当窗外有三两颗银星闪烁时，室内的桌子、椅子、墙上的穿衣镜、画框、西洋衣柜全都丧失了边界，碎成零乱的裂片，化作彼此渗透的存在，一边交织出未来派画家的"物质的先验论"，一边放射出能够抵达位于无限远方的星云的力线。

　　在这样一个傍晚，平民区的商店橱窗前熙攘往来的人群之中——犹如火焰般发着光、拐过前方交叉口的电车之中；向前行驶、愈来愈小的豪华轿车柔和的红色尾灯之中——存在着他曾经非常熟稔的某种事物。他想，今夜，他是漫步于某个遥远未来的夜幕下，走在群星世界的城市里。然而，守望着窗外的星星渐次增加，江美留想象着一个陌生的金发少女坐在自己身旁。这或许是因为他最近爱读某个美国飞行家[1]传

1　指美国特技飞行员阿特·史密斯（Art Smith，1890—1926），他曾于1916年和1917年两度在日本表演特技飞行。

记的一章。同时，他从自己学校后面的加拿大人学校的学生里挑出一个可人儿的模样来。《阿特·史密斯的故事》原先连载于旧金山的报纸，后来经由日本的杂志译介，他最近读到的是这样一处段落：

　　美国东部地区的夏日黄昏宁静悠长。飞行家偕爱妻走上阳台，围绕着航空界未来的可能性争论不休，最后双方都吵累了，不再说话。她比他更爱读诗与浪漫。因此，她讲起了脑海中的画面：霓虹闪烁的飞机群优美地划过夜空。这主意打动了他。如今，世博会场的上空星明如月，飞机犹如白色的光雨般落下，这让那些"和他想着相同的事情、做着同样事情的人"陷入狂喜。江美留顺着飞行家夫妇的对话回溯，却不知不觉已经用自己的幻想取代了记忆。大概是在关于航空界可能性的对话告一段落、彼此保持沉默的时候，他注意到身边的白人少女似乎正在说着什么，他慌忙说道：

　　"哎？什么？"

　　"你都没有听到我讲话吗？"她些许愤愤不

平地歪着脑袋，转过身去。

"不，我……"他吞吞吐吐地说，"我一直在想空中世界的事情。"

"空中世界！多么意味深长的词语。试想这些幻想成真的未来世纪，该会多么美丽呀。"

倏尔，二人身边的所有物象都消失了，只觉自己身在高楼的天台上，然而，镶边阳台鳞次排列的明亮街道、那座灯火通明的模型城市的远景，仿佛施加了电影的淡出技法，一起渐渐隐没，取而代之的是一种沾满夜露的、不断膨胀的桔梗色空间。富有节奏感的噪声汇合为一场宏大的交响乐，颤振着夜晚安静的空气。声响的源头是光辉灿烂的巨大飞机和飞船。那般光景恰如丁尼生讴歌的一样："天空中飞翔着魔鬼似的大商船，亡灵般的露珠化作雨水落下。"二人所坐的长椅像棒状的饴糖一样飞在空中，穿过飞行器间的空隙。喷雾器喷洒出香水似的露水，濡湿了他俩的全身。

"快看！彩虹色探照灯的光箭绘制出无数有趣的形状，映照在气囊和机翼上面。"

幻觉即将逝去，他倚靠在她胸前，倾听着她平静的心跳声。他不禁纳闷：这听起来仿佛是新世界的伟大呼吸。

"啊!"他喊道，"你胸中有螺旋桨在轰鸣。"

她听了，大声笑了出来。

"你无论何时都听不懂我的话。"

"因为你总是想这些脱离现实的事情呀，"她神情担忧地补充道，"不过，空中世界真的能够实现吗?"

"当然。"他回答道，"俄国小说书写了亲吻大地的农民的心。英国故事的主人公在恋人的胸前听见海的声音。而我听到的是螺旋桨的振动。我是知道的，社会的进步经常取决于人类的梦。"

这到底是什么情况? 偏离吗? 颓废的征兆吗? 抑或是完全不同的事物? 翌日，他在学校的教室里自问自答着。因为他时常脱口而出的这些远离现实的见解和兴趣，有时会招来前辈和同学的非议。——但他绝非沉迷于颓废主义。他想，这里包含的是一种更加独特的具有前瞻性的真相，它远远超越了这伙人的价值标准。这就好比，黄铜子弹解释的世纪末不是"司空见惯的世纪末"。他很难用语言传达这一想法，但是 I 一定能够理解。

I 原来是高年级的学生，但由于胸膜炎休学之后就变成了江美留的同学，而且恰巧就坐在他后面。不知从何时起，两人开始在笔记本上写诗或者零碎的随感给对方看。I 的声音像女孩一样尖利，但他走起路来，活像布里埃纳士官学校时代的拿破仑似的挺胸昂首，趾高气扬。江美留不得不承认 I 用自由诗形式叙述的"感觉"要高明许多。虽然 I 的诗中能看到"胎儿""汗流浃背的劳动者""苯酚的气味"等江美留不喜欢的词语，但另一方面，红袜子的幽会、璀璨如珍珠的太阳、表里分别涂作红蓝两色的单翼飞机盘旋于法兰西春日的原野上空、青花鱼颜色的半月孤悬的时刻、豪华列车驶进德奥国境线上的隧道、聚集在首都地下室里的蒙面人团伙在骷髅头和毛瑟半自动手枪前宣誓……I 擅长描绘这类意象。

某次午休，I 在教室黑板上奋笔疾书下"六月的都市夜空"七个字，却立刻反手擦掉。

"不，什么都没发生，"Ｉ用尖锐的嗓音对江美留说道，"——但是，你不感觉很妙吗？"

确实！六月的都市夜空。

江美留的确感受到某种妙趣。他每每仰望晚霞中的金星，幻视着空中世界，那样的傍晚一定就是"六月的都市夜空"。暗碧色的苍穹仿佛抱住了这颗汗津津的、圆溜溜的、难以入睡的地球，闪耀着的疯狂群星偏离了位置，甚至让人怀疑它们背叛了星座。随着钟表的秒针转动的声音，地表开始剧烈倾斜，直至猩红如酸浆果的月亮被摁在地平线上的时候，从白日苦恼到现在的高层建筑群再也支撑不住，仿佛群簇的水晶般摇晃起来，互相交换电流。如果借用Ｉ的说法，那就像一伙仿佛头戴马术帽的白色蒙面人在硝酸甘油桶前立誓，或者像一个佩戴条纹面具的绅士从卡勒先生的假面舞会上诱拐了美少年，驱车全速奔向法国国立歌剧院前的广场。

若是让江美留自己说，就像郊区天文台的穹顶下响起微弱的电流声，老天文学家对自己阔别日久终于归来的儿子说："在这一瞬间，许多世界走向毁灭，也有许多世界刚刚诞生。老夫做不到像你这样只为地球上的人类担心。"不，场景应该在更现代化的圆顶大剧场之下，那些"未来"犹如妖精般翩跹交错飞在悬挂着的、恍如怪物似的巨大望远镜周围。

下午的授课开始后不久，后面的座位扔过来一个纸团。打开来看，写的是一首题为"六月的都市夜空"的诗。被摆了一道！江美留这样想着。纸上写着这样的诗行："以太在立体存在的虚空中画下七色幻想，球体与六面体组装成的绅士在公升剧院的舞台上演出直角舞蹈，命令格子花纹的观众吹泡泡。" 而收尾的三行诗铭刻在江美留的脑海中，不知何时已成了他恪守的准则：

火龙乱舞

月亮在笑……

生死须臾之际望向遥远未来的飞行员哟

普通的喷气动力飞机倒也无妨，但要是更不可思议的未来机械就更好了。在电影标题的背景中出现的"六月的都市夜空"中飞行，得有凌驾于史密斯和鲍奎尔之上的驾驶技术才行。——但是，依照江美留的理论，届时任谁都会手心冒汗，飞机有如凋谢的流星花般坠落。在海风劲吹的海岸草坪上，七零八乱的机翼与圆筒间本应升起阵阵白烟。但是，人们屏息凝神仰望了片刻，空中舞蹈家拖曳着探照灯的线条，在熠熠生辉的夜之都狂乱回转，上下左右颠倒，他在坠毁的刹那望见了什么？不知为何，江美留觉得那或许就是存在于遥远西方的"不可知"之物。

第二日清晨，江美留给了I一幅未来派风格的淡彩小画。被灯光刺破、贯穿的建筑群变得透明，重叠交错，汽车川流不息，在下方化作细长的带子。那是某个雨夜，公交车玻璃窗外的光景所暗示的纹样。他那时单恋一个仿佛在煤气灯光下长大的少女，但这位轻歌剧舞蹈演员不久便死去了。事发在巡回演出的旅途中，因此，在一个下雨的午后，只有她的两个朋友打着油纸伞跟随着摆放棺柩的板车，一直送至郊区的山脚下……当他的目光透过淌着雨滴的巴士车窗，流连街景时，这篇关于未来派小品画的解说文就自发出现于脑海中了。他说：

"已经不再有人群、汽车、电车和建筑物，我们所见的夜之都会是透明的，但那也只不过是以太在以立体状态存在的虚空中，投影出的七彩幻想罢了。"

所以当 I 问这幅画叫什么名字的时候，江美留应声答道：

"虚无主义者眼中的夜之都会。"

这件事过后，I 的"六月的都市夜空"与自己的"夜的街头"便混杂在一起，不断向江美留的枕畔袭来。那段时日里，他常常在摩天大楼的高层房间里等待着什么。他还与一个女人断断续续地交谈，她仿佛《约翰·克利斯朵夫》中的人物，却无从知晓她真的是谁。

班上的同学 N 眼睛细长，就像晒太阳的猫的眼睛。他面容苍白，有点学者气。有一日，N 在黑板上画了一个葫芦。他说："世界上既然存在葫芦和丝瓜，那宇宙也未必是圆形的。""也有可能是这样。"旁人一边附和着，一边在葫芦的一头画上一块肿瘤。

江美留理解了此人的想法，但他越想越觉得 N 的话更有道理。I 时常挂在嘴边的"以太"其实也是从 N 那里学来的。迈克尔逊 - 莫雷实验早已证明所谓充满整个宇宙空间的以太并不存在。N 还说起过爱因斯坦的"时空弯曲"。不过,"闵可夫斯基[1]"这个名字是江美留自己在报纸的科学版块的角落里看到的。这位数学家所说的世界点与世界线在他脑海中挥之不去,例如"三次元空间中的世界点的运动在四次元时空中表征为世界线"之类的论述简直妙不可言。

后来,他在天文学会学报中看到了德·西特博士[2]的宇宙模型。宇宙乃时间与空间的结合,呈中间较两端细的漏斗形。诸如此类的阐释是那么莫名其妙,却又让人不禁心生向往。"如果站在宇宙的赤道上,时钟就会停止转动。""母线在该面上成45度角倾斜,此即光通过的路径。各粒子的世界线画出双曲线,但是如果粒子的速度小于光速,则变成铅垂面。因此,光与粒子的世界线在宇宙中仅有一次相交。"江美留将这些断片性的论述默记于心。他现在依然在梦中的摩天大厦的高层房间里醉心于这种学说。面对质疑,

---

1 闵可夫斯基(Hermann Minkowski,1864—1909),德国数学家,专攻数论、代数、数学物理和相对论等领域。他把三维物理空间与时间结合成四维时空(即闵可夫斯基时空)的思想为爱因斯坦的相对论奠定了数学基础。

2 威廉·德·西特(Willem de Sitter,1872—1934),荷兰物理学家、天文学家,在爱因斯坦广义相对论的基础上提出宇宙膨胀说的概念。

他就像初遇爱因斯坦的柏格森[1]一样先声夺人（借用为我讲述这则轶闻的前西班牙驻日公使的口吻）：

"从这里把方程式依次展开——所以我说过要这么解——然后就会得到这一结果。"

时间流逝，他期待的事情没有任何将要发生的迹象。也许是因为，预定于今夜在郊外的沙漠地带发射的登月火箭推迟发射，又或是因为耽于观赏"天空飞龙"的演出。

"怎么了？"

他美丽的陪伴者再度望向壁炉台上的时钟的指针。周围太过沉寂了，他从窗户探出脑袋。方才还堵塞街道的杂沓人群消失得看不见一条影子，甚至找不到一辆汽车。这是怎么回事？他甫一回头问道，对面的建筑物顿时亮起了半边。什么！深夜的彩虹？古籍记载的"赤气[2]"抑或是极光？不，这是时刻若隐若现的巨大蛟龙。这来历不明的奇异之物遮盖住都会北

1　亨利·柏格森（Henri Bergson，1859—1941），法国哲学家、作家。曾于1922年同当时崭露头角的爱因斯坦展开一场关于时间问题的著名辩论。——编者注

2　指夜晚天空中出现的红色云气，也指彗星。平安时代的《圣德太子传历》记载道："天有赤气，长一丈余，形如鸡尾。"

方的天穹，回环转动，发狂似的时而伸展、时而瑟缩，每逢散发光芒之际，便可目睹它狂舞着描画出逾越想象的螺旋。四周涨满了化学层面以及生理上都难以形容的恶臭。他认为这是离子的气味。她说，是溴酸钾，不然就是溴化银。两人互不退让——便是这样的一个梦。

某天，江美留走到操场角落，同年级的 F 正独自倚在跳马旁。当注意到走近的江美留，他举起一只手：

"喂，看那座山的上方。看那片青空。能不能戳破呢？如果用指尖戳那片蓝色的地方，就像戳破蛋壳一样，似乎就能够窥见天空另一侧了——就是现在。"

他这么一说，的确如此！泛紫的春日晴空万里无云，不着一丝皱痕，仿佛一层吹弹可破的薄膜。然而，倘若果真戳破一个洞，能从对面看到些什么呢？那里想必什么都没有，只是一片白茫茫吧，他想。数日前也发生过类似的事情。从地上仰望琉璃色的穹窿，那辽远无涯的尽头会是怎样一番景象？他试着思考，存在于那里的将是一个点，还是一面墙？不知是谁在身旁问道："看，那片空旷、广阔的空间里悬挂着无数的星——不觉得很奇怪吗？就像本应空空如也的匣子里装满了东西。你怎么想？"这让江美留思索起空间的界限来。那人似乎是 F，但今天是他与 F 的第一次交谈。看来数日前的事可能只是一场梦，江美留想。

"我听说你好像在研究哲学？"F 拿腔拿调地说道。

"要研究还得研究印度哲学。柏格森之流只会夸夸其谈。"

F 很老成，让江美留觉得他仿佛比自己还要年长三岁。他看上去像是那种会把小孩子们拉到向阳的土墙下玩猜谜游戏或者强买强卖的家伙。之所以引发这种联想，也是因为 F 不大合群，总是一个人闲逛，仿佛在谋划些什么。最近，大家都对 F 敬而远之，他的孤独癖愈发严重了。

江美留清清楚楚地记得，有个圆脸盘的高年级学生，睫毛细长，走路时酷爱双手插袋。他有几分孩子气，混迹在低年级学生堆里，有时冷不防当众脱掉上衣，丢在旁边，耍弄转动起一根铁棒来。但这个天真无邪、总是笑吟吟的矮个子初三生，在某个温煦的夜晚十点半时，纵身跳向了飞驰而来的火车。学校里的传闻说他和继母的关系很糟。在针对这起意外事故的调查取证中，找到了自杀者平日亲近的少年哲学家 F。

"只要有求死的意志，就没有必要再作停留了。"F 在教导主任面前的抗辩引来了纷纷议论。江美留不止一次想要问 F 他们两人平时都聊什么，却不知道如何开口。

"怎么样了？"半晌后，F 再次开口道，"你在写自传对吧？你已经找到了你自己毕生想要从事的志业，在这件事上我很钦佩你。"

这件事是怎么走漏风声的？在那位美国飞行家的传记影响下，江美留心中涌现出尝试编缀类似作品的愿望。但这个计划应该只有 N 知情，因为他找 N 商量了手稿开头使用的插画。他已经开始着手写作了，但不是从头开始写，而是从结尾写起。开端还没有肇始。因为在这部空想自传的结尾，江美留必须是一名飞行家。于是：

"我终于开始了自己的事业。距离、速度、

高度以及其他很多问题还悬而未决。作为一个人，我必须保证父母与妻子的幸福。那就是男人的工作。社会的进步往往取决于人类的梦想。我能为未来的航空事业做什么呢？瓦特看见蒸汽顶开了水壶盖，从而设想出最早的蒸汽机，但我尚且没有比这更远的想象。是啊，飞行家就是革命家。唯有认同这一点的人才会理解，当我飞得比成群的白鸥更加高远，遥望脚下无数张极目远眺的白色面孔之时心中的感激。"

这是全书的收尾。或许他只是为了这段话才编造出全篇，因为他无可救药地痴迷于"事物的终结"。换言之，他所憧憬的就好比启程去往远方的前夜，已经打点好行装，只余下等待的沉静时刻。

他以前钟爱命中注定失事的轮船、背负着相撞宿命的火车，如今被终将坠落的飞机所取代。他渴望"摇曳着春昼紫烟的坠落"。那颗黄铜子弹并非普通的世纪末，江美留的《我的终末论》含有同样的意义，对此，他无论何时都不吝口舌向人们说明。只能说，我实在太喜欢终结的感觉了，他这样想道。就连飘着团团白云的整个暑假，到底也比不上新学期最后一日的美妙。念小学的时候，有个同学在学期末收拾完书桌，就跟着家人搬去了外地。因为太过羡慕，他便问家人能不能也这么做，却被叱责道："我们家又不是租的房子，哪儿也搬不了。"

除了"黄铜子弹"，还有几种像这样的黄昏气氛在江美留脑中酝酿。某部俄国小说的最后如是写道：应该活着的人活了下来，应该死去的人死了，我们的漫长故事迎来了结局；某个法兰西故事的终章这样写道：人生亦梦，艺术亦梦，爱玛把嘴唇抵在盛毒药的杯子上。他将长久以来埋藏于心底的终末嗜好向F倾诉。

江美留还记得发生在懵懂年幼时的一件事。某天下午，他一个人看家，在里间的屋子堆积木，某种黑云样的东西蜂拥而至。父亲、母亲、还在学校未归的姐姐，以及他自己，统统不复存在。这种状态没有一直持续下去，但最后并无留下任何痕迹。……这种难以譬喻的孤寂、无依无靠的感情几乎让他丢弃手中的玩具。

"虽然像过路魔[1]一样兀自离去，但这种情绪难道不是生自内心吗？"江美留这样向这位年长的朋友问起，然后又补充道：

"林木茂盛的德意志小城的深夜……或许已经临近天明了。把旧信、照片和文件一股脑丢进熊熊燃烧的火炉，然后喝下一杯石榴色的葡萄酒。桌子上有把装填完毕的手枪。四周万籁俱寂，窗外始终是被淡泊的月光笼罩的植被，仿佛维系着永恒本身。怎么样？很不错吧？"

"你是穿着蓝大衣、黄马甲的维特吗？"F插话道，"抑或是《春的苏醒》[2]中那个把手枪揣进衣兜、在赤杨林中徘徊的梅尔希奥？你发现了盲点哪。——我觉得那团黑云是一次非常好的体验。赏识柏格森的威廉·詹姆斯与其弟小说家亨利·詹姆斯——这对兄弟的父亲老詹姆斯就曾描述过：'不安在电光火石间袭来，浑身的骨头都咔嗒作响。他察觉到自己身边蹲着一个看不见的人，散发着妖气。他想要呼救却发不出声音。'这和你所说的黑云是一回事吧？"说罢，他

---

1 过路魔，指忽然出现对某家人降下灾难而后又忽然消失的妖魔。
2 德国表现主义剧作家弗兰克·韦德金德（Frank Wedekind）于1891年发表的戏剧。

一千一秒物语

慢悠悠地翻开夹在腋下的布面小书。"你听听这句如何，"随即用成年人的口吻悠然念道：

"我们一旦——你听好了，"F继续读道，"我们一旦消灭了意志，人生便如破晓的梦，只能观照出淡漠的现象，而且它和梦一样不知何时就悄无声息地消失了。因此，盖恩夫人[1]才在自传的结尾说出诸如'如今任何人都没有了差别，什么也不再欲求。我不知道自己是否存在于此'之类的话。"

"这是什么书？"他问道。

他看到书脊上的文字"增富平藏译《叔本华随想录》"。这些话令他莫名联想到那条被白杨树夹迫的电车线路，在上学路途中的坡道上蜿蜒延伸。无论是在拉货的马匹大汗淋漓，望之令人同情的夏日午后，还是在呼出白气，新毛衣的甘甜气味叫人怀恋的冬日早晨，每当通过那条坡道，江美留都会想起陌生的盖恩夫人，在心中勾勒出这位西洋夫人的画像：映出蓝白色黎明的窗边，她早已丧失愿望与热情，外在的一切化作了虚无。灰发的妇人双手合十，静静地凝视着

1　盖恩夫人（Madame Guyon，1648–1717），法国天主教徒、寂静主义的代表人物。

神。尽管如此，盖恩夫人的自述仍是对那幅画中的夜之都最理想的解说词，但是江美留自己也不明白：

为何会对我们在这世上所做的事情中彼此相似的两者如此在意呢？

＊　　　　＊
＊　　　　＊

为了创作《庞士彗星[1] 来临时的梦》，他回想了一遍至今为止的思路。

这回的作品应当视为前作《小小的诡辩家》的续篇。江美留的朋友里除开几个留级生，个顶个都是以年级前十名以内的成绩毕业的，虽然是从后往前数的前十名。这还要感谢学校方面的宽容大度，不过，在这所由南卫理公会[2] 会督兰布思博士[3] 创建迄今三十年

1　庞士－温尼克彗星，系周期为 6.32 年的太阳系内周期彗星。这颗彗星在足穗的《弥勒》《美的衰朽》《彗星俱乐部》《我的宇宙文学》等作品中均有登场。

2　南卫理公会（Methodist Episcopal Church, South），又称监理会，系作为新教教派的美国卫理公会 1844 年分裂派生的一支，1873 年传入日本。

3　沃尔特·罗素·兰布思（Walter Russell Lambuth，1854—1921），中国名为蓝华德，美国宣教士、医生、教育家。1886 年随父渡日传教，在神户创建关西学院。稻垣足穗中学时就读于该校。

的学园里，这份宽容恐怕也已经是尾声了。在赶走这帮"《前夜》[1]俱乐部"的成员之后，以此为契机，原本崇尚自由主义的校风赫然转变为只以追求名牌大学升学率为目标。因此，他半自传性的创作中也弥漫着这种终末的氛围，比如他与F的对话、空间的尽头是点是线的问题、傍晚随着路灯亮起而犹如蝙蝠般接踵而来的事件、江美留无可奈何独自散步的意象，这些文献式记述的开头是这样写的："喜欢对方的人格、脾气、思想什么的只是谎言。无论是谁，都会先着迷于对方的眼睛和嘴角。也有人喜欢的是对方的鞋扣。"他就这么不换行地写了一百三十余张稿纸。

他并非有志于文学，也不知道今后要做什么，而且对虚无的癖好让他不愿做出判断。不过，他还是写信问了东京一流杂志的编辑可否看看自己的作品。愿望实现了，但他早就预料到了这一点，便也没有多高兴。即使不能如愿以偿也无妨，因为这个世界本来就是这样的构造。"你所说的已经是禅了。"尽管有人

---

1 指俄国作家屠格涅夫的作品《前夜》。小说的"前夜"指的是俄国农奴制改革的"前夜"，描绘了这个重要的时代转折点下，以青年知识分子精神生活为轴心的俄国社会生活图景。——编者注

如此回应道，但在江美留的哲学看来，事物间的差异原本就不是理所应当的存在。彼此对立的两者实际上是同一的。世间万事无出于"仅此而已"之上。只不过，江美留清醒地意识到这一点——比如盖恩夫人之流的学说——是将近二十年后的事情了。

从东京来了回信，江美留也将原稿寄了出去，结局却是不了了之。轶失原稿的结尾仿佛不忍就此结束般，洋洋洒洒写着几十篇童话风格的断片。那时，I托家里关系得以在神户的中央邮局上班，但他常常翘班，一大清早就带着便当跑到江美留里玩。有一天，I聊起了最近凭借《指纹》《美丽的街市》《西班牙犬之家》等作品在文坛崭露头角的 H·S[1]。"说起 H·S哪，"友人在散步时说道，"听说他讨厌阳光，经常把遮雨板放下，在屋里点着煤油灯写小说。"

一听这话，江美留立刻产生了想把自己的小故事集拿给那位新进作家看的冲动。他向 H·S写道："我孑然一身，几乎要消失了，所有的只剩下自由。如果有哪里的国王愿意带回我，把我豢养在鸟笼之类的地

1　指日本诗人、小说家佐藤春夫（1892—1964），H·S 是其姓名的罗马音首字母。佐藤春夫赏识足穗的《一千一秒物语》并提携他登上文坛。

一千一秒物语

方，我情愿为他想出无数有趣的故事……"接着又补充道，"请看，只有当人生了无兴味，人才会成为童话的天文学者。离示巴女王而去的巴尔萨泽不就是在瞭望塔上研究星星吗？"

东京那边很快有了回信。黄色格线的稿纸上写着大字："您的自吹自擂果然不假。我一兴致勃勃地读起您写的东西，就像品尝一道开胃的冷盘，又像在抽一根香气扑鼻的烟。"H·S还写道，如果其他写好的作品能够凑成一册书的话，他愿意帮忙撰写序文，促成出版。江美留回复道："我想要写写看——厌恶人生，厌恶艺术，只为了探寻自己喜欢的东西而走遍世界，最终在伦敦买了一条领带就打道回府的男人的故事。意志力薄弱，经常说除了这样的事，做不出别的事来，胡子时时留长，时时又剃了的男人的故事……"故此，被H·S称为"黄昏的人[1]"的江美留也初次看到片刻的光明。他去了东京。戴着象牙细框夹鼻眼镜的H·S坐在他对面，那一天，H·S点亮从银座买来的红帽台灯，兴高采烈地说道："来，让

---

1 足穗在现实中确曾给春夫写过这样一封信。两人的信函往来被春夫写入小品文《黄昏的人》，文中亦是用首字母代称足穗为"T·I"。

我们沉浸于庞士彗星的幻想吧。"

这是大正十年（1921）秋天的事情。但作品的构想早在江美留还住在老家的时候就已浮现。海港之城每日放映着青鸟[1]的电影，细长的哈瓦那雪茄，末班电车的晚风吹得领带打在微醺的脸颊上，正当他陶醉于"六月之夜的都市季节"的时日里，报纸报道了庞士彗星的临近。人们说今夜的流星雨想必值得一看。然而，彗星距离地球最近的那一夜，江美留正走下山手的坡道，望着抛锚的轮船的客舱漏出的灯光，他忽然回过神来，望向上空，那里只有一片染上合欢花色的梅雨季节的夜空，倒映出平民区的灯火。即便如此，一个幻影依然在他脑海的角落里持续发酵：

　　一年春天，在世界尽头的城市——一个不可思议的俱乐部成立了，成立日期是否为愚人节当日已不可考。没有人呼吁组织，这个奇怪的集体自然而然地形成了，当它开始被人们议论纷纷，却又在夏天到来时自行解散了。人们

1　指美国的青鸟影业公司（Bluebird Photoplays Inc），成立于1916年，1919年旋即被收购合并，其电影在日本影响广泛。

一千一秒物语

称其为"赤色彗星俱乐部",这个名字源于成员在该组织最活跃的六月下旬目击到的幻影。那是在庞士彗星来临的深夜,彗星的尾巴擦过地球时产生的某种海市蜃楼。虽然不晓得幻影出没的舞台是银幕,还是作为灵媒摆放在暗室里的玻璃瓶,但他们解释说那是浮现于漆黑地平线之上的一座都市。据说在吸食鸦片者的梦中,所有的物象都比自然状态扩大了十倍乃至二十倍,这座城市便是这样肉眼难以观看的庞大建筑群,堪称用立体主义技法画出的清真寺,几何形状的侧面上落下种种奇异投影,但谁也不知道照明灯光从何处射来。

另外,这座荒唐无稽的都市背后还有犹如孔雀开屏般的七彩探照灯,纤细得如蜉蝣的羽翅,它们无声地转动,令人心中涌现出怡然的寂寞,不由怀疑起自己的身体将会随之消失于何处,却又感到这个瞬间流逝了无数个单位时间。……感觉只是短短数分钟,实际上或许历经了数千年、数万年。

这期间的远方——那座城市的影子始终鲜

明地倒映在下方，就好像它矗立于平静得令人恐惧的海面上，由是向外扩张的第二条水平线上出现了赤色的军舰。这艘赤色小艇在更遥远的荒漠所构成的第三条水平线上参加了数月之久的海战。此事是赤色彗星俱乐部最出色的干部亚瑟·斯坦利·科林顿爵士亲眼所见。

科林顿爵士是位功勋卓著的海军中将。有传闻说，在某次春季军事演习中，一颗黄铜子弹从他身边擦过，那以后他的脑袋似乎出现了道裂痕。而事实是，他在海岬上的白色别墅休养期间，在某个深夜发现大海渺远的水平线上闪过曳光弹的踪迹，不久后耳边传来大口径炮弹的爆炸声。第二天夜里，同样的炮响在同一时刻、从同一方向传来。科林顿爵士于是判断，在这座海岬正对的水平线之后有两支舰队在回旋航行，画着彼此交叉的大圆。他还注意到，此圆与彼圆每十二小时相交一次，两支舰队行列各自沿螺旋形前进，相交的中心不断向海岬方向推进。科林顿爵士推定今夜必定将在这里看见些什么，到了夜半时分，果不其然！他料定两列舰队从深夜的海平线左右两边开来。一方是蓝色、一方是红色，恍如夜光虫般在黑夜里也能看得分明。今夜是最后一战了。俄顷，夜的帷幕被撕裂，仿佛能从中瞥见另一个世界，大海战一触即发。……对战的舰船混杂在一起，乱舞的火焰如同投入水盘的钠块一样迸裂喷发。双方交错的炮火声密集得有如蒸汽机连续的轰鸣。他举起双筒望远镜看到，桅杆折断，舰桥崩塌，烟囱被炸飞。倾斜的军舰行将沉没，白烟升腾，随即沉入地狱的渊底。这幅光景倒映在如镜的水面上，仿佛有了双倍的美。

恰逢那时，金币色的半月冉冉升空，它叼着雪茄看起戏来。最后这场混战打得不分敌我，昏天黑地，有如将玩具箱倾倒一地，有如烟花铺子里发生火灾……蓝色船只、赤色舰艇尽数化为乌有。漂着余烬的海面空旷如镜，只余下一艘战舰，船尾拖曳着两道波纹，犹如赤色甲虫般蹒跚爬行，仿佛有不完成使命决不罢休的觉悟，奄奄一息地朝这边驶来。科林顿爵士发现今夜城中只有他自己察觉到这场海战，他不自觉按了按脉搏，愕然放下了窗帘。……然而，当桃色的拂晓来临，他忍不住凑到窗边望向海面，几乎要昏厥过去。夜半驶来的赤色战斗巡洋舰仿佛喘着气般正停泊在眼下的港湾内。桅顶系着奇妙的绿色三角旗。放眼望去，在这个静谧的清晨，每一根烟囱都升起笔直的烟柱，只有那面旗帜仿若有生命一样飘扬！

从那以后，这座海岬之城中有越来越多人看到了那艘本应看不见的船。官府对此予以严厉禁止，凡是谈论赤色军舰的人悉数遭到逮捕，被关进岬角上的那座白色疯人院。于是乎，科林顿爵士成了光荣的第一位入院者。故事到此结束。

故事在半途走进了岔路，但按江美留所想，科林顿爵士看见的赤色巡洋舰与赤色彗星俱乐部的幻觉中出现的事物必然是同一的，另外，它还是杂耍艺人"天空龙"在那座旧金山风格的未来都市上空望见的东西。——但是俱乐部成员们并不承认船影的存在。尽管他们在最初的夜晚也和科林顿爵士一样听到了海面上远远传来炮弹声。那一瞬间，荒诞的积木城市犹如隔扇屏风上的画一样猛地颤巍起来。旋即，一颗美得惊心动魄的鲜红炮弹灼烧着飞向空中，徐缓划出不禁令人注目的巨大圆弧。散发出深红光芒的炮弹恰好在都市的正上空骤然悬停——炸裂。裂片好似盛放的鲜花般贴满整个空间，转眼间，新的炮弹又已发射，试探般转着圈四处游动，犹如一根短铅笔从街景的左上方斜向插入，在始终明灭旋转的探照灯照出的条纹背景上挥毫出一串花体字母，令人想到某种兰科植物千年一度的绽放——The Red Comet City（红色彗星之城）。目击者们忽然发觉，这座仿立体派的巨大都市实际上是一具庞大如山岳的尸骸，它单手撑地，横卧在那里。

不过，江美留对这具巨大的骸骨怎么都不满意。用什么替代它好呢？每当记起赤色彗星俱乐部这一构想，他便在心中反复推敲。I 听罢他的设想曾说"像是个波兰少年的梦"，但那也已经是十五年前的事情了。《科林顿爵士的幻觉》一直无法逃离被搁置的命运，但是偶然间，始终心心念念的江美留终于遇到了最适合用来取代最后一幕骸骨的东西。

那是他在时常去拜访的一对夫妇家中看到的照片。枯瘦的菩萨坐于莲台上，他的酮体和胳膊一般细，右脚盘起搭住左脚，单肘撑在右膝上，手指摸着面颊，冥想间露出些许邪恶的笑意。据说此为李王家博物馆[1]收藏的三国时代[2]的佛像，江美留后来查阅辞典获知，这尊菩萨只有时候到了才会站立，因此只有坐像或者卧像存世。他自小就对"弥勒"有所耳闻，祖母的故事、街头表演的落语常以此为题目。然而，每逢看到那张照片，他都从屹立的佛心中体尝到超越现代文明最新数据的未来感。为此，这张照片最应在黄昏时拿出来看。

前天傍晚，江美留去送这家的夫人，两人走在刚刚竣工不久的柏油大道，还未装设街灯，四周暗沉沉的。江美留自孩提时代起就对天文学情有独钟。他对彗星和星云有所了解，却对星座没什么兴趣。这主要是出于他的学生气，只愿意接受在自己兴趣范围内的东西，因为唯有"群星闪烁的夜是我的星座"（叔

1　指今位于首尔的国立古宫博物馆。该馆在朝鲜半岛日据时期（1910年8月29日—1945年8月15日）更名为李王家博物馆。

2　指公元前57年到公元668年，高句丽、新罗、百济三国割据时代。——编者注

一千一秒物语

本华）。但这数年以来，城市开始大规模地扩修国道，灯火稀疏的萧条街区向东西分头扩张。他时常路过那边，头顶展开的夜色正如昔日在平民区所望见的暗夜一般，他心中生出为这清夜创作绘卷[1]的愿望。大约用了一年时间，到了今时，他已经在应四季不同而变化的铁黑色穹苍上镶嵌了神话人物、怪物、动物、器物不等。他将这个绘本故事讲给身边这位黄昏的同行人。美人就适合若有所思的样子，他想。也许是因为美人好比音乐，作为最具体的存在的同时，又是无比抽象的存在？那一晚，他很罕见地滴酒未沾。或许是即将告别从少年时代一直住到现在的这座海峡边的小镇[2]，他感到淡薄的满足感。

　　"何为文明？"他口中喃喃着爱默生的话，"什么是文明？我的回答是，文明就是好女人的力量。"——他感觉自己在很久以前，久到不可能回忆起来的遥远过去，曾经和今宵的同伴一起，在散开的

1　绘卷，日本平安及镰仓时代盛行的绘画形式，创作于画卷上，由文章及与其对应的画交替构成，内容多改编自佛经故事、物语、日记文学、寺院缘起或者高僧传记。如《源氏物语绘卷》《信贵山缘起绘卷》《西行物语绘卷》等。

2　指兵库县明石市，南面明石海峡，故有此语。足穗小学时从大阪移居祖父母所在的明石。

花束般璀璨的大颗星星下穿着凉鞋散步。多半是在雅典或者科林斯。于是，他面向幻想的同伴者，悠然说道：

"呐，总觉得曾经和你像这样一起散过步。"

"是呀，我从刚才起就一直这么想。——从那以后究竟过了多久呢。"

"这很奇怪吧？"他再一次抬头望，那里散落着的星星比以前更加奇异，而且越抬头望便越诡谲。他时常梦见它们。

不知何处的山丘上出现了两人与一条黑影——那影子好像是从旧约里走出的人，但又像是恶魔。今夜受到这位来历不明者的邀请，他们爬上这座荒凉孤寂的山丘，眺望前方，群星正自地平线攀升，缔造出无边无垠的星星群落，让人不禁感到将要发生不得了的事情。它们不似寻常所见的星座，相反，像是商量好似的变幻出千奇百怪的形状，宛若手工制作的豆子工艺格栅，其中有些如同钠与锰的结晶。况且，它们并非简简单单的四方形、三角形和锯齿形，而是世界上最前沿的几何学者也难以在脑海中勾勒的复杂图形。如是格栅群时断时续，却又绵亘不绝，伴随着鲜明的立体感，即便一直延伸至远方的远方，人们也能够辨别出它们彼此间的远近。而且只需些许时间——大约等于在夏夜辨认流星所用的时长，它们便如玻璃窗上滑落的雨珠，撒落得到处都是。挂落各处的星星在新的秩序下排列重组——它们更加迅捷地流散，或者缓慢地爬升，与那些早已存在的事物紧密相连，编织出迥异于先前的立体派格栅……这仿佛是为某事而进行的漫长准备。一时间，这些豆格栅的构成分子变作巨大的树枝形状，遮蔽天空，宛如整座银河变成妖怪盘踞在人们头顶。弯曲迂折的枝桠上开满无数的光花，绚烂得几近可憎，继而化作不祥的唐草花纹，不断伸展扩张，好似胎内的血管连成前所未见的新奇形态。——夜空已经完全化作这幅光景，即便有所夸张，却也相差未远。曾经位于天球表面的星云（据测算达数亿个）已向无限远的彼方逃逸，如今通过加上红色滤光镜的大望远镜也只能观测到寥寥数个，学者们将其解释为遥远往昔的幽灵。看哪！就假定我们银河系中的部分恒星系已经发生了这样的异变吧。

"果然没有错——是时候了。"

尽管这么说，但连他自己也不知道这"时候"意味着什么，便补充道——

"如果说我对地球这颗行星有何贡献，那便只有说出了未来佛[1]的预言。"

"你说起地球来未免太草率了吧……这样好吗？"她有些不服地插话道。

"请看。"他站住不动。他们登上好像在梦中涌动的山丘。倾斜的银河流入荒野的地平线。微微发白的光带贯穿天穹，两人走过希腊的城邦时就望见光带上有几道裂痕，而今它们扩大得愈发明显，仿佛快要断掉似的。

"海湾的尽头深深嵌入那条裂痕之中，看到那里的几颗泛黄的星星了吗？喏，那道光静止不动——"他指向那边。

"要是带上双筒望远镜就好了。那样就能看见破碎的月球像土星环一样围绕着那颗星球运转的景象了。还能看看美洲和亚洲是如何移动的。"

"那颗星好像很寂寞呀。"夫人凝视着彼方，良久才回过头来。

---

1 大乘佛教信仰称纵三世佛，分别为过去佛燃灯佛、现在佛释迦牟尼佛、未来佛弥勒佛。

"那是地球。我们从前说过……"

说着，他转过身，脸颊被她用两只手掌捂住。

"这举止跟您很不相配！"夫人即兴的玩笑让他大为慌张，"哪里会寂寞，畅快还来不及呢。那样一颗小小的行星是不会被救赎遗漏的。"

翌日，江美留看到铜版相片中的菩萨，顺手翻了翻辞典，才想起自己那时究竟该说什么。他应该这样告诉她："黄昏时说的都是谎话。我们曾在雅典的街头仰望星星，谈着天，看哪！星星在这里冒出了头。五十六亿七千万年的时间逝去了。在穿梭着阿弥陀声音的虚空之中，银河系早已回转了数十遍。地球在很久以前就湮灭了。如果那颗黄色的星是地球的话，殊不知是多少代后的子孙了——不，应该说是另一个兄弟。"

第二部　墓畔之馆

江美留轻轻一拨，笔在破旧的榻榻米上滚动起来——在倾斜的、空荡荡的墓畔公馆二楼的房间里，迎来了清晨，等待着正午十二点的汽笛声响起，这样度过一天是惬意的。黄昏很快就会来临，然后随便做些什么打发时间直到入睡……

他每天都这么过。寝具也变卖了。作为替代，他扯掉垂在窗边的厚棉布旧窗帘，披在身上，用借来的半已朽烂的《言海》[1] 充作枕头。他主要用来查找佛教相关的词汇。他对于羊飞山[2] 兴趣索然，但可以说，他不费吹灰之力便经历了"邯郸梦枕"。地球举高了太阳，在江美留面向的天际上画出巨大的虹彩，迅即沉入另一侧成排的房屋之下。相较于精神世界的流动，地球的自转恐怕已经变得迟缓。这种倾向在夜间尤为明显，一个小时仿佛有过去两个小时长。若是迷迷糊糊地打了个盹，浅梦中的数日还比不上外界的半个小时。分明刚刚起床不久，窗外烟囱耸立的澡堂隔壁的救世军[3] 已经敲响晚间的太鼓。换言之，一周过得好

1　《言海》，日本国语辞典，1889 至 1891 年间发行，大槻文彦编著，系日本最早的一部具有完备的汉字表记、词类、释义的近代日语辞典。

2　出自能剧《邯郸》的地名。此剧改编自唐人沈既济的小说《枕中记》，但新添了故事背景：卢生为去楚国的羊飞山拜谒智者，故在途中留宿邯郸。

3　救世军，属于基督教新教的公益慈善组织，1865 年由英国牧师卜维廉创立，通过军队形式进行传教、社会事业。1895 年传入日本。

像只有两三日。

　　他时常去电车道旁的旧书店卖书，换个十几二十几钱[1]。某天，他在书店架子上看见一本油橄榄色封面的小册子，内容是介绍近十五年来宇宙学的发展。他跟平时一样，手头连五钱现金都没有，但他恳求店主借这本书给他读到下午三点。这几个小时带给他新的惊异。他以前在数学书上看到黎曼和罗巴切夫斯基[2]的肖像画，认为他们是真正的丹蒂主义者[3]。而现在，弗里德曼[4]、勒梅特[5]以及提出单叶双曲面宇宙模型的德·西特博士，这些首屈一指的科学家将现代几何学的成果应用于对时空构造的研究上。多么杰出的头脑！这些事仿佛和江美留息息相关，让他喜不自胜。他走下高陡的梯子，向这栋建筑的主人——一位老

1　货币单位，1日元等于100钱。

2　尼古拉·罗巴切夫斯基（Nikolai Lobachevsky，1792—1856），俄国数学家，非欧几里得几何的早期发现者之一。

3　丹蒂主义（Dandyism），兴起于19世纪初的英国，最初指崇尚华丽衣着、精妙言论和高雅兴趣的生活方式，是为贵族阶级对于资本主义市民社会的反动。后被拜伦、缪塞、波德莱尔等人发展为文学上的反世俗精神，典型形象为反抗、骄傲、优雅的浪荡子。

4　亚历山大·弗里德曼（Alexander Friedmann，1888—1925），苏联数学家、物理学家，在广义相对论的框架下提出膨胀宇宙学说。

5　乔治·勒梅特（Georges Lemaitre，1894—1966），比利时的天体物理学家，首先提出宇宙大爆炸起源说。

数学家借了本关于变换群的入门书。他觉得最近心里仿佛有个不断变化着的人。他无意中丢掉的火柴却总能直立在桌上。装火柴和香烟的小盒像积木工艺品似的上下叠合在一起。

已经走到人生的隘口了，他想。十几年来，他从未登上这隘口，最近又狠狠地失足滑落，晕头转向，就好像在溪谷低空飞行一样痛苦、战栗。不过，也尚未到坠毁失火的地步。三年前，少年时代起一直居住的老宅被变卖那一刻，他觉得一切都完了。没有任何亲戚，他完全孑然一身，甚至有人说他正在寻思着自杀。他们猜测他会卧轨，会从公寓天台一跃而下，或者是死于一撮氰化钾，反正是江美留咎由自取。但他如果缴纳过保险，里面还有多少钱能取出来？有人向他建议，要是肯让出这笔钱，愿意每年给他上坟；有人叫他不如搂着喜欢的人——不管是哪里的谁都好——一起跳轨算了。江美留被所有人抛弃了。但这时他至少还有衣服和过夜的被褥。当这些也化作了杯中的酒，他逃也似的买了去东京的车票，那天傍晚，他袖兜里只剩两块钱。夹衣、和服外褂、兵儿带[1]统

1　兵儿带，男子或孩童所系的用整幅布捋成的腰带。

统变卖了，他现在身无分文。实际上，贴身的筒袖和服、缠腰的布带以及毛巾、脸盆、枕头、破烂的辞典、木屐，就是他的全部家当。头顶这片青空没有被变卖掉，已是万幸了。

他身边原来还有墨水、肥皂、梳子、牙刷之类的物件，现今已经一股脑丢进附近的典当铺，倒也能换个十钱、二十钱。一沓草稿在懂行的店里能换三十或者五十钱。有人或许会说他是小巷里的鲁滨逊·克鲁索。是啊，江美留就像生活在无人岛上。他想抽烟，却发现火柴盒空空如也。好不容易在外头找到一根火柴，却不知是从谁家的厨房掉出来的，湿乎乎的划不着。好在他家白天有电，把火柴棍放在灯泡上烘几分钟再划就行了。肥皂是跟人借的，或者不告而拿，而且每次只削下一片或者一把粉末凑合用。没有外褂便把毛巾系在肩头出门。《言海》也还有点用："断灭见思，受世间大供养者，谓之阿罗汉。"但凡手边还有能换十钱镍币的东西，他就会感到不安、感到重负。他也买过火盆、书桌、水壶，但大抵买入当天就倒卖进了当铺。他开始明白"不予则不取"的劝诫和"事物只能在最小限度发挥价值"这些道理。总之，飞行船濒临危机，必须扔下装载物，而乘务员最先想到的是至关重要的白兰地。然而，他从不考虑入手生活必需品，哪怕已经到了被斥为反社会者的程度。他或许会被关进监狱或者传染病医院——实际上也有人这么建议。干脆躺在停放横死者尸体的太平间里，问题就都解决了。他的嗜酒曾经让这座海边城镇的人们断言："你也就到此为止了。"但他发现就连对酒精的沉溺也是有限度的。

江美留对于自己不知不觉沦落到这步田地并无悔意。斩断枷锁的同时却也食不果腹的不只有明治维新的武士。关键在于他是自然而然沦落至此，所以他从未想过凭借自力能够改变现状，如果可以他早就那么做了。之前去东京时，住所附近有个无依无靠的贫穷少年，忽而纠缠住江美留，抽泣着说："你在道别之后还有可去的地方。"

如今，少年早已成人，在丸之内附近的地下食堂做服务员。他时不时带一些客人吃剩的面包、冷肉、苹果、煮鸡蛋、厚切火腿和瓶装清酒给江美留。某天半夜送来的芝麻饭团的味道让江美留终生难忘。但是连这个年轻人也忍不住说道："每次来都没见你有丝毫变化。"墓畔公馆二楼房间的无边落寞让他感到愕然，他说："你没什么想说的吗？"大概是江美留将"终焉的氛围"当作玩具的做法让对方感到失望，那人后来也只是迷惘地喃喃道："好吧。"

丸之内食堂服务员的想法和其他人一样——人生总会有办法的，而且，人生也必须有办法。谁知道名为现状的怪物究竟会变成什么样呢！如果能够客观判断现状如何，那简直称得上是奇迹了。仔细看，江美留房间的玻璃窗里嵌入了无数纤小气泡。其中一个气泡起到了分光，分散的光随着视线角度不同而变，恍如绚美的色彩染在地面上，变化出豪华的赤红，明澈的青绿，以及他尤为喜欢的、超然脱俗的紫色。这就是他发现的变光星。捕捉细微的星星非常费工夫。但是，当对观测也感到倦怠时，他便敞开玻璃窗，横卧在榻榻米上。窗户不就是日复一日更迭的书页吗？我们经常像这样坐在无尽的精神宝库的正中央。没有房檐的二楼最适合眺望天空。比起思考大地上的事物，我是为了凝视星辰的运行、云的色彩而生的吗？——若是，忘却时间流逝的行云——与法兰西诗人所讴歌的、千姿百态的"我爱那朵远逝的云"彼此相通……

夏天，这座建于明治末年（1912）的古老昏暗的公馆四周爬满了壁虎。窗外，传来小石子砸在墓地的镀锌板围墙上的声音，是孩子们在朝壁虎扔石头。随着雷鸣掉落在肩头的小壁虎着实曾吓了他一跳，不过现在他早就习以为常了。多么温和的生物呐，他想。夜晚也有白皙的面孔细细打量着这些犹如用墨水画在门灯表面上的小小老师，念叨着："哇，好可爱呀。"在磨砂玻璃的外侧，壁虎们张开带吸盘的脚趾，紧贴在窗户上。为了勾勒出它们的轮廓，江美留在内侧的粗疏窗面上挥动铅笔。笔尖一动，它们便会受惊逃窜，三日内决然不再出现。

说来，当时聚集在电灯下的小虫也在窃窃私语如是启示："不要被那些庞然大物发现"。要爱那微小者甚于庞大者——这句教谕是谁说的来着？他想，妖精、仙子等在 *Midsummer's Dream*（《仲夏夜之梦》）登场的小家伙一定是从这些昆虫获得的灵感，但连他自己也觉得不可思议。尽管是长着翅膀的生灵，可他总归是讨厌一切虫类的。这些无法驯服、不知名的玩意儿就像高压电线一样可怕。——另外，栖息在墓地的几种小鸟、鸽子、蝴蝶、斑蝥、翱翔高空的鹰都让他开心。

　　他此番来到东京，约莫花了五个月才租到牛込郊区的悬崖上的旧馆的房间。这一带林木茂盛，是旧时旗本[1]居住的公馆街。某日，他从附近的出版社回家，抄近道路过此地时感到莫名的满意。近旁是蜀山人[2]的故居，眼下的住所——一座有着青蓝色屋顶的公寓，和尾崎红叶的家隔着一片寺庙的墓地。明治末至大正初名噪一时的新剧[3]女演员[4]自缢的场所——桦色的艺术俱乐部，同样坐落于此。还有家旧酒坊，每年都往招牌上糊一层新纸，至今已然膨起一个硕大的长方形，其上写着"官批烧酒"几个大字。酒坊外屋现在是卖浊酒和烧酒的铺子。他听说有个老诗人[5]在

1　旗本，江户时代直属将军的家臣中，俸禄在一万石以下且有资格直接拜谒将军的武士。

2　指大田南畝（1749—1823），别号蜀山人、寝惚先生等，江户时代中后期的狂歌师，著有《鲷鱼味噌》《虚言八百万零八传》等。

3　新剧，日本受欧洲现代剧运动影响而产生的剧种，为区别传统的能剧与歌舞伎而被命名为新剧。

4　松井须磨子（1886—1919），以出演《玩偶之家》的娜拉、《复活》的卡秋莎而得名。与情人岛村抱月共同组织剧团"艺术座"。1918年抱月身染西班牙流感病逝，次年须磨子在剧团的活动据点艺术俱乐部上吊自杀。

5　儿玉花外（1874—1943），日本诗人，早期创作社会主义诗歌，后改写爱国诗，有"热血诗人"的别名。

这家垂着绳帘的小酒馆喝了四十年的酒。那人现在住进了板桥的养老院，但对于少年时代的江美留而言是个令人怀恋的名字。诗人的激情不减往日，尽管被关了起来，却仍隔几天就给酒馆老板和他的爱孙写信。近来，诗人忆起自己还是穿着破旧和服裤裙的书生，挂着西洋手杖踏过月下的神乐坂的岁月，遂在便笺上写下一首和歌寄来。江美留在酒馆里的柜台看到了这首歌：

> 巡游神乐坂，眷恋横寺町，曾踏过男子的木屐声。

他想了想，巴黎的拉丁区也是这样的地方吧。实际上，他的梦滞留在这高台一角。澡堂、理发店、烟草店显得从容不迫，允他赊账："提前打声招呼便好，你随时来。""要是品尝不出这家店的烧酒的滋味，就称不上独当一面。"

酒馆深处坐着个脖子上缠着布巾的木匠说："人就得吃苦耐劳。只想着老婆孩子热炕头的家伙可不中用！得像我这样丢了媳妇，没了爹娘，失去了兄弟，最后连自己也不得不卖掉，不然就不值一提呀——人生就是从失去一切之后才开始。"一个鼻头像石榴般鲜红皲裂、身穿十德[1]的隐者钦佩地对江美留说："噢，所以你从来不看报纸？了不起。放在当今算得上达人了。"

时值初夏，偶然路过的女子以及从围墙上方伸出的新叶流露出他迄今未见过的清新美丽。女子有的若花，有的若幼蝉浅绿色的翅膀，映在他眼底。但即便如此，内心世界的失常不正是一切分崩离析的前兆吗？肆意妄为的那架"战斗机"终于要迎来末日了吗？他心中的惦念难以消除。然而，所谓的死亡只会在人有余裕时到来。处在他这样煎熬的状态下，人是绝不会死的。他后来结识的流浪画家 T 说过："唯有到了穷途末路之际，天地陷入昏暗，人才活得最真切。生命的火花在那里飘飞。"难道不是吗？现在，无论是善是恶，只要动手做就会有所裨益。换句话说，他早已沉入水底，因此，任何动作都意味着向上漂浮。

是什么终于给他带来变化？是什么把江美留从

---

1 十德，形似素袄、袖根缝死的和服上衣，江户时代用作医生、儒者、茶人的礼服。

他自愿和酒精订立的婚姻之恐怖枷锁之下解放了出来？他毫不犹豫地回答。——是绝食。

当然，这是不得已而为之。但按那个画家的说法："不得已而为之的人是最强大的。"只要进行为期数日的绝食，他就能发现平日被藏匿起来的消极世界，但他还需要一定的训练。比如，他要是白天吃了点，晚上就会懊恼不已。再往前那会儿，尽管他三日吃一餐，却一天到晚喝得醉醺醺的。前阵子听见有人说，米饭那么好吃，就没必要吃菜了。他甚至还会愤慨道："水那么好喝，岂不是什么都不用吃了。"但现在他开始反省自己的傲慢，能搞到点剩饭就心怀感激了。他与从前大不相同，残羹冷炙是最美味的食物，就说胡萝卜、卷心菜、萝卜、黄瓜，也得是被人们弃之不顾的"边角料"才蕴含着真正的味道。不过，每日至少一次让有形的东西通过喉咙的想法还残留在他心中。可这不过是毫无根据的执念罢了。过去常有人款待他，隔三差五就下次馆子，如今他尽可能不去。他因此开始瞥见宏大无边的新天地。

在世间的一切悲哀当中，梦中进食恐怕是最虚无缥缈的。即使频繁地动筷子、动汤勺，也会在不知不觉间——犹如扑通一声跃出池塘的鲫鱼——意识到自己咀嚼的是充当被褥的、褪成红褐色的旧窗帘，实际上并无一滴水、一粒米下肚。他不禁钦佩，食物入口即化作轻烟的饿鬼道比喻实在是贴切。他发觉关于食物的梦千奇百怪，但在辛酸和悲苦之下，洋溢着鲜明的童话风格。

黎明的街角伫立着邮筒，他在那里等待马车运来刚出锅的配给食物。时而能听见美国民谣，他以为是苏萨[1]的混成曲，实际上，随着旋律浮现于眼前的是美国各州的家庭料理和点心——看上去就很美味的淋着沙拉的华夫饼、海绵蛋糕、曲奇和奶油派。常言道衣食住行，但比起澡堂的搓澡工，他在似梦非梦中更想成为厨师，而且是糕点师。头顶着白帽去做烤面包帮工也不碍事，还能趁机往嘴里塞一两口。再牵强附会点说，饼干和糖果还能用于油画。夏末的某个夜晚出现了一筐松茸。不同于受幻象诱导所见的寿喜烧，他醒来后闻到松茸的气味在鼻头环绕。气味究竟从何

---

1 约翰·菲利普·苏萨（John Philip Sousa，1854—1932），美国浪漫主义作曲家，主要作品为军旅及爱国进行曲，如《星条旗永不落》《忠诚进行曲》等。

而来？想着想着，他注意到昨天借来的除虫剂就放在枕边，是它挥发出的气味。然而，苦闷的幻影在两三夜后也像盖恩夫人的梦一样黯然退场，不知去向。取而代之的是，扬帆天际的战舰——横渡原野的空中舰队划过高树的梢杪，恰好直面太阳，日光照在成百上千张形状奇异的风帆上，将那复杂繁多的无数褶皱形成的阴影反射到这边，编织出浓淡不一的层次，令人不由得惊叹。他常常想起这番景象。那些事物从空间的深处焕发出无以言喻的美丽光辉。有人解释说那是比拉彗星，骤然分裂，降下绚烂夺目的流星雨，而后湮灭无迹。彗星分裂为两块红褐色与绿色的不规则碎片。有个漂泊的前辈曾说过："世间无论多么有趣的事物都比不上夜深的梦来得奇拔。"他觉得言之有理。

　　醒着的时候——或许是因为眼镜已早早送进了当铺，他总将实际存在的事物看成自己"期盼存在的事物"，但他的目光经常停留在店家摆放的食物。昔日在神户元町背后的南京町见到的蜜饯、油光发亮的熏肉，而今在神乐坂的俄国点心店的橱窗内堆放的花状饼干……甚至不必提这些，现在就连一根葱、胡萝卜、炸馒头、粗点心、鱼干、海苔佃煮[1]、红姜、柑橘都让人食指大动。他发觉了干制食品的美味，包括廉价出售的鲣鱼干边角料。某天上午，江美留走过矢来下市场，商品之丰富令他吃了一惊。市场毗邻一家大印刷工厂，因此，在狭窄过道上来来往往的大抵是工人的妻女，但那一张张脸孔显示出的经历，以及不断向周围扩散的人类欢愉之梦，让人联想到《一千零一夜》中的奢华市场。

好嘞，他心想，这回就带上一张大包袱布去买二十日元的菜——葱、炸胡萝卜鱼肉饼、鳕鱼干、苹果、韭菜……但他忽然注意到，在他身旁，最吝啬的主妇也在进行奢侈的消费，选购各式各样珍贵的食材。他咽下米饭时，总是被悔恨侵袭。食物一下肚就化为乌有，但是人无时无刻不为鱼糕、刺身、玉子烧魂牵梦绕。人类的浅薄与可憎可见一斑。晨钟鸣响，迎候还在兜圈的拉货马车的铁桶证明了万事的无谓。有一次，江美留看见一个中年女人蹲在铁桶前。她腋下挟着报纸封的包裹，着装很干净，穿的是比他的和服更

---

1 佃煮，源自江户时代佃岛地区的海鲜料理，将鱼贝、海苔佐以酱油、糖、料酒烹煮而成。

显清爽的浴衣。他想，这是在做什么？女人腾地站起身，从嘴里摘出根黄瓜蒂，扔在路边。初秋的天候还很热，哧溜一下滑入女人喉咙的黄瓜芯该有多冰爽、多美味。他想，真清凉啊。

食物之于人，只要吃得上饭就足够了。我们在大快朵颐时会产生好像在做坏事一样的想法，对吧？那该采取什么样的态度为好？应当养成习惯，不仅限于物质，精神层面也只谋求最低限度的满足。如果无法做到在适度时停止，至少要时刻有此希图。如不注意便会招致毁灭。就这种意义而言，只要不危害到公共治安，翻垃圾箱也没什么，江美留想道。他家楼下的电车道旁是每天早晨来的垃圾车的停靠点。快天亮了，他望着成排放置的木桶，堆积如山的卷心菜的白、油菜花的绿、萝卜的红以及其他宛若花绒般的色彩。他站不住了。它们映照得多么美丽！罗丹有言："马铃薯花是花中公主。"但是唯有每日早晨装满食物残渣的木桶才是木桶之王，才有资格成为出自天才手笔的名画。

绝食第三日，江美留眼窝凹陷，声音嘶哑，看人的脸都有两三张重影。他脚步踉跄，仿佛长柄桥上的行乞僧。但与此同时，被拒绝的妥协开始打开令人恐惧的地平线。他内心深处祈愿这种状态能持续更久，但到了第四日——即使没到也差不多了——他想法子搞到了能入口的东西，勉强够吃上四十天，十分之一天数的绝食记录就此中断。有人说："你就靠绝食让附身的妖魔脱落吧。等你瘦得只剩三十公斤，肯定有成群的人前来参拜，届时吃他们布施的香火钱就好了。"

某日，K·I[1]听说了绝食云云，朝他怒吼道：

"谁听了能不惊讶！我本来觉得你想做什么都没问题，但既然如此，那就去工作吧。别再写无聊的东西了。只要是去工作，无论是像维庸一样当小偷，或者去干杀人的勾当，都无所谓。"

"你总说放手写，到底写什么好？"我问道。

"不知道。你能写什么就写什么吧。别说什么'没有灵感'之类没劲的话。"

K·I是东京外国语学校法文系的秀才，毕业后在九州的大学任教，但不满一年就因受到左翼学生运

1　指日本小说家、文艺批评家石川淳（1899—1987）。

动的牵连，不得不离开学校。自那以来已有十五年，他究竟身在哪里做什么度日，江美留一概不知，恐怕也没有其他人知晓。大伙儿聚会的时候，叫他去酒馆同饮。I 不为所动，只是说算了，自己不喝酒。桌案上酒肴齐备，江美留若是被人劝进一杯酒，也只好默不作声接过酒杯。可就连这种态度也曾遭人怒目瞪视。他近来觉得，在宴会上不陪酒才是正当的做法。因为一旦干了这差使，最终就会沦为只为此而存在的人。

当外面的人纷纷给汽车裸露的散热器安装上击剑面罩般的护罩，便可知这一年将要结束了。然而，新年伊始他就遇到了一桩荒唐无稽的事情。他确切地直观感到了 Devil。他在神乐坂附近交了几个新朋友，其中有个年轻人，直接攥着年终奖的工资袋来他家里留宿。他们在酒里泡了整整一周。最近每当喝下烈性的蒸馏酒，他就感觉体内涌现出前所未有的奇妙自信。翌日醒来时，他的头脑中还留存着身无分文地游荡去偏远郊区喝酒的记忆。附近的小酒馆寄来他毫无印象的账单。矢来上的街道尽头出现的经常是大塚的电车道和灯火通明的东中野站 [1]。某个深夜，他以

1　大塚位于文京区，东中野位于中野区，均未与本句提到的新宿区矢来町相邻。

为电车在水道桥站停靠，便下了车，路两旁渐渐变为开阔的旱田，不久，夏夜渐白，他这才看清路标上的"浦和[1]"。如何说呢？江美留仿佛怀揣着双手从他人开设的宴会前过而不入，这当然引发了反作用。灵魂必须为苦恼与悲哀所锻炼。我们始终在和妨碍灵魂上升的东西作战，如果没有来自上位的灵的加护，断无可能成功。倘若这确是真灵的技艺，即便日后悔恨终生也无所谓。因为恶灵纵使一时被驱逐，也不会轻易消逝，毋宁说，他应该背负净化恶灵的使命。

> 受国之垢，是谓社稷主；受国不祥，是为天下王。

这是此次来东京时读到的《老子》中他最喜欢的一段话。

当领悟不需要戒酒时，他相信自己终于从酒中解放了。他只得忏悔，过去的苦战常常以败北告终。这是因为我们总以为能够凭借自己的力量开辟道路，

1　水道桥站位于东京千代田区，浦和是埼玉市的区名，两地相距甚远。

仿佛掌着一盏提灯走向暗夜。Devil 为了惩罚这份傲慢而现身。——不过，他在很久以后才觉察到恶魔的存在。故而正月以来，他被鬼拖着四处兜转，不是连呼阿弥陀佛，就是祈求圣母玛利亚，双手合十，痛苦得在地上乱滚。

　　自己究竟做了什么恶事？他的确到处借钱，而且从来没想过还债。还会把在神乐坂偶遇的人拽进那家小酒馆，变着法地扒光其衣服。但这算得了什么！仅凭这些琐事就把他打成流氓无赖，未免也太没道理了吧？即使江美留如是反问，看不见的对象也没有宽恕他。哇！他试图逃到屋外，由于几天没有吃固体食物，他的身体变得软弱无力，连起身喝水的力气都没有。这样啊，他喃喃着，但也没法就这么入睡。从方才起，就有个火焰小人在枕头边跳来跳去，叫人看不清它的轮廓。可是江美留实在困惫至极，忍不住打了个盹。看到他那一瞬间的睡颜的人后来感慨道："我当时想，这副鬼样子是去不了极乐净土的。"

　　切身的恐怖彻底麻痹了理性，令他快要窒息了。他甚至怀疑自己可能被某人的亡灵附身了，这样子连上吊自杀都办不到。然而，一两天后，他渐渐地恢复了。虽然还是离不开酒——因为痛苦，因为难熬，因为恢复了外出的力气，权且先筹钱喝上一杯。次日，鬼又蓦地现身了，远比上回凶恶更甚。这时，木屐不见了踪影，灯泡碎了一地。他被引导向一种不祥的预感，即将有远超一般程度恐怖的、幽冥的、阴惨的、荒凉的灾殃降临……"请饶恕我！"这是某个早晨发生的事，他感到周围弥漫着鬼气，舌尖在口中不经意间的蠕动也会引发意外！黄昏来临时再度——他的手脚不断地添新伤，两根大拇指在这数年间新长了两次指甲——他匍匐着爬向通往电车道的石阶，多半是手还揣在怀里，来不及抽出来就倒下了。这回他磕断了门牙！孩提时期长出来的上颚部的两颗牙，是不会像指甲一样再生的。

"鬼说到底就是影子一样的东西，"阔别许久的胖诗人说，"——当你想要驱鬼的时候，自身就变成了鬼。因此，你只需要对鬼感到内疚就好了。只要世界上有一个让你内疚的人，那便是幸福的。我呀，如果对谁都不内疚的话，伏案多久也决计写不出满意的诗。"

听了这番话，他尝试匍匐在榻榻米上写点什么，最后以他颤颤巍巍的手顷刻打翻玻璃杯，把水洒得到处都是收场。但这时——也是托了绝食的福——他终于恢复了缀文成句的能力。工作似乎真的能救人。他向一个在小酒馆认识的人借来的文库本上也写着："当你感到不安、忧郁，立即着手工作吧。"作者卡尔·希尔蒂[1]在他的日记体叙述中写道："如果这也做不到的话，就向你的邻居表现善意吧。不必拘泥于礼节，送一朵开在自家篱笆上的小花、手帕、手帐之类的简单礼物即可。"

起初是江美留先跟这位爱读希尔蒂的绅士搭话的，但其实他以前就读于江美留学校旁边的神户高商[2]，还是校园里的皮划艇健将。同时期的江美留还是个初中生。那时候，绅士满脑子都是元町的"三轮"寿喜烧的厚里脊和"福原"的艺妓，后来才把精力放在读书和工作上。所谓的工作就是稀里糊涂地干着，却又莫名其妙地一直干着，绅士说道。过去的朋友大都飞黄腾达，他本人却一事无成，现如今在这家小酒

1　卡尔·希尔蒂（Carl Hilty，1833—1909），瑞士作家，他的宗教伦理著作《幸福论》《不眠之夜》在日本影响很广。

2　指成立于1902年的神户高等商业学校，今神户大学的前身。

馆里举杯自酌。翌日，绅士造访那幢青屋顶公寓，在门外大声嚷嚷着：

"君子固穷！果然是真理！"正好赶上江美留被鬼附身，喉咙肿胀得说不出话，"转世托生的时候，每个人的声音都会变化。打起精神！喝一杯去。"

说着，他在屋里踱步打量，只取下一件挂在墙上的蓝衬衫。这是江美留前阵子从一对家住茗荷谷的年轻夫妇处讨来的，留待赴宴的时候穿。然而，二人前去拜访的矢来下的旧货商外出不在。绅士便径自折返，从赤城神社背后的教会尖塔下的三叠房间里抬出一套寝具，交给小酒馆老板经营的当铺，权作酒钱的抵押。数日后，寝具被抬回原来的地方，但不久就再度消失了。类似地，这间二楼三叠的房间仿佛上演魔术的舞台，文库本、上衣、小火盆、兵儿带、放在玄关的鞋子纷纷神出鬼没。数九隆冬，他在酒馆深处发现了这位绅士，只穿着件白衬衫却依旧架子十足。江美留亦是如此，不，他家中的物件可不会这样变幻出没。从别人那儿得来一件满是补丁的和服外褂，穿了半天就被他拿去当铺质押了，一个多月也没赎回来。

一个下着冰雨的下午，江美留套着一件蹭得油亮的筒袖和服，系的是女用束带，独坐在小酒馆的角落，宛如一羽寒鸦、一只左襟在上[1]的河童。他穿过蜿蜒如钩的小巷回家，那副模样把聚堆儿的小孩子吓得"哇"的一声四散而逃，他不知何时意识到，这是规避麻烦的好办法。一个打挺跳进澡堂的浴池、披头散发走在街上、打扫房间、收拾洗好的衣裳……这样不就行了？那位酷似《仲夏夜之梦》中的雅典鞋匠的神户高商毕业生鼓励江美留说：

"须弥藏芥子，无一物中无尽藏，你必须得浑身是胆哪。但别总盯着那块墓地看。多想想女子和花。"

三月来临了。那天晚上，终日被鬼折磨的他提起勇气，步履蹒跚地朝澡堂走去，人们都目不转睛地注视着他。他无法不扪心自问：这种异乡人的孤独感究竟是从何而来？由着这份足以"一筹莫展"的寂寥，他想，所有人都是无依无靠的。就算他归咎于自身的神经官能症，但这症状未免也太剧烈了。其他人绝对不会严重到这种地步——他只能这么想。或许，是他自身有着根本性的缺陷，他却对问题出在哪里、应该

1　常人的和服穿法是左襟（在对方看来为右襟）向右搭在上面，死人的穿法是右襟（在对方看来为左襟）向左搭在上面。

如何解决一无所知。

　　他已经没有搓肥皂的力气，从浴池里捞出身子，又将其拖到更衣室，仿佛按压似的擦拭着身子，这时，他的脑海中闪过五个字母：Saint（圣徒）。至今为止，他从没有过类似的念头，更不曾提起过这个词。只是在这回上东京之前。东方的地平线渗出茜色的时刻，在海边城镇的停车场站台上（即使对他而言是必须去神户站迎接的人，但他还是伫立在这里），他望见仍在熟睡的房屋上悬挂着犄角形的月亮、维纳斯以及黄色的大号丘比特——仿佛一幕讲述基督生平的电影中的场景，那时，他也联想到了这个词。然而，Saint意味着什么？他几乎是一瞬间领悟了其中的含义。他完全不认为自己是圣人，也不觉得自己必须努力成为圣人。在与自己相同的人类中，这种人不是俯拾皆是吗？其中甚至有人遭受了磔刑。他思考着，唯有他们才是人类中的人类——即是对他们而言，没有比心之国的王更加贴切的称谓了。终于，他将够不着的肥皂放进啪嗒作响的赛璐珞小盒，揣进怀里。归途中，穿过小巷，他彻底明白了释迦和基督受人崇拜的理由。

　　在那以后，鬼依然会出现，但就像余震撼动不了稳固的地基，或者说，更像振幅逐渐增大的摆锤，每次朝反方向摆动时，都被引向更深刻的反省。人类的灵魂一旦觉醒之后便只有前进，不存在退步或者停止。江美留萌生出这样的思考：任何人——借约翰·克利斯朵夫的话说，"为了赢得它，纵使诸神也像连根摇动的山毛榉森林一样日夜苦战"，参与到这场灵魂的总体上升的旅途中。无论出生后不久辄失去肉体的夭亡者，还是在无人岛上了却残生的遇难者，都只有延续生命一途。

五月的时候，他付不起青屋顶公寓的租金，不能再住下去了。这时，希尔蒂的信徒拿出五日元，帮他联系了自己租过的饭田桥附近的房子。搬家当晚，他受到了鬼以外的东西的袭击。他在深夜睁开眼睛，不自觉地掸了掸胸口，扒拉掉了一些个头大过跳蚤的家伙。天花板的电灯是红褐色的，眼镜也送进了当铺，他看得不甚清楚，但能确定那些是南京虫[1]。他虽然在神户对这种虫有耳闻，但因为自己几乎没出过山手线内的地界，所以并没有亲眼见过。然而这一夜，他也没有因为白天的劳动筋疲力尽，注定要被南京虫烦

1　臭虫的别名。

一千一秒物语

扰得无法入睡。这栋房子背靠一家面朝街道的咖啡馆，打开窗户，便能从三尺开外的另一扇窗子里看到堆叠的女用被褥，无从判断太阳从哪个方向升起，房间内昏暗得仿佛一直在薄暮里。汽车和电车，摩托车、铁道火车和货物火车的声响无间断地传来，整幢建筑都在摇晃。他不得不想法子了。一周后，他去拜访了九段坂的出版社。

他稍许有了些余裕，开始在别人写坏的稿纸背面写东西，字写得极小，才写得下较长的文章。就算在公园的长椅上写到天亮——他当真这么想——也得把以前写的草稿誊清。他把手稿拿给有过一面之缘的H氏。或许是因为声音发颤，讲的话语无伦次，尽管他并不觉得自己走投无路，却还是在人前哭了两三回。然而，在这间窗外看得见茂盛的叶樱、明亮的会客室内，一直沉默倾听的出版人终于开口说："真可怜。"然后，江美留听他讲了一个小时的处世道理，但只有"真想走这条路就要先变强，绝对不能叫苦不迭"一句流进了他的耳朵。

出版社最终答应了他的请求。那天正午之前，他回到了横寺町。街区化作了一片青色，枝叶扶疏的树木犹如四处爆炸、喷泻的青绿色火焰，房檐、内科医院的建筑、储水罐都像商量好了似的涂上绿漆。只是，别人给的那件绿背心已经丢了，也不可能再找回来了。这时候，也是靠着希尔蒂绅士的援助，谈下了一间位于青屋顶公寓侧面街巷尽头的老房子。它有如一个巨大的空盒，曾经是私立幼儿园，房子背面挂有"东京高等数学塾"的门牌。房屋二层六叠，两面有窗，紧挨着墓园。若面朝朱漆山门和正殿的方向，还听得见木鱼声。早晨，孩子们边喊着"老师早上好"边集合，内庭的秋千发出嘎吱嘎吱的声音。不一会儿，孩子们随着钢琴的旋律原地踏步，开始合唱。从楼上堆放着书桌和椅子的大厅传来不绝于耳的粉笔声，是同宿的物理补习班的学生和备考生正在黑板上画图。

经营幼儿园的中年妇人的父亲是私塾的校长，已经八十岁了，看上去却还不到六十。"这不就是个俗人嘛。"绅士第一次见校长时嘀咕道，这句话将在江美留眼前一次又一次被证实。这位 K 先生每天早上五点起床，双手提着装满水的大铁皮水桶，走一阵，歇一阵，沿着走廊把它拎到盥洗室。然后，他会回到教室旁的私室，倚在桌前，读起摆在夹书架上的德文书，脚边的火盆一年到头都不加炭。晚上九点钟，有人去往水壶里舀水的时候看见，这位老数学家独自在厨房里吃饭。

"热气腾腾的，估摸是刚出锅的，"目击者说起先生的菜肴，"他面前的盘子里不知是冷煮豆，还是其他什么东西。"

K先生每回把寄给江美留的包裹帮忙拿到二楼，都发现屋里没有任何变动。眼见入了冬，江美留还是那身穿了四季的衣服，躺在榻榻米上，K先生不禁担心起他来。

"卧薪尝胆就不算养生吗？"

听到江美留这样回答，K先生只好笑了笑，不再多言。还没等人讲上大道理，江美留率先抛出了反问，K先生却只是说：

"我已到了人生的最后阶段了。"

他似乎是那种对曾存在的、存在着的、将存在的事物都会感到安心的人。江美留想，希尔蒂所言不虚，如果说以年龄的增长对应人的成长，四十岁前是第一阶段，至六十岁是第二阶段，再往后就是第三阶段。K先生的声音依然洪亮，这是长年讲授中文和微积分锻炼出来的。有时，一身酒气的中年绅士从小酒馆归家途中来江美留家做客，听见楼下有动静，问道：

"谁在放收音机吗？"

"No！是 *A Month Voice*（《每月之声》）。"

"我最讨厌大声放收音机的家伙。让我看看是谁！"

绅士愤然冲下楼，却发现是他以前的老师。"这家伙叫 K，你已经忘了？"他站得绷直，低着头。绅士是 T 元帅的孙子。

"K 先生啊，"绅士和江美留走到屋外，"总爱卷起白衬衫，把肚脐眼露出来。从讲台下经常看得一清二楚。我们一笑，先生便大为光火。先生的脑袋就跟钉在肩膀头上似的，怎么也瞅不着衬衫下的肚脐。"

蒙 K 先生教诲的学生之中还有皇室成员，他身着军服的照片就挂在先生屋里，似乎就是当今的陆军大臣。先生素来一身黑缎长袍，但他外出去澡堂或者买菜的时候，脱下袍子，撩起洗得褪色的碎点花纹衣袂，那背影简直像个村长。K 先生只有一次在江美留面前发了牢骚：

"现在的年轻人只想着在四叠半的公寓里抱着火

盆取暖。——女孩们一味模仿女演员，一点自尊都没有，这怎么行呢！我们这些人总被当成只会哄孙子的傻瓜。要真是这么回事，那我至今为止的所作所为都毫无意义。那些人是理解不了的。"

江美留还收到过他的火柴和几张市内电车回数券。傍晚，数学教室空荡荡的，K先生悠闲自得地换下断电的灯泡。寒冬时节，K先生怔怔地看了会儿盖窗帘睡觉的江美留，兀自下楼去了。过后，他又一次劝说江美留别再戕害自己的身体了。这莫名地鼓舞了江美留，让他浮想到《法句经》的两首偈语：

> 天神、健达缚和人，全不知道他的归宿，烦恼灭尽的阿罗汉，我称他为婆罗门。
>
> 如水滴在莲花上，如芥末在针尖上，他绝不沾染爱欲，我称他为婆罗门。[1]

很快，这间房子的租金也滞纳了数月之久，但K

1　出自《法句经》第二十六婆罗门品的四二〇颂、四〇一颂。小说引用的是净土宗僧侣获原云来根据巴利语译出的经文，与国内通行的维祇难本在内容上有出入。因此，此处经文引用了黄宝生的《巴汉对勘〈法句经〉》中的现代汉语译文。

先生绝口不提，只是写在纸条上，从门缝里塞进去罢了。在这座昏暗而宽敞的建筑内，除了孩子们集合的时间外，能听到的声响便只有山崖下交错往来的电车了，仿如原野上的独户人家一样寂静无声，唯有初夏的微风拂弄着挂在天花板上的纸片万国旗。也许是因为大半的时间用来解 $\sin \cdot \cos$ 函数了，业余时间的任何响动都让 K 先生觉得吵闹。有好几次，江美留因为和大嗓门的朋友聊天而被 K 先生提醒。有时，对门的房间里传来让人不禁莞尔的娇滴滴的唤声。那里住着一个年轻妇人以及像是她母亲的、操着近畿口音的女人，并没有孩子。实际上，那是冲着一只名叫七宝、毛色像虾虎鱼的猫和一只名叫约翰的狗喊的。七宝是名贵的中国东北猫，而约翰是一条神经兮兮、吠个没完的红毛杂种狗。看样子饲主是个有钱人。不得不说，能够这样爱着动物的人是幸福的。

穿过楼下的两间教室——在伸手不见五指的夜晚，他感觉自己仿佛秘密潜入古宅或者镇退妖怪的豪杰——走廊拐角是盥洗室。这里常备着四个盛满水的铁皮水桶。某天夜半，这些水桶全都空了。旁边的厕所里有自来水，水槽却也是空的。酒醒的他不得不匍匐着身子，趴在接水的洗手钵边上咕嘟咕嘟地喝水。

　　在东京简直找不到第二家媲美附近那间小酒馆的店了。屋内设了四张漂亮的榉木大桌，天顶的梁木被烟熏得乌黑，影子落在路面上，始终让人身感阵阵寒意。柜台上安置着一樽玻璃缸，金鱼的绯红色映作两重、三重，从这头透过鱼缸看过去，候在对面的年轻女招待的侧脸染上了三棱镜的虹彩。这让他回忆起印在二科会[1]的三色版明信片上的画，是东乡青儿[2]的处女作《她的一切》——酒坊的中庭摆放着红白色的杜鹃盆栽，以前还饲养了几十条狗。它们不断招来流浪犬，使得狗的数量不断增加，以至于政府下达了训令：阁下必须为自己的狗缴纳税金。老板这才无可奈何地解散了"汪汪队"。

　　"无论对狗，还是对人，"一个住在麹町的年轻作家说，"那家店是在赎罪，只是太过廉价、太过亲切了。但是，嘛——如果东京没有那样的酒铺，我们可就头疼了。"

1　二科会，日本民间美术团体，1914 年由石井柏亭、有岛生马等画家成立。

2　东乡青儿（1897—1978），日本西洋画画家，本名铁春，曾任二科会会长，擅长描绘具有幻想意趣、装饰繁复的女性画像。

镀锌铁皮屋顶上频频传来轻响，下雨了，江美留想，但外面的天气好得叫人吃惊。声音来自麻雀们。几只麻雀飞到石塔的水洼中洗澡，旁边是盛开的红蔷薇，翩跹的黄蝶在花中嬉戏。花荫中有一抹鲜红格外刺目，但那不是杜鹃花，是晾晒的红棉被。石塔的影子随着日光的移动也从左向右旋转，恍惚间让人以为从空中俯瞰着一座奇妙摩天楼林立的大都会。所有事物都逐一伴随着阴影，事到如今，他又一次认识到这件事的不可思议。

所谓的死亡不过是随形之影，死亡的客体无处存在……他思考起十几年前用功钻研却半途而废的唯识论和《天台四教仪》[1]。窗户正对的墓地中央有一株幼龄的泡桐，尽情吸收灿若金粉的五月阳光，每日都在肉眼可见地长大。祖母绿色流溢的美丽清晨，那棵泡桐依稀可见，他的内心涌上一股无名的喜悦。即使自己被赐予重生，依然会变成一个怪人吧？不，他陡然转变了想法，他或许能够如愿成为更健全、更自然的人。他喃喃自语道：

1　《天台四教仪》，宋朝初年的佛教典籍，高丽僧人谛观著，记述天台宗的教义大纲和观心。

"我看到了，五月的墓园，幼小的泡桐攀缘坟墓向上生长！"

九段坂的出版人给了江美留一本皮革书封、切口烫金的《波德莱尔私人日记》。他曾在杂志上读过其中一部分内容，如今再度翻看，却发现有些段落与自己最近所思所想完全一致："放荡过后感觉被周围人疏远了"，"恋爱就是潜入他者之中，艺术就是潜入自己之中"，说得何其精当！再如，"宗教是最伟大的发明"，"人工的极致是道德"，"精神主义者无一例外迷恋女佣"，正巧一一对应江美留最近考虑的"基督是最极端的丹蒂主义者"，"女性注重仪表，男性追求道德"，"山间酒吧的小敏[1]和澡堂的阿常真不赖"。

那天恰值七夕，久别重逢的I背对数寄屋桥下的水渠，将大杯扎啤端至身前，仍用检察官的口吻对他说：

"我们必须从康德出发，所以文学才那么艰难。要是我们不能比康德走得更远，那还不如喝完酒回家蒙头大睡呢！这样的家伙现在越来越多了。"

1　作者另一部小说《方南之人》的女主人公。

那晚——其实已近天明，他醒了，面朝东北的窗户之外化作星海，宛若古希腊戏剧终幕一般恢宏壮丽。似乎是毕宿星团[1]——他没有眼镜因而不敢断言——在遥遥升起。那颗明亮的星也许是御夫座 α 星，这是他此次来东京之后第一次展望东方天空的全貌。少年时代，老师用德语写下康德的话：

> 星光熠熠的天空在我身外，道德原则在我心中。

除却这个黎明，只有八月将至的傍晚，清风吹来，月影澄净。晴天却难得一见。雨滴打在窗畔的片片槲树叶上，使其颤抖得像发动机的气阀，遍布路面的水注不间断地荡起细小的波纹，扩散、混淆着其他事物。他想，月亮的环形山形成于陨石撞击是个合理的解释。彩虹时常出现。电闪雷鸣，地震骤起。

实在吃不上饭的时候，他瞄准雨停的间歇去往茗荷谷。有个素来欣赏他作品的人住在茗荷谷的深巷里。

1　毕宿星团（Hyades），金牛座的疏散星团，由三百多颗恒星组成，距地球约 151 光年。

那人比他岁数小，有三个孩子，并非游手好闲的富家子，但是——每当看到江美留打开侧门，他家邻居就会揶揄道："我还以为这个人要干什么呢，原来是上您家来了。"在江美留定居横寺町的两年半间，他常常送来稿纸、烟钱、邮票钱，还会担心江美留的饭食。"好一对没有坏心眼儿的夫妇啊。"一同前来的人钦佩地在他耳边说道。这也是当然的，这对夫妻非常年轻，早早就恋爱成婚，经营家庭。他就这样解决了几天的伙食。走回服部坂时已经很晚了，他望见远方灯火辉煌的矢来高地，眼前，山吹町、赤城下、改代町犹如绵延走低的山谷，铺开一幅如画的夜景。身临此境，他一定想起了那位吸食鸦片者的自白：

> ……红月之夜，我走在灯火连绵如梦的牛津街的高台，睡时梦见了饥饿，醒来回想起受饥馑折磨的、郁郁寡欢的青春时日……

如今他也面临着这位英国作家[1]曾经的窘境。人

---

1 指托马斯·德·昆西（Thomas De Quincey，1785—1859），因吸鸦片而没能从牛津大学毕业。后来，他根据自身经历创作了《瘾君子自白》。

执着地用各种方法斩断束缚自身的铁链。——与其这样，还不如直接授予解决各种状况的对策。对于江美留而言，问题在于他身无分文。把他从身体与酒的婚约中解放出来的——不，是好像将要把他解放出来的，恰恰是他的一无所有。整整四天没有进食的人突发一笔横财的时候，会把钱花在哪儿？一匙掺了大麻的果酱？一杯酒？都不是。往常的食量满足不了他。他没有点一杯白兰地，而是要了十钱份的味噌汤和一大碗米饭，这让小酒馆的阿梅大吃一惊。就如他的父亲生前担心的一样，如果他一直央求别人施舍，等待他的就只有死或者疯狂。——所以他不必模仿托马斯·德·昆西去写一部《来自深渊的叹息》。

今夜，他站在小石川的坂道上，想象着数年之后自己会在什么地方回忆起今夜，他感到曾经在这里失落徘徊的人们、将来在这里驻足忧思的所有后继者的灵魂都与自己同在。"基督是最极端的丹蒂主义者"的想法也是在这里浮现的。其他思绪也是在这里捕捉到的："宽宥天空的人是道德的""只有女性才能理解圣人"。

希尔蒂信徒给了江美留一本在新宿夜市淘到的

菊型开本 [1]、蓝色封面的旧书，说它比杂志好看多了。这本书是叔本华日译三卷本选集 [2] 中的一册，其实，江美留早就有这本书了，不过，以前只是用来满足虚荣心的道具，如今重读才发现个中妙味。于是，他在书店购得了德文原著。据说尼采废寝忘食地通读了这本书，他的热情也不逊色于尼采。书里列举了许多让身为东洋人的他倍感陌生的事例，但是叔本华亲切、细致而热忱地反复解释苦行者及圣人的意义，令人怀念的盖恩夫人的名字也不时出现。叔本华引用了一行吠陀的经文，称一言可以道尽世界的真相，这让江美留激动不已。"彼即汝"（Tat-tvam-asi [3]）。

秋天就这么过去了，圣诞节当晚是江美留第三十次生日的前夜，他在市谷的堤坝上散步，看到新月恰似土耳其国旗上画的那样接近一颗大星。那是木星，他想——果不其然。第二天早晨，拐过弯钩状的走廊，中庭那棵老榆树背后，是升起的金星。内行星想必已向大地上的诸般物象投下微弱的暗影。金星是那般庞

---

1 菊型开本，明治中期引进的洋纸尺码，约为纵横 218mm×152mm，略大于 A5 开本。

2 指 1910 年由博文馆刊行的姐崎正治译本《作为意志和表象的世界》。

3 梵语，意为个体之小我与宇宙之大我的融合。

大而辉煌。困扰他十年的盗汗不见了，吓得前面的人猛地侧身躲避的剧烈咳嗽也不见了。长年与酒精进行的纸牌游戏将他诱入险地，但这未尝不是一种福音。

正月的头三天，他什么都没吃。二月，寝具没了。没有什么理由。碰巧有个收破烂的韩国人路过，卖了七日元。阳光照不进房间。风从仿佛一触碰就会解体的玻璃窗的缝隙溜了进来，呼出的白气跟在屋外没有两样。日头高照，手脚却像冻住一样僵硬。他做好心理准备，恐怕今后再也用不上火盆和被褥了。他一旦做出某种姿势，便会因寒冷而动弹不得。想到一直以同样的姿势在土里一动不动直到被春雷惊醒的虫子，他忍不住笑出了声。太冷了，睡不着的时候——尽管双脚的冰凉也曾让他陷入片刻的假寐，他梦见自己在游泳，一边望着水平线，一边在寒冷的海水中蹬腿，然而，醒来时发觉自己还裹在褪成褐色的窗帘里，不由得嗤嗤发笑。

他现在的模样不说是木乃伊，也像是被收殓在地下室的横尸。倘若再多几个这种睡相的人，脸再蒙上手巾或者报纸，横七竖八地仰卧在这间倾斜的二楼六叠的房间里，简直像一支被全歼于摩洛哥城堡中的部队。当然，这只会发生在盛夏。然而，他在凛冬中想起两三张在小酒馆熟识的韩国人的脸。如果真的命不久矣，托付他们中的某个人的话，大概花个二十日元就够料理后事了。他考虑到以防万一，应该先写好遗书，别让人说成是自杀。江美留偶尔读报纸，唯一感兴趣的就是自杀报道，但现在不一样！居住在海峡小镇时，就有人说中了他未来的心境变化：平时疏远的人比向来抱持好意的人意外地更像伙伴。那人对江美留说：

"如果你自杀了，那我对你这个俗人就只有轻蔑了。哪怕乞讨也无所谓，活下去啊。"

确实如此。"自杀者难以断绝意欲，他只能杀死现象。搁置追求生命的意志，能够废弃的只有现实中的生存。"叔本华告诉他，在一般情况下，人类渴望生命的同时，对作为生命意志的特殊现象的自己感到绝望，却只能放弃它：

……不是认识物自体，而是通过揭示基于充足理由律[1]的人的理论可能性。他充分体验了

---

[1] 充足理由律是一条逻辑规律，通常表述为：任何判断必须有（充足的）理由。源于17世纪末18世纪初，由德国哲学家莱布尼茨提出。

人类生活的存在矛盾，他苦恼的是如何使悲惨的死亡离弃生命意志。

江美留渐渐明白，正是因为中途放弃，自杀者才能够将自己带回到出发地，这意味着至少对下一个世界仍怀揣不安。江美留当下思考的"死"是"死于黄昏"的死。他这才意识到棉被和榻榻米的猥亵意义。趁此契机，他将寝具换成了白毛毯。他想，如果盖的是缝有小红十字的厚棉被，就不会有人非议了。刺身铺在热气腾腾的白米饭上，旁边摆放着汤碗……这就是烦恼的根源。若是把白米换成粟米、稗子、荞麦粉，心情该有多舒畅呀！家中只剩下一口老旧的平底锅。然而，立春以后，棉被也没有了。这套寝具是别人捐助的，是他当时唯一能拿来招待客人的工具，若有客来访，他也好开口："先进被窝吧。"棉被脏兮兮的，却也没有潮气，更没沾上鲱鱼味。过了那阵子，晾干的被褥洁白耀眼，与他的和服一样，拿去换来了边角卷翘的半沓厚纸。好歹里面絮了棉花，收破烂的人是愿意要的。

他的皮肤很粗糙。裁缝的手不住地轻微抖动，在和服条纹上画下一个又一个漩涡纹样。然而，屡屡侵袭的寒意迫使他蜷缩起四肢，一用力就仿佛被什么推开似的。他裹住手脚，随便找点东西盖住脑袋，尽管这样很容易醒，但也不是睡不着。只是他一侧过身，就有很多地方接触到外部空气，所以他必须仰面躺着。寒冷逼着他蜷伏得像一只虾。一旦采取某种姿势后就很难改变。腰骨发痛。他摸着身体，被冻僵的部位仿佛每夜都在扩大，但这也不失为一种乐趣。——问题是，可能由于他总是就着结了层薄冰的铁桶大口喝水，所以频频腹泻，这让他彻底体会到了不吃饭的痛苦。

"接下来要吃美味的便当喽！"

孩子们在内庭的合唱扰乱他的心。他羡慕起对门家正吃得盘子叮当响的约翰，但他熬到了腹泻结束。绝食仍在继续。在这间除了榻榻米别无他物的房间里，带进来一片面包，香味会残留两三日。时而，盥洗室的铁桶中空空荡荡，早晨醒来用柄勺舀一勺凉水喝，也别有风味。

时间缩短为以前的四分之一，绝食第三日，一小时仿佛只有二三十分钟。等待五个单位时间，天亮后转眼便到了正午，白昼间的木鱼声响起，太阳在一个单位时间之后落下，再等一个半单位时间，夜半的梵钟响起，已经是第二天了，而正午很快又将到来。如此度日，他脑海中不断浮现出许多在物理学原理、化学物比例以及机械学方面的——简单却一直被人忽略的——点子。关于杠杆和古典飞机的螺栓和钢缆的设想尤其多。尽管对于黎曼的球面几何学知之不详，但他相信自己已经掌握了"球面坐标变换"。可笑的是，凝视着沿途捡到的镜子碎片，他才参透照片的原理：瞳孔实际上是光通过的小孔。眼前，房屋间晾衣场的影子早就向他揭示：正午时，物体的影子与子午线上的太阳并不一致。

正月，有个独眼的人陪希尔蒂信徒来了山间酒吧，他那听来沉痛异常的话语萦绕在江美留的耳畔——

"什么事都和我想的背道而驰，所以，今年我压根不打算改正自己的缺点，倒不如认清事实……用心把缺点都发扬光大。"

"幸福降临的时候，我会躲开。因为，如果抱住名为幸福的巨石，眼看着就要一同滚落到地狱去了。要是一个人对任何事情都能泰然处之，那就完了。"

据此人所说，艺术必须是美丽而脆弱之物。打个比方，艺术就是一群宛如花束般的濒死飞蛾，在一个落雨的蓝白色清晨向窗间撒下磷粉。江美留也深有同感。交谈之间，江美留得知，这位 T 少年时期在野外写生的时候，看见木村、德田二中尉驾驶的单翼飞机[1]头朝下，旋转着，坠毁在眼前的树林中。T 后来与村山槐多[2]交好，同为美术院[3]的成员。那时，他还拿过特等奖，但是打从一开始，他就很厌恶那些画家同人，毋宁说文学更令他倾心。直到今天，他仍然漂泊度日。虽然不时端起调色板，但他从不把画作完成与否放在心上，觉得那只不过是涂鸦罢了。在江美留身边，形形色色的人来了又走，但他还从未遇到像这位推崇雷东[4]的 T 一样特立独行之人。他从来不聊男人碰面时肯定会搬出来的那些话题。江美留在这一年

1　指日本历史上第一起飞行事故。1913 年日本政府为宣传航空思想，令陆军中尉木村铃四郎、德田金一在埼玉县所泽市进行飞行表演，途中因遭遇强风而坠毁。

2　村山槐多（1896—1919），西洋画画家、诗人，一生在失恋和流浪中创作，英年早逝。

3　日本美术院，1898 年由冈仓天心创设的民间美术团体，定期举办的展览会被称为"院展"。

4　奥迪隆·雷东（Odilon Redon，1840—1916），法国画家，与象征主义诗人交往甚密，擅长以幻想的色彩描绘鲜花、女性或者神秘题材。

多来也是如此。他觉得既然不打算和女人生孩子，也就没有和女性交往的必要了。谈到这里，T答道："真了不起！"而法兰克福的哲人写道：

> 快乐主义强调时间意识，与此相反，童贞是迈向真实美德的第一步。那令我们半睡半醒、不时被梦魇困住的时间之梦终于灭绝了。我们当中的每个人都在等待，等待那个尚处在朦胧之中的、无以名状之人提出自己的主张。

> 于我，一个更美好的未来必将到来。不然，夕阳怎会如此美丽？（黑贝尔[1]——阿勒玛尼克斯的颂诗）

T和江美留明明是同辈，却留了一头"波斯王子居鲁士"风格的银发，戴着防尘用的黑色单片平光镜，做什么都轻手轻脚的，声音总是沉稳得仿佛在对敢死

---

1 弗里德里希·黑贝尔（Friedrich Hebbel，1813—1863），德国剧作家，他的悲剧和历史剧开辟近代写实主义的先河，代表作有《犹滴》《吉格斯与他的指环》《尼伯龙根三部曲》等。

队作出发前的训话。江美留深信这是一次注定的邂逅，恐怕今后也难再有这般意气相投的畅谈了。江美留感觉到，T是个绝不会说真话的人，抑或说，他是个说不了真话的人。这一点和那个声音嘶哑的同级生F相仿，神秘的T是专挑孩子勒索的欺诈犯，是出入于深巷里的护士学校的绅士，是巡礼四国灵场[1]的朝圣者，是国际航线商船上的厨师。T患上了"不愿被人了解"的病，深受"必须孤身一人的不幸"的折磨。换言之，他就是爱伦·坡口中的人群中的人[2]……

某夜，江美留辗转反侧，思忖着T的话："自从我记事以来，我就想要成为世界上最不幸的人。"但这说辞听来就像出自冒牌的赫拉克勒斯之口。——尽管如此，他一有机会就听到T讲起街道上的阿罗汉与菩萨。在所有方面模仿他者之人，贪图便利的人，被养生观念俘虏的人，老于世故的人，无论何时都只为自己和家族朋党着想的人，及与之互为对跖点的X、Y、Z；无欲无求的人；追逐看不见的目标的人；从

1　指神佛显灵之地。——编者注
2　指爱伦·坡的短篇小说《人群中的人》。该作开篇引用拉布吕耶尔的箴言："人的不幸缘于无法承受孤独。"

不付出辛劳的人；不是为自己，而是为世界上所有的
自己劳作的人；与无数有求必应的灵魂嬉戏的人——
因此，与这些死而复生的钻石家族相比，应该说，江
美留认识的那些人全都不过是茶碗的碎片罢了。

　　然而，T 向他吐露关于艺术的秘密是在这年五月
的一晚。他被邀请去神田的电影院观看放映到当日为
止的《卡里加里博士的小屋》。这部电影江美留看过
三四回了，但此次的体验殊为卓绝，仿佛存在于此的
不是电影，而是一整个自然。

　　这天，T 为他赎回眼镜，但那眼镜只消半天就又
回到了来处。对于江美留而言，只有看电影的时候才
用得上眼镜，不戴眼镜才能把世界看成一场艺术。一
切不都映照在恍如玛丽·罗兰珊[1]领土的水底风景之
中吗？不，孩子系上绳索拉动的汽车，化作轻巧跟上
来索要饵料的鸽子；女人和服上的花纹变幻为真实的
花。——T 建议，看"卡里加里博士"之前，还是应
该事先读读克贝尔博士的霍夫曼论和"谢拉皮翁兄

1　玛丽·罗兰珊（Marie Laurencin，1883—1956），20世纪法国画家、雕塑家、
　擅长以淡雅的色调描绘幻想的少女。

弟"[1]。他确实曾经像 T 说的那样通读了《金罐》[2]，并由衷赞叹这才是艺术品。街头卖苹果的老太婆实为砂糖萝卜的化身，令人忍俊不禁；被关进玻璃瓶的大学生认为自己能够自由地随处散步，亦是诙谐生动。虽然原因各种各样，但若说起是谁继承了去年圣诞夜拂晓时分的金星，是谁为蛰居的江美留的心之蜡烛划亮火柴，不得不说，是 T 的一位女性朋友，在关键时刻点燃了火焰。年轻的妇人告诉他，自己曾在上海博得了"东洋梅兰芳"的美名——我们故事的主人公"江美留"这个名字也是她起的。

"基督是最极端的丹蒂主义者，"听罢 T 转述江美留的想法，她喃喃说，"那个人就像爱弥儿。"听说这个爱弥儿填不饱肚子，她便托人送来了黄油面包（用了上好的法国面包）和啤酒瓶装的咖啡。

现在，蜡烛已经被点亮了，他不禁想道。时机也刚好，从剪纸工艺品做成的寂光土[3]飞来的赤色子

1　20世纪 20 年代苏联年轻作家团体，名称来自于德国浪漫主义作家霍夫曼（E.T.A. Hoffmann，1776—1822）同名名小说集《谢拉皮翁兄弟》，成员包括左琴科、加别林、扎米亚京等。——编者注

2　E.T.A. 霍夫曼创作于 1814 年的短篇小说。——编者注

3　即常寂光土，是佛的觉悟这一真理本身具现化的世界。

弹——庞士彗星再度接近地球，时隔十五年也重新能够观测得到火星。防空演习的夜晚，他上街捡烟蒂却一无所获，相反，头顶流淌着"让圣人们觉得不可思议"（《神曲》）的天河，宛若瑞亚哺育年幼的朱庇特时洒落的乳汁。西南方向倾坍的夜空中，火星闪烁着红酸浆果似的光辉。他从未像这晚一样仰望天穹，仿佛在倾听华丽庄严的乐章。他脑海中浮现出那本蓝色封面的叔本华中的一节，将其重述为自己的语言——

"人类已经不再隶属于意志，人类应该抵达认识，"他想，"唯有那样才能参加到客观的事业当中。这种人既不幸福，也不曾不幸，只留下了心愿——这种情况下的'心愿'是什么？"他追问着。"那种心愿超越了《大乘起信论》[1]，超越了球面坐标变换，它意味着自己作为人类不得不再度出发。"——长久以来追寻的目标是谁？是自己。是那个醉心于色彩调和、震动、活着的黄铜子弹与烟火海战的自己。必须立刻回到最像自己的地方。

精神病院院长接收那个昏昏欲睡的男人时，他

1　亦称《起信论》，5世纪成书，相传由古印度的马鸣所著，是大乘佛教的概论性著作。

一千一秒物语

狂喜地来回踱步，连声惊呼："Be Caligary（成为卡里加里）！"不要惧怕这种寂寞、孤独、恐怖，只有那里才存在虔诚的心情，并借此展开生活——谢拉皮翁兄弟是这样教诲的，叫我们凭借热情放手一试。我那恶魔的庞士彗星呀！勿要懈怠，变成我，然后舍弃有形的一切吧！您是不可见之物的痕迹。横卧在轨道彼方的人哪，务请睁开您彻悟的双眼！

早晨，从房间门缝塞进来一本同人杂志《我思》[1]，封面是一尊似曾相识的佛像。这就如同在那座海峡小镇给人讲解星座，翌日，却在百科辞典的书页上看到了解释。犹如昆虫的半跏思惟像[2]今日也促使他想起些什么。正是红脸膛的 I 昨夜在银座的关东煮摊上所说的事情。《普贤》[3]的作者列举爱因斯坦关于光速的比喻来言说界限。他继续论述道，因为存在本身不够明了，所以有必要回归现象，从而得出了结

---

1 文艺评论家保田与重郎在荷尔德林、诺瓦利斯等德意志浪漫派的影响下于 1932 年创办的文艺杂志，旨在发扬日本的古典美。

2 一种倚坐造型的佛像。一般为左脚下垂于地，右脚横叠于左膝上，左手自然下垂，置于右脚踝上；上身稍前倾，曲右肘，右手五指或食、中二指支撑于右颊下，呈思惟状。悉达多太子思惟像、弥勒思惟像等较常见。

3 石川淳于 1936 年发表的观念小说，获得第四届芥川奖。

论："即使是逃逸在远方的菩萨们，也理应回归现实世界。"他想，如此一来，佩戴耳环、头戴宝冠的铜版印刷菩萨也要回归二十世纪吧。那么，往何处去？呈现细长新月形的、发光的金星尖端上；卫星伊奥[1]在木星表面投下的有如冬蝇一样匍匐爬行的影子里；甲烷风暴激荡、乙炔波浪翻涌的海王星的悬崖上——赫马森博士[2]拍摄的星云分散的彩色光芒里。就连思考这些的大脑里，恐怕也生成了几微米的光束吧？

于是，江美留参透了。婆罗门之子，原名阿逸多，去今五十六亿七千万年后在龙华树下觉悟成佛，救度被释迦牟尼的佛法遗漏的众生——原来被托付这项使命之人，就是他自己。

拂晓时分，江美留做了这样一个梦：他端坐于在黑暗中摇曳的莲叶之上，小心翼翼不至于失坠，赤身裸体，披缠着古旧的窗帘。而今，盂兰盆节期间的墓地里不断升起焚香的烟，令人回想起东洋的早晨……

1　木卫一的别名，伽利略于1610年观测发现的四颗木星卫星之一。

2　米尔顿·拉塞尔·赫马森（Milton Lasell Humason，1891—1972），美国天文学家，以能够进行相当精密的天文观测而闻名。

一千一秒物语

彼等

彼等

彼等

彼等

彼等

他们

"是舌头伸出来了吗？"

"是眼睛！"

"——怪不得留了道裂缝。"

——《春的苏醒》第三幕第二场

一

许久以前，我有一个小六角柱形状的香水瓶。瓶口系着枯黄叶色的丝带，贴着画有白鹭的金色标签，里面的液体却早已蒸发。我取下这小玻璃瓶的盖子，放在鼻尖闻了闻，生出与几年后在被桉树包围的宿舍窗边望见蓝色黎明时一样的感受——身体的各个关节逐一融化在某种隐秘事物的逼近中。——可能这就是布坎南老师说的"the joy of grief"。我害怕得瑟瑟发抖。一群白色的脸孔在我面前浮现，仿佛《春的苏醒》中莫里茨梦见的无头女王一样，频频朝这边递眼色。

有一天，我去隔壁邻居家做客。来了一个把顶发用发蜡打得亮闪闪的人，显得非常慌张，他拿出方才提到的六角瓶，请我把它丢掉。我一头雾水但还是收下了。瓶内还剩一半液体，上面系着细绢丝带，所以我想把它私藏起来。傍晚泡完澡之后，我往领口喷了一点那香水。

天色淡紫的暮色时分，有个同龄少年仿佛冥冥中注定般从山手来我们住的街上玩。他和住在我家附近的一个少女并肩同行，像西洋人经常做的那样来回踱步，可一靠近他，就会闻到浓郁的薄荷气味。我的香水肯定比这款薄荷味更能吸引人买吧，我正这么想着，没想到立马就检验出效果了。那少女尖叫出了声：

"哎呀，你喷香水了？"

"不是！"说着，我径直逃向自己家。父亲一动不动地坐在折叠藤椅上，在读还留有油墨味的晚报，小鼻子一张一翕地跳动，透过眼镜盯着我：

"怎么了？你身上是什么味？"

"没有！"我撂下这句话，再次飞奔了出去。

要是明早去学校的时候这味道还是散不去可怎么办？反正已经洒过香水的地方是没办法了。我想还是把这可爱的玻璃瓶放起来得好，于是，我把它藏在壁橱的角落里。

这香水瓶的来历如上所述，回想完毕，我又像过去那样取出了它，鼻子凑近瓶口时，脑海中浮现出的恰是几年前，那个属于织就青色帷幕的蜻蜓与戴着红色土耳其帽的萤火虫的季节。

下雨了，对面的十字路口在路灯的映照下变得支离破碎，我看见两个人共撑着一把伞走过。其中一人是我的同级生，第二天我去问了他：

"昨晚和你走在一起的人是谁？"

"他呀，可能会转来咱们学校哦。"朋友答道。朋友和我一样曾经在某座东方的都会定居，大约一年前转学来了这里。我当初搬来的时候，周围同学说我脸色苍白得很病态，班主任也总问我"在这边有什么不适应的吗"，后来搬来的朋友却没有这些烦恼。这回的转校生会怎么样呢？

在我快要忘记这件事的时候，某天早晨，我看见一个穿着紫藤花色和服的女人站在校庭中。上午第一堂课结束时，有个戴纯白制服帽的白皙少年出现在那女人面前。我还没见有人戴过那么时髦的学生帽。包括我在内的几名学生早就用上了制服帽和黑缎书包，但我们的帽子只是普通的黑呢绒帽，从未见过像他这顶一样纯白的帽子。那两个陌生人小声地交谈着，其中一个想必就是之前有所耳闻的转校生。我还记得，在那以后，上课间如果有什么事要出教室，我就会趁机瞧瞧隔壁高一年级的教室。新入学的少年究竟在哪里呢？课间休息时也看不见他的身影。有次我回到走廊时，恰巧被卷入一大群四年级学生组成的旋涡里，后来更是与白制服帽的主人撞了个满怀，他舔舔铅笔芯留在嘴唇上的黑色痕迹映入我的眼底。

天气慢慢变热了，学校的课就只上到中午。这一天，我也来到了海滨浴场，让自己放空。午前的学校走廊上，我与头戴白色夏帽的少年擦肩而过，一阵强烈的香水味刺激着我的鼻子，那正是我后来机缘巧合下得到的白鹭香水的气味。我始终茫然地眺望着，行驶在欧洲航路的船冒出的烟仍缭绕在水平线上。

初秋，学校中庭的黄色美人蕉迟迟开放，却不曾再见到那个身染香水味的少年。周日的午后，我和朋友一起走着，对面白杨树环绕的房子圆窗中传来声响。喊声的主人是春雨夜撑伞的同级生，他身边是另一张苍白的脸，他正应声呼唤着什么。这栋绿树成荫的房子并不是同级生的家，所以应该就是那个转学生的家。那么……既然如此，"白色制服帽"多半因为某些原因一直在休学，一定很快就能见到他了。这么想着，我又迈开了步伐。我那时多希望飞越眼前的小河，穿过田间小道，去到那扇圆形窗户底下。有那样年轻貌美的母亲、上学前还会喷香水的他，方才一定是在向我呼唤着什么。不过，我手里正握着一个蓝色的石蜡士兵。它变得非常柔软，几乎不成形状。回去之前，我想找个荫凉的地方把它藏起来。于是我便想着搜寻那样的荫凉地，将少年忘在脑后。

我一直在等待香水少年，可是在学校里始终看不见他的身影。我心底实在苦恼，终于还是问出了口。

"什么，你问F？"朋友听到他的名字立刻严肃了起来，"F现在在住院，病得很严重。"

十月一个阳光灿烂的日子，校长先生在早会最后告知："今天要向大家传达一件非常悲痛的事情。他来到我们学校的时间很短，可能还有人并不认识他。第一学期临近结束时从大阪转入我校的四年级学生F，入学后也一直在红十字医院疗养。现在传来了他去世的消息。本以为他病愈之后会和大家一起学习、生活，实在是太遗憾了。大家也要向死者家属表示由衷的哀悼。"

人群中发生了轻微的骚动，我的目光停留在旁边队列中不断点头的女孩身上。一切都结束了！但我也觉得确实这样便好，不由松了一口气。班长们下午陪同老师去了那座河边的房子。我因为别的事情在学校留到很晚，正巧那时，我班班长回了学校，我撞见他在玩平衡木，就想问问他今天葬礼的情形。在我问之前，班长自己就先开口了："某人将棺材掀开让我们看了，里面的人头发很稀薄……"说到这里，他打住话头，冲我瞪大眼睛，吐出舌头。

班长的表情留在了我的脑海里。在傍晚例行集合时，我犹豫了半天，但还是说起了F的事情。"我知道噢。"一个少女说道。我本来想将想了很久的事情说出来，霎时却转变了想法，还是藏在心底吧。班长凭借想象来模仿瞪大眼睛的死相，但是他大概觉察到了嘴唇上的黑色铅笔印儿很难表现出来。我一个人的时候也模仿过几次死相，焦急地想要从中寻找那些难以捉摸之事的解释。

很久以后，我读到韦德金德的少年悲剧时——"舌头伸出来了吗""眼睛都飞出去了""据说连头都没了"。伙伴们评论起吞枪自杀的同学，这唤醒了我二十年前的记忆中香水少年的死相。莫里茨的面孔出现在我梦中，他的眼睛鼓了出来、下唇留有咬铅笔芯的痕迹。他细声呢喃："月亮想藏在云中，天穹却纤尘不染，晴空万里。"无头幽灵把头颅夹在腋下，那张仿佛涂着化妆香粉的白脸笑了……

次年春天，我来到白杨树林前，穿水兵服的男子与像是他妹妹的和服女子伫立于门前，似是来访的客人。从流水上的架桥到那扇门前有一条小径，两旁盛开着紫云英，夕阳为其染上了更加鲜艳的赤红。

二

松浦是怎么与这瓶香水产生联系的呢？不如说，更多的因缘出自她的母亲，但也不是和她毫无关联。松浦身上有种惹人哀怜的气质，令我想起《不如归》[1]之歌，"蓊郁的白杨树荫下是旅路的客舍"……我大

---

1 指旧制第一高等学校宿舍舍歌《绿意浓》，1909 年被用于德富芦花的小说《不如归》改编的同名电影，故有此称，作词作曲者不详。

声唱出这句耳熟的歌词，却被母亲叱责说："这可不是小孩子唱的歌！"

松浦披着草绿色大衣，穿高跟鞋，比我年长些，在师范学校的附属小学上学。松浦和另外四个少女形成的五人组散发着桉树果实的气息。放学回家的路上，她们总是走成一排，威风凛凛，任谁都要退避三舍似的。但对我来说还有一件特别的事情，那就是她总是在谣曲会上露面。当我有事要找那位爱喷香水的松浦母亲却寻不到人的时候，我就会向松浦打听。我负责谣曲会的后台工作。松浦自然不会和我做一样的工作，也不会总盯着下午两点分发的糖果。白色圆石、长满青苔的灯笼、高大的松树，有这些景致的地方才与她般配。松浦的母亲擅长独唱谣曲，或许是因为有很多绅士在场，她在谣曲会上总是笑着，举止落落大方，但对我们却并不温柔，对松浦也是一样，以至于有人说松浦并不是她亲生的孩子。确实，松浦与母亲站在一起时，两人更像是同父异母的姐妹。

走在路上，我忽地想起了松浦的姓氏与名字，便快速地念了起来。在迎面而来的车或者人到达那个邮筒之前，如果不能反复念上十遍、二十遍她的名字的话，一切就都结束了！这种强迫症发作时，我就会用墨水在教科书背面飞速写下她的名字，字迹分外秀丽，我不禁陷入冥想：如果这本书是她的所有物，这四个字会映出怎样的一个她呢？在这实验的关键时刻，我稍微离开了会儿座位，就这么一动，便从刚才的地方传来了父亲的声音。

"这上面写着松浦××。你是不是把松浦的书拿错了？"

"没有，——唔，是拿错了。"我回答得支支吾吾，想要蒙混过关，可父亲明明知道松浦比我大，而且是其他学校的学生，但他好像一点都没有发觉。

周日的午后，我在海岸上的别墅门前和她聊了好一会儿。我简直不敢抬起头看她。只是，离得这么近，我看到她的侧脸上长着细软的绒毛，是张鹅蛋脸，啊不，还要更修长，是人们常说的瓜子脸。我注意着她的脸庞，只敢低头盯着铺在脚下的小圆石子。石子应该是从对岸的五色滨搬运来的。这么说起来，别墅的主人跟我说过，东乡提督[1]曾经在这座公馆下榻，那

1　东乡平八郎（1848—1934），在日俄战争期间担任联合舰队司令，指挥了前文《天体嗜好症》提到的"旅顺海战"，歼灭俄国舰队，在当时的日本视为国民英雄。

时，提督把自己的双筒望远镜给他看。令人惊异的是，他望见岛上那座山遍布沟壑，裸露的山体宛若浓绿的天鹅绒，通往那里的阡陌道路上走过牛与行人。——我把这件事讲给松浦听。我觉得我们俩这样子仿佛是小说中的场景。

她，与松浦完全相反，小我两岁，但没有上过学，而是一直跟着家庭教师学习。她的身体很柔弱，我不时会看到她带着一个撑阳伞的女仆，而她自己则戴着黑色眼镜，静静地散步。我未曾在别处见过她。

三

我注意到这个娇弱少女，是在一个多雨的时节，恰逢藏青与深褐相间颜色的燕子迁徙归来。郊外的青青稻田和树木烟雨朦胧，在这无所事事的周末，我望着庭前种植的鸢尾花，仿佛扎染着白色与紫色的花瓣被雨珠滴打得频频鞠躬。肤色纤白的赤泽想必也摘下了黑色眼镜，正从和室内眺望着这雨丝和被淋湿的花儿呢。当发烧时用的冰枕的橡胶味和晨报的油墨味沁入头脑，她会对突然飘来的报纸油墨味感到烦恼吗？我想，那是清晨时鲜明映入眼中的彩色铅笔的颜色？关于蜗牛匍匐爬上何处的白日幻想之中，有驶过舞子滨海峡的红肚子汽船，有群聚又散开的白鸟，在那里，还有一年一度在七夕短笺上写下心愿的赤泽。我不知不觉间由有本芳水[1]的情趣踏入了三津木春影[2]的冒险世界。我是勇敢可靠的少年，要去解救出被邪恶叔父囚禁的少女。我沉浸在这样的想象中不能自拔。

她的家在港口正面的渠岸边。从卸货场的大道直到与其平行的市内街道之间，是一片开阔的地带。我沿上头夯着一排钉子的黑墙绕了整整一圈，也没搞清楚她家的位置究竟在哪儿。也正是在这段日子里，我在少年杂志上看到了"来者莫辨时"[3]一词。在黄色的薄暮里高高的窗边眺望街道的少女的故事中，我找到了"来者莫辨时"这个词。家中的寄宿学生告诉

---

1 有本芳水（1886—1976），日本诗人、歌人，在《日本少年》上发表的少年诗在大正时代风靡一时，另著有少年冒险小说《奇怪的军舰》《马贼之子》等。

2 三津木春影（1881—1915），日本小说家，创作了大量以少年冒险为主题的儿童文学作品。

3 日文作"かわたれ時"（彼は誰時），意为来者莫辨的昏暗时分，指代黎明或傍晚。但与表示黄昏的"誰そ彼時"相对时，特指拂晓、黎明。

我，这个词是指夕阳暮色中往来者的脸模糊不清，容易让人产生"他是谁"的疑惑。但那时，我只是从"来者莫辨"的奇妙发音联想到了河童[1]。这个词与我学过的"逢魔时刻"是一个意思，这一刻，我仿佛在夕阳中迷失了，混入一片陌生的区域，在那幢不知道入口的大宅高高的窗边，我认出了一个仿若赤泽的幽闭中少女的苍白脸庞。

我在赤泽和松浦那里感受到了只有从少女身上才可觅得的东西。在杂志插画页读到的句子让我记忆犹今，或许是它们促使我开始发现身边的事物？

　　……童话：伏在黄金丸身上的草之助抬起头。沾着眼泪的睫毛间横亘着深蓝色的群山。他想，在那座山对面，有绿色的原野，有小鸟，还有一个像自己一样的少年。

而现在，小发就是那个我身边的少年。谁也不知道他从哪里来。午休时，学校离家近的同学都会回

1　来者莫辨念作"かわたれ"（kawatare），河童念作"かっぱ"（kappa），首音相同。

家吃饭，我总能认出那个头戴制服帽的少年，一只手滚着铁环在街上奔跑。

他只比我高一年级而已，却像个大哥哥一样。他的父亲和母亲都"去了天国"，他和叔母两个人生活在偏僻长屋中的一间，黄昏时分也不点灯。小发穿着件藏青色碎白花纹的和服外褂，白毛线编的长带系在背后，白色的脚丫穿着一双厚朴木、白绳带的高齿木屐，显得很不搭。我注意到小发的手满是皲裂，肯定是被使唤去干活了吧。

我们一起看的电影里出现了新桥艺妓表演的徒手舞，那时小发也跟着鼓掌，我从来没见他对其他东西这么起兴过。我甚至想到，他母亲在世时会不会是哪里的艺妓？——如是说来，冬天时他缠在脖子上的白绢——虽然没有香水味——肯定是他母亲送给他的。小发说他哥哥在东京的大学里是棒球选手，我是相信的，因为他不但有滚着玩的铁环，还有当时非常罕见的棒球手套和球棒。他也给我看过哥哥的照片。我这才知道，棒球选手有往场上一趴，让其他队友叠罗汉压上来的习惯。照片里的人们就像"水师营会见"[1]这张照片里的俄国士兵一样和人勾肩搭背，随意地朝前伸出一条腿，小发的哥哥就是其中之一。

但等我终于跟小发亲近起来的时候，他搬家去了神户。这件事我必须先告诉我家里的寄宿生。因为他总把我撂在一旁，去讨小发的欢心。为了让小发更在意我，有一次，我在正聊天的两人面前叠起两把椅子，然后向耍杂技一样站在上面。寄宿生敷衍地鼓了鼓掌，但自那以后，小发把自己当作我的哥哥看待——他会接受这样的别离吗？我还在想着，寄宿生却只是说了一句："那孩子真招人喜欢呀。"我重新考虑起"招人喜欢"的含义，还查了查字典，但却没有任何新的发现。

又过了些年月。抖空竹、滚铁环之类的游戏都已经看不到了。取而代之的是，连丁点儿大的孩子都挥起球棒，戴上了棒球手套。不消说，那瓶香水也早已丢失了。

---

1 指日俄战争后（1905 年），日本第三军司令乃木希典与沙俄旅顺要塞司令斯特塞尔在中国大连市旅顺口西北的水师营会见，俄方签署投降协议。

一千一秒物语

听说小发的哥哥是棒球选手之后，我就特别爱看少年杂志上的美津浓体育用品商店的广告。他的哥哥和菅濑、小山等人在同一支队伍，是个右翼分子。明治四十二年（1909）秋，与威斯康星大学的第一次比赛中，三场都是庆应取得了胜利。

四

一天正午，驶向神户的红肚汽船划过舞子滨海峡靛蓝色的水平线，归乡后的第二个夏天来临了。新历的盂兰盆节快到了。我站在家附近的寺庙玄关前，一个女孩从对面的墓园入口走了出来。她的麦秸草帽扣在后脑勺上，只披了件黑色和服单衣，更凸显出脸的莹白。

我隔着遮阳的帘子望她，胸口忽地紧张起来。这是室町时代的物语[1]主人公才会有的情绪吧，我想，

---

[1] 此处指日本的一种文学体裁，由口头说唱发展为文学作品。在日本文学史上，物语主要指自平安时代至室町时代的传奇、恋爱、历史、战记小说等。——编者注

不过霍普特曼[1]的《希腊游记》记述道：一个少女般美丽的少年身穿修士袍，静静跟在父兄的身后，从他眼前走过，从此描述来看，说该作者深受感动也不为过。

我从帘子探出头，发现对方竟是穿和服裤裙的少年，更是吃了一惊。如果用过去的说法，他"想必是爱着小鸟或者横笛"的那种人，但此事发生在大正年代的末尾，我想他应该很喜欢画，就像那种画着落在踏脚石旁的桐叶影子、盛开在角落里的无名花草的画作。若说赤泽是中意白鸟、会在沙滩上留下足迹的那种人，那他便是在扬着绿旗的沙丘上等待月亮出现的人，而且他永远不会跟人讲起这件事。只有一次，我听到了他的喃喃自语：

"新叶掩映的房子传出的琴音真是风雅呢。"

"那个人是要扫墓的吗？"初见的好奇让我扭头问一旁的扫地僧。僧人抬起布满皱纹的脸，仿佛在惊讶我竟不知道，他回答：

1　格哈特·霍普特曼（Gerhart Hauptmann，1862—1946），德国剧作家、诗人，自然主义文学的代表人物，1912 年获诺贝尔文学奖，著有《沉钟》《日出之前》等。

"那位是寺内住持的公子，喏，他每天早晨去车站都会从贵府门前路过。话说回来，他初中入学考试没考好，马上就要去神户念补习学校了。"僧人补充道。

我习惯每天凌晨一点左右回家，读读书，写些没头没脑的东西，直至听到附近寺庙传来破晓的钟声，我才会上床睡觉。不过，有时天色大亮，上班族和学生急匆匆地往我家边上的停车场赶，我也还醒着，甚至会出门走走。那时，有个十三四岁的少年总从我家门前经过，胳肢窝夹着一本包了白书皮的课本，猫着腰，走起路来像那种心术不正的坏女人。我过了中午才起床，到了三点的时候，我仿佛刚想起来似的，朝停车场走去。

少年平时总爱闷头走路，像是在思考什么事情，但他这次驻足在电影海报前，孩子们不舍地望着一排卖货的小摊车，可再不过检票口就来不及了，所以故意磨磨蹭蹭地往前挪。我跟在少年身后，视线始终注视着他微微倾垂的雪白脖颈。他沿着车站前的大路向下朝大海走去，走到右转角的一家洋货铺，再往前是条烟花巷，许多货摊白天就开始营业了，所以我每次都在这里跟丢他。但是僧人的话让我明白了，眼前的少年便是先前在意的住持公子，而且我从那双羚羊般的眼眸中察觉到，他就是传闻中那位"威尼斯少年"。所谓"威尼斯少年"，说的是拜倒在我认识的某位夫人裙下的三人组中一人。每当蓝色的包袱皮在晾衣场上飘扬，从对面山丘上的女校看到这一信号后，当天下午夫人家就会举办例会，但我仍不知道三人组中的另外两人是谁。

　　天明的钟声中包含了不同于往日的韵味。啊，他已经不得不起床了吧？刚躺下的我如是想，不知是系于少年之身的同情，还是对敲钟人的怜悯。我从前每天早起上学也是这么痛苦，那时还没有班次合适的电车，夏天必须四点起床，映入睡眼的电灯悬起了淡淡圆光，房屋里外的灯火浮现于脑海，恍如昨日。原来如此。数日前，我无意中走到一处寺庙，铺路石四周镶着松野牡丹的图案。我的眼前浮现出少年逗着一只垂着耳朵的茶色小狗的画面。我不由得模仿起了他的表情。

　　也是在同一个验票口前，某个午后，我认识了角谷。

五

在候车室前消磨时间，我看见一个身穿绿色和服裤裙的少女，白得像混血儿，眼眸明亮，睫毛很长。她正在和手持少女杂志的同伴交谈。虽然我已经下定决心，今天无论如何也要弄清楚少年家的位置，但这厢的人也点燃了我心中的烛火。

当时很流行用头发遮住耳朵，但这少女颇有几分成熟，我想遮耳的发型并不适合她，更加时尚的装扮才与她相宜。这就好比我不喜欢在年轻人之间风靡一时的高畠华宵[1]，但要是有人建议我买来看看，我就会告诉他华宵的肖像画中有新希腊主义的萌芽。从这种意义上说，她就像时下流行的插画一样，如此生动的艺术模仿的例子陈列于我眼前，实在无法不让人惊诧。后来，当我和她在赤泽家门前的桥上相遇，夕阳将她大理石般的侧颜染作桃色，长长睫毛下的眼瞳仿佛受惊一样望着我，忽然间，我明白她已经决定要遮起耳朵了。她仿佛是某所基督教教会女校的乒乓球

---

1 高畠华宵（1888—1966），日本插画家，为《少女画报》《少年俱乐部》等少年杂志绘制插画而得名。

选手，同时又是身穿黑天鹅绒运动裤、皮革绑腿，跨坐在红色摩托车上的女骑手。在此，润一郎的奈绪美主义[1]已经被扬弃，我甚至想要展开一面白扇，大声奔走宣告"这才应是我日出之国的美少女"。

但她没有去过女校。她每隔一天去一趟兵库县的电话局，我后来得知，她住在这座小镇西边的河渠附近，卖钓具为生。她在乘电车上学的学生和铁路管理局的勤杂工中间很有名，因此，我的朋友到头来也成了其中一员。他从神户到我所在的小镇市政府上班。每隔一天的清晨，他下了电车，正好和回家休养的少女同路，他便注视着绿色裤裙下交替迈出的纤纤玉足，一直跟着她走到河渠附近的转角处。

"我们这边的事儿，她都知道。"朋友告诉我。

"总之先搭一次话试试嘛，她也等着呢。"

春假里一个暖融融的中午，新学期将至，神户元町的书店里人头攒动，尽是来买教科书的人，我的这位朋友看到书店房檐上挂满了示意牌，用大字写着各个女校的校名。但他一不留神撞到了头，当场就摇

---

1 奈绪美是谷崎润一郎小说《痴人之爱》的女主人公，此语指像奈绪美一样将男人玩弄于鼓掌间、对性保持奔放态度的萨德式女性的做派。

摇晃晃地倒下了。我所知道的便是这些了。

六

我的酒友里有个年轻的牙科医生，他说：

"试着拜托一下 M 吧。他家是寺庙多年的施主，与和尚都熟，应该能为你说上几句话。"

每年都有许多人从京都到这座寺庙来避暑，因此我想也许能以专注学业为名租一间僧房。当时我正埋头制作飞机模型，最初是打算让飞机落在寺内的松枝上，但我中途改了主意，还是直接打入寺庙内部比较好。M 是牙医对门邻居家的儿子，成天骑着自行车到处转悠，让风灌进后背，把花衬衫吹得鼓鼓的。我跟他说了这回事，他一口应下，当晚就带我去了那座寺。

——从贵府，唔，经常传来鼓声……

——是呀是呀，欢迎光临……真不凑巧，房间现在都预订了。不过……住持的僧房还有房间，只是屋中昏暗，再加上很久没有人住了，不曾打扫过……

如果这样您也不介意的话……

我把话题引向了这上面。今晚寺院在内屋书院举办俳句大会，所以和尚不停地起身离席，旋即折回来倒茶，少年并拢双腿跪坐在一旁，认真听着我讲话。即使几次被催促去睡觉，他也一动没动。直到深夜我将要离开时，始终与我并肩而坐、仿佛是个摆件一样的 M 才张口说话：

"你的坐姿很漂亮，像女子一样。"

"山路说，有个人跟他父亲没完没了地聊飞机的话题，一直聊到十二点，还说那人的心脏就像黑钻石呢。"我童年玩伴的夫人说道。

但比起这种事，我心中所想只有如何采撷这朵花。我听说和尚想在附近请一位说书人，给孩子们开故事会。我向来擅长这种事。山门旁立的告示牌上写道："禁止在寺内嬉闹。"但是隔行还有条注释："直到法规近期颁布为止。"我也就没有租僧房的必要了。故事会结束第二天，我让少年坐在掌舵的位置，而我来划桨。我们俩面对面坐着。他穿着深蓝色泳衣，纤瘦的手臂中间有一颗紫色的、梅花形的痣，和接种牛痘的疤痕交错在一起。我问他这是怎么了，少年回答说，烟抽多了便成了这样，已经没法愈合了，他因此受过父亲的严厉责备。——朋友说得对，留下这种东西可确实不太好。

故事会当晚，我很迟才回到家，在家独自庆祝一切进展顺利。我从厨房取出一升玻璃瓶装的冷酒，倒在杯中细尝，倏然间，一只小小的银蛾掉进了酒杯。旗杆依然树立在沙丘之上，友情却如掠过轻舟的沙鸥影子一样转瞬即逝。

> 无论如何想念，你也不愿做我的少年。
> 你一言不发，不回我的话，
> 也不接受礼物。

（希腊抒情诗选·佚名）

七

"这个您还是拿回去吧。"九月的一个上午，太太将一幅镶了画框的风景素描放在我面前说道。

"我知道令弟一直很想要这幅画，我怎么忍心私藏……姐姐你一说，傍晚我就把它拿过来了嘛。"

"是啊，如此那便把这幅画留在这里吧。"

我一边回答，一边想到自己已经在东京住了很久了。

我对任何事情都不再有兴趣，只剩下火车窗外飞逝的风景还能令我倾心……就像未来派诗人圣普安夫人[1]的诗一样。不断被电线杆的梳篦上下分梳的电线，宛如五线谱般演奏出了一首无韵之歌，连接车厢的车钩发出单调的声音，而圣普安夫人的一句诗恰是听着这些声音的我的写照。就算是我这样的人，在东京待上一年多，也会有想见的人和不得不出门去的地方，自然，角谷和少年也很容易就忘记了。

似乎是第二年嫩叶初生的时节，我收到夫人来的一封信。信中说，山路的弟弟考上了东山中学，现在住在黑谷的某座寺院里。他变得很伶俐，会主动从玄关出来招待客人，与过去判若两人，变成了一个好孩子。山路在站台上送行，尽管弟弟假期就会回来，

1　即瓦伦廷·德·圣普安（Valentine de Saint-Point，1875—1953），法国作家、画家、美术评论家，曾因不满意大利诗人、文艺评论家马里内蒂起草的《未来主义的创立及宣言》中的厌女倾向，发表了《未来主义女性宣言》予以驳斥。

一千一秒物语

仍从车窗伸手告别，眼睛里噙满泪水，心情就仿佛一对分别的恋人似的。

关于角谷，在铁道局干勤杂工的一个少年来信告诉了我后来的事。前些时日，我在火车上认出了她，正想要鞠躬行礼才发现是张陌生的脸庞，我害羞得涨红了脸。

从分别至今，已经是第二个正月了。

去年腊月，我把从他人那儿得来的一张明信片当作贺年卡，寄给了海边寺院里的少年。回信的人是他的姐姐，纤巧的墨迹写下"恭祝新年"几个字，旁边却又写着：

家弟已于去年夏天离世，承蒙您的深厚情谊，诸多感谢，难以言表。

太突然了！我想道，可这样的通知丝毫没有令我感到意外。这种冷静究竟从何而来？我不禁怀疑起自己，追问自己的内心，想起了去年春天与他相逢时候的事情。

去年的三月初，少年偶然间找到了我在泷野川的住所。他说是来找在这附近的宗教大学读书的哥哥玩的，也就是他姐姐的未婚夫。我瞥见他的袖口露出一角纯白色的衬衫。他拿在手中的卡其色外套，显然是把校服按照自己的喜好裁剪出来的。这唤醒了我的记忆，数年前的夏夜，他手中拿的是一把女人的扇子。后来我听说，他好不容易考上的京都的学校突然停办了，不得已，他只能辗转于神户的二流初中，再后来，甚至哪里都拿不到学籍，每天无所事事地混日子——时隔数年，少年的脸色变得更加苍白，几乎透明得能看见额头上葡萄色的静脉血管。那对羚羊般的眸子虽与过去无异，却让人觉得他仿佛身临险境，正在直视着某种可怕的东西。

我刚才在品川站坐上了汽车，虽然要花五日元，但既然来了，我就想尽快掌握东京话，可以说我就是抱着这个目的出门的。下了车，我向一伙混混模样的少年询问门牌号。他们说不知道。我反问道："这边的人应该不会不知道舞蹈教室在哪儿吧？"结果对方反驳说不知道又怎样。我想顺手把他们给收拾了，但想想又很蠢，还是算了。仔细一考虑，对于刚进入青春期的少年而言，他眼中流露出的凶狠也不罕见。我反省是不是自己过激了，但也没反省出个结论。我总觉得这少年身上最近将会发生些什么事情，这种预感久久不能消退。——近来，一位名叫"梦巴黎"的女子经常光顾车站前的咖啡馆，大家都为她神魂颠倒。之所以起了这么个称呼，是因为她颇像宝冢歌剧团的女演员，这些自言自语的话中也隐约浮动着一种不安。那时他所要迎接的未来就注定了吧，无可逃避的暗影已经布下。他从前就有这样的习惯，想着要坐下却还站着，刚出门看一看便折回来。这一天也是，他说接下来要去拜访在市谷上学的朋友，我就告诉了他路线，少年即刻站起身，明明来了还不到一小时，便匆匆离去了。我没有折过纸星星，他为我留了一个在榻榻米上。

我期待着第二天他还回来，然而，他已经在昨天黄昏在品川站坐火车离开了。从静冈站寄来的信上，歪七扭八的钢笔字道出了这样的事情："现在是午夜，你房间里的星星一定正在跳舞吧。我对面坐着一位美丽的女子。喂，把这封信交给红帽子，是时候该行动了。"

八

某夜，我在大冢辻町的一家经营漫画杂志的人家里偶遇 M。他的投稿获得了认可，今后他打算留在东京学习成为一名插画家。我们聊到海峡小镇上的咖啡馆，我便向他问起：

"山路君是身体哪里出了问题吗？你有听说吗？"

"他得了神经性梅毒，"M 说得很肯定，摆出一副万事通的派头，吐出金蝙蝠牌香烟的浅蓝色烟圈，"被'梦巴黎'那女人传染的。她和山路君打得火热，但还有其他男人也染指了那女人。大家都开始说'我也有份，我也是'。"

但这也不完全是 M 的添油加醋。那年夏天，我回到了久违的海峡小镇。某夜，我靠在咖啡馆的椅子上，听见女招待向对面像常客似的男人搭话。

"——呀！那个'梦巴黎'简直让人惊掉下巴。她每晚都去市场二楼的俱乐部玩，无论谁都可以！我跟你说，还有只请了她一碗乌冬面的家伙呢。"

"唔，这就是所谓的'公交车'吧。"

"你的嘴可真毒。"

夜深了，我在那座寺庙门前的饭馆和人聊天。待到钟表指针在正上方重合，店内已没有别的客人，胖得像安禄山的老板一边检查着锡酒壶的容量，一边说道：

"那孩子是个可怜人。他和那女人的丑闻还见了报。出了这样的事，家里也待不下去了。他晚上在公园的长椅上露宿，被巡警叫起来，带到了我这里。他快不行的时候，女人找上门了，但他父亲到最后也没让两人见面。那时他已经病得没有意识了。我们照看他直到去世。葬礼当天只有两三个学校的人来吊唁，实在太凄凉了。"

几天后，喝醉的小胡子牙医说要"考察史迹"，把我带到车站前的小巷里的一家小咖啡馆。

"过了前面的铁道路口的地方，那女人和她母亲在那儿租了间屋子，住了差不多一年。"

咖啡馆老板站在吧台后，胸前的刺青隐隐可见，说道：

"听说她十三四岁的时候被男人骗了，从那以后，她就扬言要向世间的所有男人复仇。她每天都来店里挑人下手，像西洋人一样挤眉弄眼，暗送秋波，然后自己假意先行离开，大家都是这么上了钩。——系上兵儿带简直还像个孩子，可一化了妆真是不得了！那姿色在东京也难得一见。她要是想走艺妓这条路，我还能帮衬帮衬……"

"听说是喉结核。"另一天，一个朋友跟我说。他是个年轻的僧侣，与少年家的寺院属于同一宗门。

"不管是因为什么病死的，也都无所谓了。他就像蝴蝶一样死去了！那个男人到底几岁啊？临死前还叫了车去岩屋先生举办的夏日祭，买了一大堆小孩子的玩具，还是用包袱皮背回来的，哈哈哈哈。"

说到这里，他与生俱来的神经质似乎发作了，不停地努动他的小鼻子：

"你觉得医生会告诉你一个外人他得的是什么病吗？他姐姐的事也一样。她从念宗教大学的未婚夫那里回来了是事实，但不一定是因为丸兼那件事。本山的总寺举办祭典时，那个和尚好像只让她在旅馆里干杂活。而丸兼可是祭典上的信众代表。明眼人都看得出来，和尚是故意将那俩人单独留下的。也许是因为有这层关系，又从心底同情那和尚，丸兼才拿出一大笔钱供奉给寺院。至于这笔钱的数目后边有没有四个零，就没必要刨根问底了。这么说有些对不住你，不过，那个住在车站前的脸儿煞白的画家，被女人甩掉之后得了信口雌黄病的牙医，还有胖得跟银汤壶似的安禄山，全都是在编故事。"

丸兼此人，年轻时在往来于纪伊半岛的渔船上发了迹，现在是坐拥数艘大捕鲸船的富翁，城里还立了他的铜像。这桩丑闻在街头巷尾议论纷纷。

虞美人草色的遮阳伞曾映在故事中人物的眼底，我在街上也远远见过两三回，却从未从那伞下走过。

"大家聚在一起聊天的时候说过，只有山路君的心思怎么也看不透呐。"那位夫人说道。

不过，威尼斯少年今已不在三人组之列了。这位面颊泛红的少年终究也没有娶妻，大海被对岸的灯塔照成明晃晃的白色，他在海边寺院的一间房中独自死去。只记得他戴着年幼妹妹的披肩，穿着弟弟的宽松裤子，搭一件外套，他那既稚拙又潇洒的模样，让我在街上与他擦肩而过时心生怜爱。

这段时间，我从一个常常出入友人寺庙的妇人那里听说，在我那年秋天去了东京之后，过了还不到半年，角谷就因为肺炎去世了。这妇人就住在河渠的钓具店对面。

"别看她那副样子，其实是个性格温柔的好孩子，"对方一边整理着别在胸前的手巾，一边说道，"如果没生那场病的话……要是能早些跟我说，起码我也能在她结婚后照顾一下。"

少女具有麻风病[1]的血统，但她究竟病得有多严重，这种事早已无所谓了。眼前的男人以前在镇政府工作，而今是两个孩子的父亲，而我依然没有成家，我们俩就这样谈论着角谷，仿佛我们曾是她的什么人似的。

我曾在河渠的桥上望见，角谷那大理石雕像般的脸庞映在落日之中，宛如年幼的古希腊神祇。那时，我与少年一起渡过这座桥，而现在只剩下了我自己。昔日的钓具店被拆除了，现在变成一片用于卸货的空地。

"你在困惑什么？"那位夫人说起了在十七岁那年春天死去的松浦，"说起她呀，那时过得真不容易。

---

[1] 麻风病并非遗传病。此语似有隐喻，《圣经·旧约》中的约伯也患过麻风病。

一千一秒物语

你还记得那个人吗？……但这样的话可是不兴说呀。哦嗬——"

她狡黠地睁开眼睛，举起一只手仿佛要来打我，却用袖口遮住嘴笑了起来。

"无论什么年纪，都会想着把野外盛开的鲜花摘下用来插花啊。"

确实如她先生所说，今日夫人的桌上也有一枝红色的银莲花。在我的梦里，莫里茨将夹在腋下的白色头颅拿给那孩子看了吗？被我的朋友视若伊尔莎[1]的"梦巴黎"呢？松浦便是沦为施密特夫人的堕胎药的牺牲品的文德拉·贝格曼[2]？不、不！都是无稽之谈！今年的立春也已经到了，我望着那层峦起伏的云峰，它们让我比平日更加深刻地意识到空间的无限、时间的无穷。那个飘逸着香水味的夏日，那个永恒轮回的暑假，无法成为演员的我们应了《约伯记》第36章14节所言。[3]为了我们自己，"好使你在我赦免你一切

---

1 韦德金德创作的剧作《春的苏醒》中的女性角色，莫里茨与梅尔希奥的童年伙伴，性格放浪，离家出走后给很多画家当模特和情人。

2 《春的苏醒》的女主角，对性懵懂无知，在谷仓中被梅尔希奥强奸，最终死于流产。

3 即"必在青年时死亡，与污秽人一样丧命。"引自《圣经和合本》。

所行的时候，心里追念，自觉抱愧，又因你的羞辱就不再开口。"[1]

　　——唯愿如此。

1　出自《以西结书》第 16 章 63 节。该句译文引自《圣经和合本》。

ちるはおの美
美のはかなる

美的衰朽

第一部　六月的都市夜空

　　窗外，两端成锐角的月亮摇摇晃晃，似在用鼻子轻轻哼着小曲。回过神，月亮不知何时已经退场，黑暗中，只有青白色的繁星燃烧着，不时流露出得意的神色……一连串饱嗝突然停下的一刻，那种感觉仿佛在观看充满讥讽的现代戏剧的一幕……我意识到自己遗忘了什么东西。曾几何时的奇妙夜晚，新月低低地悬挂半空，如今却已沉没，只留下星星在闪烁，在这样的时刻，我在想自己究竟忘记了什么。吉田兼好写道：

　　"有时，方才听过的事、见过的物，仿佛似

曾相识。说不上是什么时候，只觉得是真切发生过。只有我这么觉得吗？"[1]

奇妙的乡愁阴翳时而笼罩在头脑一隅，让我想起柏格森的阐释。

那并非真实发生过，仅仅是揭示了我们甚至无法将刚发生的事情作为记忆来处理。换言之，知觉从现在朝未来的跳跃暂时停滞了，"记忆"追赶上知觉，生成了对于"现在"的认知以及再认知。原本"向前的行动"被引离了知觉，结果，方才发生的事也好像在很久以前经历过，被赋予梦或者风景的印象……柏格森用案例对这一主题进行精致的分析，但是我觉得事情并非只是如此。柏格森阐述"笑"的时候以莫里哀式喜剧作为材料，他没有对"再认知"深究到底。

泉川分隔了瓶原，何日曾相见？怎奈这般怀恋。

1　出自《徒然草》第七十一段。

堤中纳言[1]的这首和歌比起柏格森列举的对象来包含了更多别的东西。

> 有些似是而非的事物
>
> 以神秘的光辉触动我，有如瞥见被遗忘的梦境
>
> 我感知到某些事物，仿佛就在周遭
>
> 我曾做过某些事情，却不知在何处
>
> 诉诸语言也无法言明
>
> ——丁尼生[2]《两种声音》

这位维多利亚时代的桂冠诗人在写给阿姆斯特丹的 B. P. 布拉德的信中说，自少年时代起，他独处的时候常常陷入一种清醒的恍惚："在这种状态下，死亡无力得引人发笑。人格的丧失——倘若确实发生的话——非但丝毫没有招徕灭亡，反而成为唯一的真

实生活。"

我时常也会突然觉得"以前来过这里"或者"我曾到过此处，与这些人说着和现在一模一样的话"；同时，又觉得"或许这真的曾经发生过""可能不是自己，而是发生在别人身上的事"。

有时我会被攫住，卷入淡淡焦虑的漩涡当中，我曾经以为这是一种"永恒癖"，但这么说不够准确，毋宁称之为"宇宙乡愁"。这种属于都会的、世纪末的、同时具有未来性的情绪，时常在汽车尾气的味道中、在落雨的街头能够嗅到的汽油的忧郁中显露迹象。它还确切存在于坐在青色夜晚的电影院扶椅上听到的音乐中降半音的地方。在电影荧幕的灯饰下显得格格不入的苍白脸庞上，我也认出它的踪迹。再扩大一点范围，漆黑的夜晚，电车上方的架空导电杆端头洒落的绿色火花，犹如火焰般照耀着拐向下一个十字路口的电车车身；走在夕阳的石板路上，偶然瞥见的酒馆玻璃橱窗内张贴的三色版海报中的几名人物；还有机械性的黑影蹲在轨道线路旁进行焊接时飞溅的蓝色火星与红色火花……

"我知道了。你想说的是在停止的汽车头灯前落下的雨滴吧。"

朋友这样说道。的确如此，先前，停靠在山本大街的悬铃木下的高级轿车在红宝石般的尾灯光中变得柔和。前文提到的那种微妙的情绪确实存在着，但不是在红色的灯光中，而是在自前方照射而来的两道光束中的被照亮的雨滴里。

朋友在其他时候还说过："在太阳落山后，登上生田神社前的大丸百货商场的高层，你肯定干过这事对吧。沿楼梯往下走，有一面朝北的窗户，请看吧！斜坡上的街市宛若放入无数萤火虫的灯笼。穿晚礼服、佩戴条纹面具的绅士沿着星星间的绳梯爬下来……我太知道你想说什么了。你一定在构思和百货大楼的高层窗框相同的舞台。"

这说法有少许偏差，但并非全无道理。能将我每每与之格斗却每每落荒而逃的东西表述得更加全面且具体的，是我的另一个同班同学。某次午休，他在教室里用粉笔在黑板上迅速写下：

六月的都市夜空

还未等一旁的我开口，他就早早用板擦把那七个字抹掉了：

"没什么，什么事都没有。不过，这里什么都不存在吗？"

蔷薇色的夕空映在昏暗的室内，哥伦比亚唱片适才还在转动，已经看不清唱片表面贴的蓝色标签上的字了。窗外能望见两三颗银星。按下电灯的开关，毕加索式的分解忽然而至。

在第一次世界大战中战死的未来派画家、雕刻家波丘尼[1]造了一个词：Material Transcendentalism，指任何物体自身都具有延伸力线，有粉碎原有的形态并无限扩大的倾向。他凭借艺术家的禀赋早已捕捉到了二十世纪物理学的"场"概念。未来主义艺术运动只流行了数年就消解于政治潮流之中，但在运动早期，发表于《费加罗报》的马里内蒂的十一条宣言[2]，《未

---

[1] 翁贝特·波丘尼（Umberto Boccioni，1882—1916），意大利画家、雕塑家，未来主义画派的核心人物。下文的《未来主义画家宣言》由其于1910年发表。——编者注

[2] 即《未来主义的创立及宣言》。

一千一秒物语

来主义绘画宣言》，以及为理论提供证明的鲁索洛[1]、塞韦里尼[2]、卡洛·卡拉[3]等人的绘画，波丘尼的雕塑，这些诗歌、这些美术作品毫无疑问是二十世纪的杰作。它们与那些偶然诞生的似是而非的作品截然不同：

> 巴士里面，你周围的人依次或者同时是一个人、四个人、三个人，去或来，在街上起舞，被太阳吃掉，然后从那里归来，在你面前坐下。
>
> 画阳台上的人，就不得不将全体视野都画进去，包括街上沐浴在阳光中的吵嚷人群、左右两侧延伸的房子、鲜花覆盖的阳台等等。
>
> 巴士闯进屋里，房子扑到汽车上，两者合二为一。
>
> 眼前的房屋嵌入太阳的晕轮。

这些构想即使不用于绘画和雕刻，也可以直接

看作诗句了。——我也必须回到属于自己的那个初夏的晚上。

　　蒂蒂尔和米蒂尔转动从仙女那儿得来的帽子上的钻石，家具纷纷开始说人话。[1]

　　该句属于旧文学的表现方式，对此，我仍想搬出波丘尼的话：

　　一瞬间，镶嵌住微光的西侧窗户、椅子、衣架、泛着胡桃色光泽的留声机、贴有蓝色标签的唱片、墙面上的三角旗和舞娘照片……它们与坐在这里的人物相互混合，彼此间的界限崩溃不复，将各自的力线无限延长。

　　就这样，一束被理解作"物质的超越"或者"先验存在"的力线贯穿这座公馆的房顶，越过空间，横渡银河系，纷乱地没入遍布着漩涡状星云的彼方。其

1　出自比利时诗人梅特林克的童话剧《青鸟》。

他呈放射状的线束在檐与瓦的喧嚣波浪上滑行，它们集结同志，掠过锚泊在远方港口内的船只的桅杆森林，大挫在水平线上露出半张脸的月亮的锐气……忽地，其他力线已如箭矢般穿过地核，从地底向玻利维亚的高原城市一双双走过人行道的鞋子发动攻击……

这种现象本来只能在灯光点亮的瞬间感知到，但不知为何，当我们交换领带前往平民区的时候仍有所残留。此刻，在如闪烁的火焰般转过远处街角的电车、电车导线杆迸发散落的火花、于橱窗上留下达达主义手影画的往来人群之中——我发现了某种并非刚刚生成，而是我熟知的事物。我们伫立在那里，歪着脑袋给嘴里的雪茄点火。眼前的墙上张贴的电影传单，街巷深处似是酒馆的店前的绿色门灯，剧场的高台被照亮了半边，繁多的几何学阴影充满谜题意味，街对面笼罩着薄雾，广告灯的风车旋转不休，观望着这些，我们被引向无声的沉思。哎？我好像前阵子在电影里看过这个景象？应该是某日的白昼，沿海的赛马场里，人们身着的衣裳的毛线与褶皱织出了象形文字？还是在这样一个夜晚，冷不丁尖啸着低空飞行的飞机信号灯？街灯的映照下，浮现出疏朗星星的机翼；抑或说在六月的一个透明黄昏，从气派花店内的玻璃窗眺望到的番红花色的满月？又或是在下坡的步道上，画出黑白相间的方格花纹的行人？

彼此相仿的碎片就这样缠绕络合，不断旋转，但只要稍加改变称呼，它们各自代表的某种事物就会顷刻改变。我们对这样纤细至极的内部构造是非常了解的。每到捕捉时就会数量激增的事物，时而又在偶然的冲动下重归于一，但我们不能仅仅满足于此。我们愈发焦躁起来。循环有时中断，我们猝然陷入孤立，茫然自失。这里正在发生事情难道不是过去的重演？要不就是发生在不远的暗夜中未来的预演。抑或是，我们已在这一瞬间飞逝了几个世纪，如今正伫立于未来的夜幕下？我最终不禁怀疑，那里并不是地球，而是漫步于星夜的城市间的某个人讲述的故事：

品尝着红葡萄酒，交换着盛满阴沉的黑色星星的酒杯，在擦得锃亮的地板上迈开舞步——雪松木的舞台上，球体与六面体嵌合而成的绅士跳着直角舞蹈，沉迷于观赏舞蹈，时间悄然流逝。红色电车把忙碌了一天的疲惫汉和伤残者摆出"a""b""q"的姿势，七零八落地收容在靠垫上。车顶的导线杆溅洒出数不清的绿色火花，列车开进了东西的车库，于是今夜也在年幼的基督耶稣对地球仪的摆弄之中度过。

神父灌下一杯干邑白兰地，缓缓拉起长袍下摆，把一根带叶子的胡萝卜捅进肛门，撤掉盖在餐桌上的布，举起一座石膏制的耶路撒冷模型，对着通电般的荧蓝月光，沉入默想之中。——棕榈叶荫落在雪白的胸、杏色的后背和绷着丝绸的臀部，混杂着不计其数的酒瓶和玻璃杯的反光，我离开了这座被青光揉碎了的狼藉魔宫，走下夕阳中宽阔的柏油坡道，徜徉于山手大街，恰在此刻，童贞的月亮流照这座海港之城的上空，街上蔓延的白色物体竞相向星星搭话，各自跳起散漫的舞步。……不，这是《萨福》[1]导演的修辞，而我——在"Good night! Ladies"的时刻，我就像曾在电影里看过的那样（走出威尼斯公馆装饰华丽的铁栅门，走过几段弯曲的石阶，仿佛一群从"贡多拉"上岸的假面绅士），撩起自己的黑斗篷，与彼得·潘、猫、蜻蜓和妖怪结伴爬上暗梯，登上早已在那里等候多时的汽艇。时近夏至，庞士彗星接近地球的那一夜。

1　《萨福》（Sappho），又名《疯狂的爱》，1921 年由德米特里·布霍维茨基导演的默片。

好在夜空晴朗，不会映染上平民区的合欢花色。此刻我的头顶之上，不正是"六月的都市夜空"吗？

请看！海岸上那些被有形和无形的暴力终日践踏、推搡的高层建筑实在不胜苦恼，摇晃倾斜，失去互相撕咬的力气，在叹息中交换着肉眼不可见的电流。这时，花岗岩矮墙和铁栅围拢的后山草坪上，被彩花装饰的、正在装睡的十字架和扁平石头暴露出了本性。——即使如此！为什么允许它们一起假装安眠呢？我很清楚原因。这些石碑尽管长着温驯的面孔，却迸裂出吸引与排斥的火花，令彼此难堪，紧要关头只会苟且偷生。海平线正对着这徒有其表的休憩所，左手侧，云彩不断燃烧着，闪电的雷光照亮了远方的陆地，大大小小的船舶抛锚安心地停靠在港口，每个客舱都流泻出淡淡的灯影。这幅海港的前景（连同那位于山坡上的、陷入危笃状态的模型都市）好似一张歪斜的大桌，虽还在缓慢地自西向东旋转，却已经完全垂直。海平线倾斜成悬崖，听来像天方夜谭，但现在它已完全地翻转过来。因为发红的弯月压住了这张巨大桌面的一端，太阳应该是在翻转后的桌面上空。轿车和客车仿佛耀眼的甲虫，吸附在面朝下方的桌面上，沿着纵横在错综复杂的凹凸面中的轨槽行驶，却也不会掉落。它们像忙碌奔波的蚂蚁一样上下、左右交错往返，时而还会斜向疾驰。我不经意间抬头望，与这修罗场截然相反的那片界域何其壮观呀！尽管彼处也充斥着疯狂，但那暗碧色的长空压下身来，仿佛想要拥抱这颗圆滚滚、汗涔涔、难以入睡的地球。当我还奇怪群星是否已搅乱了各自的星座，它们便占据了幻想而又疯狂的位置，璀璨闪光。这怎能不让人想起马里内蒂的话语："我们如今立于世界的顶点，向星星宣战。"更会想起：庞士彗星今夜到哪里了呢？孤零零在远方散发着暗黄色的土星内部，此刻，戴圆锥帽的哲学家合上厚重的大书，一边伸懒腰一边立起身，打开他那球形书斋的大门，站在宽广的土星环上，像康德一样双手背在身后散起了步来。啊！我们的六月都市夜空哪！

电灯照亮了那时的舞台。对于那位美少女，我的脑海中浮现出这样的形容："被煤气灯光养育的……"可当时的那位少女是谁？——是在巡回演出途中猝死后，载着她灵柩的马车去往火葬场的一路上，只有两个同事在雨中撑伞护送的一条久子[1]吗？是很久以后在巢鸭附近电影院的助兴表演中，已经半老徐娘却还挥舞着长袖演唱《东京行进曲》的松木绿吗？还是不知其后来境况如何的白川澄子？我不太记得了。六月上旬的傍晚，我在浅草六区的金龙馆二楼正面望见了舞台上的少女，那张脸上涂满了人造的白，使我联想到煤气灯的火光。在神户的电影街旁，西洋少年的面孔映照着灯彩，我从中认出了在蓝色夕阳中的街角痉挛的白色电灯。今宵，在东京轻歌剧剧场的舞台上看见的少女的脸奇白无比，除了白粉外肯定还借助了煤气灯的效果，但不得不说，让人揪心的是她那煮熟鸡蛋般白皙纤嫩的两颊被几道指痕玷污了。

那时候，我住在蒲田菖蒲园的一户寄宿家庭，每日都在浅草买醉。终于到了最后一天。这次来东京是为当飞行员做事先准备，我在羽田穴守的驾校学了开车，顺便考下了警视厅的甲种驾照[2]。这件事在半个月前办完了，已经不好再延长留在东京的时间了。我

1　一条久子（1904—1920），朝日歌剧团的女演员，在京都进行公演时因化妆品中白粉含铅量过高中毒身亡。

2　1919 年至 1933 年间日本的驾照划分，甲种驾照能够驾驶全车型，乙种仅限部分车型。

走出歌剧院，穿过飘着炒饭、油炸食品之类浓厚气味的扑朔迷离的道路，来到了电车道。赶巧有巴士从雷门方向驶来，我跳上车，一直坐在京桥附近。我留恋在东京的最后一夜。黄昏中的大都市正欲入夜，雨脚渐渐密了起来，附着在玻璃窗上的雨珠，一滴、一滴包裹着灯火，发出桃色的微光。时值六月多雨。我在浅草的老圣保罗咖啡馆逗留了太久，搭乘市内电车时坐过了头，到品川才下车。这会儿已经没有省线电车可坐了。我就沿着泥泞的京滨国道走回了蒲田，这是发生在两天前的故事。

灯火辉煌的田园町两侧的房屋错综凌乱，它们摇晃着向后方流动。司机等候在仪表盘前，前方忽然冒出一连串分外华丽的灯火，开始从左向右大举移动，最后停在上野广小路站。未来派画家会说："汽车司机手握的方向盘中轴向外伸出，直达地心。石板路被骤雨打湿，倒映着街边的灯光，无限深邃。"方向盘的中轴随着引擎急促的呼吸微微震动，这是一种自行车的车辕、轮船的舵轮都不具备的内在紧张。从车体下方倾斜伸出的中轴，有一种异乎寻常的锐利，这是我十年前观察大阪梅田站前广场始发的巴士得知的。

然而，这根方向盘的轴被雨水淋湿，同透明的路面一起伸向无限深处，却是我如今才有的实感。或许是因为，这是我第一次离开家人的膝下外出远游，即将与旅居两个月的东京别离的情绪，使我的心比平常更加敏感。雨夜的上野大路宛若玻璃工艺的全景画，这幅比意大利的年轻艺术家的描述更加宏大的风景烙印在我的心中。

即使在上课时，那个注意到"六月的都市夜空"的同学和我，也会在笔记本上写下感想、诗句，画下小品画，然后把纸撕下来交换。我画过一张素描，揉成纸团扔给了他——

纵向并列的平行线几乎不留缝隙，在正中间的部分，条纹垂直相交，唐草花纹的细带其实是交织的无数汽车。虽然这幅即兴的铅笔画画得很简单，但要是施以淡彩，先前的水墨线条便会美妙地洇现，排除那些稚嫩的笔触，我的脑中浮现出真实的风景。万事万物沉入我们的某种漠不关心之中，逝向"哪里也不是的场所"。未来派的作品常常为了便于鉴赏者理解而添加说明文字，我也效仿这种做法，在我那幅小水彩画背面写了篇解说文："建筑物、人群、汽车的行列已扩展向无限，我等所见的夜之都晶莹剔透，只是以太在立体的虚空中投影出的七色幻想而已——"

下课铃响了，我俩对视的时候，朋友把刚才那张纸还给我，耸着肩膀，轻哼着鼻子，仿佛在说，这么理所当然的事情，我早就知道喽。

"画的名字是什么？"他问。

我当即回答："虚无主义者眼中的夜之都。"

可以说，现实在意想不到的时候回应了我过去的讽刺画。因为今宵当我道出"别了，东京"的时候，在雨中泛着光的上野广小路站忽然向我展示了仿佛数个世纪之后陌生西欧风格的夜色街景。车水马龙交织出的细带成为坐标轴，其上，鳞次栉比的建筑群在横轴上下呈现双曲线形分布、延伸、震动，那里（已不在虚无主义者眼中）最终成为"离开煤气灯光养育的少女的某个少年"眼中映现的夜之都。

1900 年 12 月上旬，马克斯·普朗克发现了 h^1，揭示了世界线的不连续性，这是我出生前三周左右发

1　即普朗克常数，描述量子大小的物理常数。

生的事。——假设可以在任何事物上规定任意质点，则可称其为"世界内"，该质点即为世界点。然而，无论世界点是否移动，都应视为随时间变化而发生运动。恰如电影画面以胶卷的形式进行线性连续运动，所有的世界点各自随时间流逝画出直线乃至曲线。由此，"量子"的概念被导入物理学。围绕原子核旋转的各个电子接受量子法则的限制。每个电子被赋予一定的能量，电子的位置移动是跃迁式的，不存在中间状态。普朗克的量子假说主张物质释放或吸收的辐射能量必须是量子的整数倍。就好比，人的步行时速只能是三英里或者四英里，而不可能是三点五英里。

只是我当时还理解不了，哪里也找不到关于时空叠加的四次元几何学的参考书，顶多能从国外的报纸杂志或者大学的物理教室看到些爱因斯坦的简单资料，但依旧看得云里雾里。因此，我某天在报纸科学版面上读到关于普朗克的报道，自然无法理解其中奥妙，但"闵可夫斯基时空""虚时间"等术语仍让我欣喜得忘乎所以。它们与波丘尼的力线一同成为阐明上野广小路站夕景的钥匙。

从五月到六月始终阴雨连绵。我的住所在蒲田名胜菖蒲园前面，松竹电影公司前年在这里搭起了摄影棚，此处还保存着古老的护城河，雨脚在水面上荡起层层涟漪。梅雨间歇的晴日初绽，嫩叶仿佛发出受惊般的声音。我的麦秸草帽上缎带打结之处别着银质的小螺旋桨，熏风吹拂，它便轱辘辘辘地转动起来。崭新的领带也被吹得在胸前吧嗒吧嗒地响，如梦似幻，我感觉自己正站在未知新时代的入口。

前年，也就是 1918 年，阿波利奈尔死了，伊齐多尔·迪卡斯[1]的《诗》刊行于世。特里斯坦·查拉[2]在苏黎世出版《昂蒂皮林先生的第一次天堂奇遇记》，也是在这一年。

下一次时机直到二十年后才会到来。某天，一起研习《教理问答》数年之久的友人将他摘录圣人与中世纪教父言论的笔记拿给我，让我读读看最后一篇文章——

"我们此刻之所以存在，大概是因为我们处于一

---

1 即法国诗人洛特雷阿蒙（Lautréamont）的本名，他的诗作对现代艺术与文学，尤其是超现实主义者产生了巨大影响。

2 特里斯坦·查拉（Tristan Tzara, 1896—1963），罗马尼亚裔法国诗人，达达主义创始人。

场进化实验的中途，所有天国与所有地狱已然在我们身后隐没。为了我们所居住的这个世界的短暂存续而不得不被消灭的、包藏着一切可能世界的深渊，正再度在各个世界背后令人目眩地出现。"（Bölsche《大都会背后》的世界一瞥）

——有人说，这是从克贝尔博士的论文《神与世界》中摘抄的，数行文字仿佛直视世界的根底，你怎么看？我联想到曾经造出"六月的都市夜空"一语的人说起的一件事。某个夏夜，街灯下熙攘的行人如同从地下成群出动的白虫，从橱窗灯光映照着的摩肩接踵的人群之中，他认出了死去的妹妹，想要追上去，她却已经杳然无踪。

我把这桩轶事写进了《一千一秒物语》（尽管后来删掉了），那两行的标题为"A GLIMPSE"（一瞥）——

某夜　瞥见那令人惊诧之物

转瞬化为剪影　只留下交错的人群

一千一秒物语

就像读到李嘉图[1]新作的德·昆西一样,那段日子里,我遇到了那个让我想要惊呼"Thou art the man!"(那个人就是您!)的人——马丁·海德格尔。

六月的都市夜空完全是海德格尔式的风景。初夏夜晚的大都会里,许多事物都令人想到他纵横无尽地驱使着各种括号创造出的华丽晦涩的哲学论述。即使难以理解他关于"无"的思想,但当我不时在夜色下散步,望着十字路口如手影画般流动的人群,望着被电车的火花照亮的建筑,我想,这就是"无":

畏整体性地到来。茫然失所的情状仅限于无法随时指称对方的场合。有时,一切事物会迅速变得疏远,沉入我们自身无以譬喻的"冷漠"之中……而这绝不意味着"消失"。事物以及我们自身,在"去远"的过程中向我们自身靠近。事物的"去远"作为整体存在着,压迫着我们,我们便就此失去赖以栖身的场所。存在者的"滑落"使得我们无家可归,"无"由此显现。残留于此处的,只有无处寻觅栖身之所的浮动之中的"纯粹"此在。——这些情况在"畏"消失

---

1 大卫·李嘉图(David Ricardo,1772—1823),古典经济学家,古典经济学理论的完成者。——编者注

后便可确认。人们常说："本来就没什么。"正是如此。"无"作为无本身存在于那里。"不，没什么，没什么。"曾在黑板上写下那七个字的同学说道，但他刚出口就反悔了。确实没什么。但那里仍留下了"（作为六月的都市夜空的）六月的都市夜空"。

这样的"无"是什么？虽然它不是作为认识对象的存在者，却意味着某种事物存在的场所这一事物本身。"无"的本质是纯粹的地平线（Horizont），它作为相关者被使用，是现象背后的存在本身，是被称为先验对象（End-Stand）的 X。这样的"无"完全排斥作为整体滑落的存在者，并且指向它自身。因而，"所有存在者诞生于无"即是指"如果此在不曾事先将自己拖曳入无之中的话，此在就绝无可能与存在者以及自身构建关联"。"无"根据这一相反性，将存在者作为全然的他者（非无之物）推上舞台示人，在此展示出存在者从未显露过的异样。在我们愕然之余，必然会提出疑问："那些投我们所好（同时我们也被统括为一个整体）、在我们周围层层展开的是什么？"

然而那时，"我等所见之物"是"以太在立体存在的虚空中投影出的七色幻想"。那条纵线由类似夫琅和费[1]光谱线的暗线交织而成，但是以太这样的显示者，足以比拟海德格尔的"无"。我还记得，在摩耶山下的学校上课做小手工艺品的时候，我确实在脑海中预想到了"虹"。那时我意识到这是由以太的七种颜色引发的联想，但故事并不仅限于此。如今再回首，许多事情在那时就已有了。我的"虹"是七色光谱的同时，也是"蜺的配偶"。据古籍记载，虹蜺"下饮于地泉，或垂首于筵，吸其食饮"，所以"虹"与"蜃"关系密切。这里的"蜃"并非大蛤蜊。它是蛟的一种，长着巨大的角，龙身，背有红鬣，以燕子为食，吐息能化作楼台城廓的形状……其油脂可制成蜡烛，焚之百步生香，使幻影在该香烟中现身。

克尔凯郭尔[2]认为，"瞬间"是时间中的虚无点，"现在"与"永恒"以这个不可思议的交点为媒介完成接触。但海德格尔的当下（Augenblick）无法解释为"现在"，它是"本真的现在"。人通过"当下"觉

1 夫琅和费线，以德国物理学家约瑟夫·夫琅和费为名的一系列光谱线。——编者注

2 索伦·克尔凯郭尔（Soren Aabye Kierkegaard, 1813—1855），丹麦宗教哲学心理学家、诗人，现代存在主义哲学的创始人，后现代主义的先驱，也是现代人本心理学的先驱。

醒本真的自我，不再依靠偶然或者环境，而是在一个选择中筹划自己。"当下"是绝对的偶然，它不是任何在时间中存有的东西，而是时间本身，是从"世界内"引导出诸多偶然或历史的原始偶然（Urzufall）。这里有必要介绍（弗赖堡大学某教授的）"超存在论"，尽管我记得不甚清晰：

那里或许只有一种小小的律动。在遵循弗洛伊德"快乐原则"的自然状态的幼儿阶段，我们的生活只是一种循环。进入下一阶段后，原始生活的循环被打破，变为直线。回归被未来与终止所取代。人类成为"向死的存在"，"历史"开始发生。紧接着的是第三阶段，关于此在的否定性（虚无性）的决定性思想开始抬头。此岸被彼岸的光明所解释，尽管进行了各种救赎的尝试，但也随之产生了重重怀疑，图谋接二连三遭到破坏。最终，哲学与文明批判分别将疑问的矛头对准它们自身。——教授依次考察了精神（Geist）、生命（Leben）、实存（Existenz）维度上的人类的自我意识，他认为必须对我们延续至今的锁链的意义加以反省。

在高度成熟的文化中，这种对于文化自身的怀疑最终将会演变出对于历史原理的批评。为什么被意识到的事物不能被无法意识到的事物取代？为什么本真的此在的不确定性无法被彻底非本真的生活的确凿无疑所取代？这位教授用现代风格重述了谢林[1]的用语——将互相对立的诸原理视为"意识的事物"与"无意识的事物"、"自由"与"自然的事物"、"历史精神"与"非历史的事物"，而在其间起到支配作用的、犹如美丽而脆弱的彩虹吊桥般架设在深渊之上的，必然是先于"基础存在论"存在的超存在论式的根本紧张。

这般回顾罢前半生，我忽然注意到，还忘了奇妙的良夜下发生的一件事。在灯光明烁的街角书店，我在随手取下的哲学小辞典的某一页看到了一个术语。

就像电影街入口影影幢幢的白色面孔、背景深处电车四散的绿色火花，这个术语也令人莫名觉得它是一种极为纤细的对象。从十字路口望向书店时，屋内面朝不同方向的顾客与灯火相缠，变成了象形文

1　弗里德里希·威廉姆·约瑟夫·谢林（Friedrich Wilhelm Joseph Schelling，1775—1854），德国哲学家。

字。或许，我的记忆也和当晚的红月亮与青色繁星相互络合了吧。我心想不能错过机会，立马给熟人 S 教授写了封信。他为我从哲学小辞典上抄写了那段文字寄送过来。一丝不苟的铅笔字像是被摁住似的排列于纸上——

美的衰朽（Hinfälligkeit des Schönen），最初是索尔格[1]的用语，后来的奥斯卡·贝克尔[2]解释其为"美的事物的存在论式根本范畴"。

读到一半，我想起以前的某篇文章介绍过《生的超越与此在的发现》这部论文，作者便是奥斯卡·贝克尔。这个名字还在海德格尔的《存在与时间》的注释中出现过，我翻开这本书，在第一篇第三章"此在的空间性，空间"中找到了他。注释中写："参考见奥斯卡·贝克尔的《论几何学及其物理应用的现象学

---

[1] 卡尔·威廉·斐迪南·索尔格（Karl Wilhelm Ferdinand Solger，1780—1819），德国哲学家，浪漫主义和反讽文学的理论家。

[2] 奥斯卡·贝克尔（Oskar Becker，1889—1964），德国哲学家、数学家、逻辑学家。本篇第一、二部的标题取自他 1929 年发表的《论美的事物的衰朽和艺术家的冒险性》。

一千一秒物语

根据》。"

——换言之，美的脆弱性（Fragilität）即容易被破坏。美在飞跃性的创造中诞生。美的小宇宙形象是超前的，完全与周围隔离，自给自足，但内在性质的些微变化就会使它突然崩溃。美的对象容易受伤，因此，从潜在可能转化为现实存在的美的体验同样是飞跃的、孤立的、极度易于受伤的刹那体验。美的易碎性不同于材料终将腐朽，也不仅限于悲剧性的美，而是美的一般属性，从这种意义上说，它亦可被称为"美自身的悲剧"（Tragödis des Schönen selbst）。在经历美的体验时，对美的关心被唤起的同时即遭毁灭，伴随着战栗（Thrill）侵入心灵。美在内在形式上转变了其方向和构造，这意味着存在论意义上的两种对立原理的融合。人类的存在属于一种美，人们一方面受缚于历史精神固有的时间性，另一方面作为艺术家依靠自然的恩宠进行创作，生活在永恒的现在。这并不是摆脱了自然与精神之间的根本紧张，而是一种容易动摇的平衡。它只在刹那，却时常是幸运的，因此，它是一种脆弱的安定。

我立刻写了封回信。一周后，他寄来了一本缺字漏页的日译本《论美的事物的衰朽和艺术家的冒险性：美的现象领域的存在主义研究》。他说手头没有原著。书是用牛皮纸包着的，里面有很多潦草的批注，看样子是他跟某个做美学研究的熟人借来的。

我在查阅未来派资料的时候，搜集散落在单行本、报纸、杂志上的文章和画作，互相比照校对，试图摸索出这些作品的真相及真意。珂罗版的作者与作品名经常有不一致的情况。我把不确定的地方暂且标记上"X"，再留心从其他地方寻找答案，就像在计算代数题一样。譬如马里内蒂的《未来主义的创立及宣言》中有一处"……比萨莫色雷斯的胜利更加美丽"，正一头雾水时忽而想起——啊，对了，说的是卢浮宫里的那尊萨莫色雷斯的胜利女神尼克吧——"疾驰的汽车呼出爆炸般的吐息，像蛇一样喷出黑烟"一句也很奇怪。我用波丘尼的著作比对，才发现蛇指的是排气管。——"电闪的月光下的大工厂"的意思是"电灯月亮""电气月光"。总之,恰如 Material Transcendentalism 被翻译为"物质的过境主义",这些意象的线索就是这么难以捉摸。

"美的衰朽"这一译文亦然,对此我没什么意见,但毕竟是三十年前的翻译了,存在主义的术语还不像现在这样统一。书中的"投射"现在译为"筹划","亲在"现在译为"此在"。在那个法国哲学大行其道的年代,译介德国论文的译者(汤浅诚之助)的抱负和热情令人钦佩,但是他生涩的行文还是叫我大为光火。尤其是这样的译文总被人拿来证明"名作常常是暧昧、无力的"之类的观点,使得作者的声名也蒙受牵连。但正如卷末所写,"本书第八、十、二十九至三十节译毕于弗赖堡",译者曾经亲聆贝克尔教授的教诲,自言有幸参加其研究班,一切都是出于对教授高尚人格的由衷敬仰。这实在是件美妙的事。不过,我只是将这些文章化入我的风格之中,加以肆意编造罢了。这篇文章便是我的贝克尔美学论,正如《人造天堂》的一部分是"夏尔·波德莱尔的托马斯·德·昆西"。

第二部　艺术家的冒险性

说到 Fragility 这个英文单词，我前阵子在文具店里看到一个系在皮筋上的纸制半月，旁边放着巴伐利亚制的复写铅笔，脆弱的、赤红的铅芯仿佛在浮动。Fragilität 这个术语与索尔格在《埃尔温：关于美学与艺术的四问答》中定义的"美的衰朽"是一对对立的存在论式范畴。

脆弱性也即易毁性，首先它意味着某种被削尖的、且过度尖锐的事物处于一种强烈的内在紧张的状态下，而且必须是"被选中的事物"。以艺术作品为例，不论外形大小，但必须是一件尖锐的作品。大凡尖锐的事物都是易毁的！美的事物恰如其名是 ästhetisch（感性的）。但它并非只是可感知的对象，而是能够直接感知的事物中的"出类拔萃者"。这种尖锐的特征不通过连续的积累，而是依靠飞跃达成。即使人一步步接近山顶，但在最后的顶峰上也只能匍匐前进。山岩的尖角完全孤立于周遭的一切，似乎不肯让我们接近。

乔治·卢卡奇[1]极富启发性的美学论（《美学的主观与客观关系》）中有"小宇宙的构造"一词。它指的是毫不设限的……当内在充足达到极限之时，其内部的界限所划分出的领域。美的体验及艺术作品都具有强烈的内在性，因此，我不想在这里讨论关于"现实被异化"的争论。根据卢卡奇等人的想法，厘定价值的"规范"与体验中的"现实"无法在不产生矛盾的前提下被赋予同一对象。然而，如果有意识地将美的体验称为"规范性体验"，那么，它就是直接可感的，且同时隔绝了日常性。于是，直观的直接性与尖锐、孤立倾向中的优越性彼此结合。

美的尖锐形态在何种范围内是脆弱的呢？它对于内在性质的一丝一毫的变化都很敏感，踏错一步便会坠落谷底。美的事物具有"要么获取一切，要么一无所有"的特征。艺术作品必须是"完成的"，它处于一种接近于极限的状态，任何加工都将使其前功尽弃。这样的东西不是一砖一瓦垒筑而成，而是诞生于某种不可解的创造性飞跃。在这种美的体验当中，制

1　乔治·卢卡奇（Georg Lukacs，1885—1971），匈牙利著名哲学家和文学批评家。——编者注

作的问题即是掌握使作品达到其本真存在的技艺。而这样的掌握同样需要依由一种飞跃才能实现。它作为"规范性体验"而被一切日常性所孤立，甚至被脱离日常性的一切"本真的此在"[1]——

美的体验甚至被脱离日常人类而唤醒本真自我的"此在"所孤立。同一主观下对于同一美的对象的同一体验终究是不可重复的。因而，美的事物存在于极端容易受伤的瞬间体验之中。美的范畴构成可谓"赫拉克利特式[2]"的。索尔格已经将美的衰朽置于美的现象的存在论阐释中的关键位置。美的事物是"纯粹的现象"，而它"应在是其所是的矛盾尖锐之处维持自身的美"。美在"下级事物与属神的事物中间自由地游荡"。我们必须将美的事物完全视为"现实中的个别事物"。美的事物"是其所是，对立于神所是的永恒状态，尽管它在本质中获得充盈，却也服从于时间性以及破坏性"。"对于美的事物陷入衰朽的

---

1 此在＝有别于纯粹自然的人的本真的存在方式＝Sein Können（能在）＝Entwurf（筹划）＝以自身为目的，面向未来的对于世界的计划。世界＝"为了……的整体"。——原文注

2 赫拉克利特（Herakleitus，约前 544—前 483 年），古希腊哲学家，爱菲斯学派的创始人。——编者注

观察是可堪哀叹的，但是它也每每向我们揭示美的事物有多么不可思议。""在其他现象的混杂对象之中，它一面依靠自身内在的神性之壮丽而愈发崇高"，"却又在神面前，与所有的其他现象一同沉没于虚无性中。""这种宏大的矛盾不单单是内在的，它以最剧烈的……永恒的、无法拔除的痛苦战胜所有人。"索尔格将"痛苦不是产生于个别事物的毁灭以及所有现世之物的衰朽，而是生于理念自身的虚无性"阐释为"美自身的悲剧"。

如果从艺术家的主观角度进一步分析就更一目了然了。"理念如果通过艺术家的悟性的形式转变为个别性"，"理念就将变为存在的现实，而且同时——因为别无所有，理念还将成为虚无性及毁灭"。艺术的真正居所正是在理念自身向无过渡的这一必然的瞬间之中，其中所有事物同时秉持着对立倾向的努力进行创造及破坏，而这样的机制与观察必然和艺术是同一的。在此，艺术家的精神只能概括为能够纵观一切的瞳仁。"我们将游移一切事物之上、毁灭一切事物的眺望称为反讽。""没有勇气从理念的衰朽、虚无性的整体范畴去考察理念的人对艺术是一无所知的。"

美的事物的衰朽在本质上与先前所说的"脆弱性"是视同一律的。但索尔格不仅承认这种衰朽是事实，还直接将其解释为理念与现象之间的紧张。这基本对应了卢卡奇的"规范性体验"。所谓的规范，即柏拉图的理念思想在卢卡奇那里的变种。事实上，这种矛盾可以理解为古典作品中的"理念"的安定性与"尖锐的瞬间"常常担负的、现实生命的不安定性之间的矛盾。另外值得注意的是，我们赋予美本身的易毁性与现象界特有的颓废性也必须是同一的。——为了不被基础性的条框过度束缚，我们必须走现象学分析的路子。

正如美在细微的特征上表现为易毁性，美的现象难以透明化，我们可以试图通过区别表面上相似的诸现象而分辨出美积极的独特性。不过，以下提出的特征还是以凸显美的积极特征为最终目的。

I 美的事物的易毁性必须与通常所说的物质的颓废性视作等同。比如，从美人乃至艺术作品都难以免于毁灭，同样，丑陋的人与无趣的事物也面临相同的命运。

Ⅱ 易毁性不是悲剧意义上的美的衰朽。理念性的善的事物在现世也未必会被献祭给毁灭。

Ⅲ 此处描述的脆弱性是一切美的事物的附加属性，所以它并不仅见于悲剧，还存在于喜剧和样板式的事物当中。然而，艺术家在他命定的、但或许是错误的道路上奋进，由此收获的作品中并不会（比和谐而高贵的古典作品）附带更多的脆弱性。毋宁说，无关风格，而是艺术家气质意义上的"古典作品"（比着力较少的作品）更常见易毁性。卓越而美丽的人要比缺乏魅力的人更易毁灭。美的对象会像不惜代价追求美丽一样陷入毁灭。正如美无可置疑地走向崇高，相应的衰朽更加历历可见。本来，古典作品就是最容易被毁灭的。

Ⅳ 我们应该如何具体而微地分辨这种谜一般的易毁性呢？这种性质起初被解释为"尖锐的事物"，即对于变化的极端敏感性。任意方向上的些许变化都会导致其毁坏。作品在这种意义上是"已完成之物"，且再无可能"是别的事物"。——尽管如此，它绝不是已经确定永恒存续的事物。

V 康德说人会对美的事物产生"无兴趣的愉悦"（das interesselose Wohlgefallen），但他所说的大概不是"缺乏任何兴趣"。兴趣全无只能是对无趣的事物而发，就连丑陋也比无趣更接近美。不过，康德的定义揭示了某种**根本性的东西**。"关心在那里被唤醒，同时却又遭到毁灭。"我们感觉到了其中激起的兴奋，但同时（就像抵挡住冲击一样）也将其抵挡在外。这种关系正是压迫人类的爱欲与恐怖……从各种电影式的刺激到宗教意味浓厚的崇高感动，尽管契机各种各样，然而，美以及美的事物相关的形态表现得最为明了。在美的事物这种形式中，战栗的因子逐渐显现。

相反的例子则有天空和星空的装饰、北欧的动物纹样、摩尔人[1]服饰上的波浪纹、无标题音乐中浮游的**不确定之美**（比如巴赫的赋格曲等），这些都使人觉得它仿佛在尽可能地远离战栗。有人主张这些在自我以内的诸关系中发生变化的属类是为"黏着之美"。

1　摩尔人，指中世纪时期入侵欧洲伊比利亚半岛、西西里岛、撒丁岛、马耳他、科西嘉岛、马格里布和西非的穆斯林居民，大多为柏柏尔人，也有阿拉伯人和犹太人。——编者注

一千一秒物语

它们在某种程度上是附着的内容，即使在很多地方可能构成共因，但并非决定性的。本质的事物是经由感性现象的"元素"引发的、先于美而生的紧张。那是对经过原始的色彩、空间、节奏等中介表现出的直接形态以及形态因子所抱有的感性上的兴趣。

任何美的对象——哪怕是最抽象的文章中承载思想的语词——只要是美的，就必然是感性的。引发兴趣的兴奋仍属于"元素的"领域，却也是外在独立的，不妨碍它在对象内容的高层构成中获得力量。勃发于不同源头的兴奋不是并列关系，而是形成一个整体，但是我们在这里所说的因子是能够被揭示的。战栗的因子由于第二因子而未被麻痹，"它被抵挡住了"。——兴奋最初的力量在方向上被变更，加之在构造上也被改变。这就是卢卡奇所说的 Stilisierung（样式化、赋予风格），他将这种还原法描述为"对材料进行无可混淆的变更"。伴随着杀死原生的事物，使其平均化等种种联想，它意味着一种平面化，所以最终才能触及到材料的真实。引发兴奋的原生材料通往美的体验的形式是难以捉摸的，试图把握这种形式的方法尚不完备，但是很难找到更好的方法取而代之。究其原因，通过美的内在形式去理解不同起源的战栗是可能的，但也是不可思议的。一切的主题——没错，艺术家凭借天才、凭借"自然"的恩赐，在一切主题之下、一切风格形式之中使美形成是一件匪夷所思的事。这就好比《巴门尼德篇》中年轻的苏格拉底将头发、泥土和灰尘也存在着永恒的理念这种看法视若"愚蠢的无底洞"。

事实上，以柏拉图为出发点的话，我们只能将美的事物理解为规范的、现实的事物。"现象中的理念"是对于美的事物的柏拉图式阐述。然而，这种现代的定义出自被歪曲的柏拉图主义。柏拉图本人认为理念是本质上的真实事物，生成界只是徒有虚表。对现在的哲学家而言，"规范"反而是理念式的，只有流动的生命才是现实。卢卡奇所谓的还原也起源于此。它夺取了质料，根据同质性将其均摊，稳定了原生的动物性现实，因此，脱离质料之物的意义中的"古典的事物"即"理念性的事物"。这里讨论的质料即可理解的质料（Intelligible Materie），但是去除这种质料无异于转变为徒具形式的、空虚的"无本体之物"。这只是关于"理念"与"形式"的一个存在论式比喻罢了。

VI　现在被赋予特征的"不可思议性"表征的是美的事物的易毁性。从鲜活的现实向古典美的形成过程中充满极端的悖论，它在存在论的维度上意味着，这种不可思议被实现的形态因为即将招致毁灭的危险而紧张不已。这种紧张性在"美的对象全部存在于现象的表面"这一根本事态当中被辨识了出来。美的事物尤其指具有积极意义的现象，这就是"作为现象的现象"。它的存在样式就是"现象本身"，结果导致美的对象在某种意义上就是"假象"。把手插进现象的背后就能触碰到空虚。绘画、以死去的材料造出的雕刻、手不可及的音乐世界、活生生的舞蹈艺术家，还有在非艺术的（性爱的）生活关系中作为美的事物的美人，可以说都是同一的。

同理，作为美的对象的美的对象是更高的、更真实的、更显著的现实。这种"假象"的易毁性以及它表现为假象的形式，不外是源于美的现象的更加深邃的真实、笃定以及"非遮蔽性"（Unverdecktheit）。从存在论而言，自"内在形式"把握的战栗是被一道深渊分割的两种敌对的存在原理的和解。

到此，深深横亘于美的现象之中的存在论问题浮出了水面。当然，我们需要将现象学存在论的全盘计划作为前提，才好恰当地处理这个问题。因为至少要置身于存在论体验的背景前，方能揭示"敌对的存在原理"为何物。我们在这里所能做到的，只是基于已有的研究为这些探索给出方向上的暗示而已。

Ｉ　凡是关于这一问题的研究都无法绕过谢林。正是谢林，将我们现在讨论的问题视为哲学及美学历史上最深刻的思想。他在"无意识的事物"和"被意识的事物"之中看到了上述原理。在艺术家的直观内部，"无意识的运作通过意识的运作而达到完全的同一性"。"艺术作品反映了我们的意识行为与无意识行为的同一，但是两者处于无限的对立，与自由不发生任何关系。自由被扬弃了。因此，艺术作品的基本特征即为无意识的无限。"（自然与自由的综合）"……用有限的方法表现无限的事物即为美。"

谢林的基本命题便是艺术作品是自然与自由（历史性乃至精神）的综合，是被意识的行为与不被意识的行为的合一，因而是"无意识的无限"。无限产生于被意识的事物与不被意识的事物之间的"无限分离"，但是我们能够在这道深渊之上架起名为"无意识"的唯一的桥。

我们现在能给出的课题只有：前述的思考与谢林之间有着怎样的正确关系？但还必须注意以下问题，虽然谢林并未讨论过易毁性，但他感觉到了艺术作品中的矛盾是极端的、绝对的，并且认定矛盾着的事物的同一化是一种惊异。"天才只能通过才能与灵巧（例如凭借天才解决其他方法无法解决的绝对矛盾）加以区分。""……美的直观是客观化的理智直观。唯有艺术作品向我们映示出其他方式无法映示之物，即与我们自身相分离的绝对同一。于是，这种早已在哲学意识的最初行为中分离的事物、任何直观也无法接近的事物，通过艺术不可思议的产物得以反映。"因此，艺术是"哲学唯一为真的、永恒的装置与文书。"——因此，谢林的终极命题中保留了美的事物作为"去除遮蔽后所发现之物"的能力。

当我们与谢林同行，让他的术语合乎现代的用法，所谓的两个对立原理即为被意识的事物与不被意识的事物、自由（历史精神）与自然（非历史的事物，尤其指人类身上的自然属性）。美的事物在两者间架起宛如彩虹般易毁的桥，而桥底的深渊正是最后的"形而上学的"（或超存在论的）基础性紧张。

Ⅱ　虽然这句补充并无依据——但是我们从这个大胆的命题中获得了解决问题的重要线索，尽管只是一小部分。"超存在论的"紧张体系表征为自然与历史精神之间的两极性。这种表征的过程错综复杂，我们不便在这里详细论述，那么，我们关于美的事物的存在论只能保持沉默吗？绝非如此。因为我们至少能够根据对于此在的分析去思考现象学的"基础存在论"（Fundamentalontologie），只有以"此在的实存论分析"为背景，才能揭示美这一现象的存在论草案。这样的出发点的主要特征是，了解存在的可能性作为本原性的存在意味着对此在进行成体系地诠释。因此，美的存在论必须从美的"此在"中发展而来。

人强调"客观的"作品本身具有的独立性，又要求将其剥离出来。人或者说鉴赏者对于"与主观毫无瓜葛的"作品是一种纯粹的接受，换言之，鉴赏者处于被动的立场，而创造性的艺术家将重心放在作为态度（或此在形式）的创造上，我们或许能经由对存在论的基础把握而了解两者的决定性差异。由此可以说，

一千一秒物语

创造与接受在美的范畴内是无法彻底区分开的。所有充分的接受都是作品的再创作，所有真正的创造都是"幻想"。抑或说，创造与接受同生于幻想的根茎，因此当我们的分析进行到最后，将美的方向规定为感觉还是作品的疑惑便荡然无存。两者不仅是相关的，还是同一的。

Ⅲ　问题在于审美的人（艺术家及鉴赏者）是一种怎样的存在。实存论分析是面向"历史的"（自我意识到其自身的）去蔽的本真性此在而构筑的，它无法为上述问题的解答提供方法！（然而，一般的此在形式作为下位的从属者，所包含的美的存在就更稀薄了）。尽管这种分析是暂时性的，但我们仍可以说，这种历史的、自我意识的本真此在的分析——或者正相反的运动——能够充当养料发展出一种新的分析。概念构成在诸多场合都是有所欠缺的，但是不可不察，这种"欠缺"实是一种积极的反题。

解开美的存在之相关问题的钥匙是作为实存论阐释之背景的时间性。先前说到卢卡奇时已经提及了"美的范畴的赫拉克利特式构造"。它首先与美的体验及其时间性有关。美的范畴内的"所有功能、所有形态就是一切具有同等性质的单子……它们一无所知，无法与固有的美的次元发生联系。它们是没有窗户的单子"。美的范畴具有这样的性质：单个因子由于诸因子而被现实地纳入完全未知的理论次元之中，但是，美的范畴的"赫拉克利特式构造"在某一时间点通过被定义为与自身同一之物的体验而初次被揭示。艺术家生产的作品与接受者鉴赏的作品不是"同一"的。"两者仅仅具备同一性的通用形式，却没有同一性的完成基底[1]"。这必然招致"曾经到达的纯粹的（美的）主观性从人格性中疏离"以及"缺乏本质的主观能动性的自我分裂"，即使"这种分裂结果所彰显的悖论只能从与该范畴相距甚远的见地中得到"。

卢卡奇的贡献在于提出了美的范畴的时间性，而且适用于常识中的时间概念。我们应该考虑到这一点。这里只有无法延续的"现在"，尽管无限的过去和未来并不存在，"时间流逝"——这里依然不存在任何

---

1 完成基底（Erfüllugssubstrat）——根据美的行为的规范性体验，"同一"从属于经验性的心理主观，我们无法赋予面向"同一的"作品的诸行为以同一性，哪怕这些行为非常相似且其差异在心理学上并不构成问题。美学于此具有完全的赫拉克利特式构造。谁也无法两次进入同一条河流，但这并非被外界给予的形而上学限制，而是该范畴的理论界限及积极特征。以上论述出自卢卡奇。——原文注

问题。在诸多"现在"中被孤立的"此在"的存在本身才足以担负被孤立的"规范性体验"的纯粹。原本就不属于尖锐端口的偶然性事物早已在那里脱落了。

历史精神所特有的本真时间却并非被不存在的两种地平线（过去与未来）夹在其中的"现在"，它不是前后的继续，也不是现在因子的流动。虽说如此，摆脱时间的通俗见解是非常困难的。我们不得不暂且使用日常的说法。

我们发现历史此在于时间样式之中受到了死这一事实的决定性规定。这里指的绝非个人的死亡。我们如今屡屡高呼"思考死亡（Memento Mori）"，实际上却无法共有这句话语。在日常性中颓丧的普通人与对日常性感到孤独、怀抱着不安与死亡的决心的本真自我之间存在着一种紧张，实存论分析正是由此展开了历史此在中的时间性问题。这条道路是由实存论分析的方法论所决定的，并未对伦理与宗教的引导做出任何约定。我们所说的乃是存在于历史的人生中一切瞬间的死亡。它是历史精神的集合，放诸"时代"这一具体的支持者上也是适用的。重要的是，它在这种情况下不是感伤主义的情感，而是创造性自由的精神条件及其充分体现，因为精神与恒常持续的死亡行为共同生成。对于精神而言，所谓的死亡意味着精神在具体的"此在"样式之中"逝去着的"黯淡未来以及活动。其中就包含着我们前面所说的时间构造的基本悖论。精神深知自己作为历史精神存在于未来之中，可它不知道自身会如何变化。这一方面是某种威胁，另一方面也是对于创造性行为的鼓舞。与此同时，它也为"不安"以及"决心"设置条件。历史的人变为了创造性的场所，在那里，人并不想去预见未来。毋宁说，他正置身于创造出"未曾有之物"的必然前。嗅出明日流行的艺术形式的是杂志撰稿人，将这种事物创造出来的是艺术家。此前谁也无法知道这种新事物究竟是什么，那只由创造性活动自由决定。创造性活动从无所束缚的未来的空虚暗影之中夺取了新的形态。谁也无法从精神中摘除这种诞生的不安与痛苦。

未来早已被描绘为现在应然之物，这是本真性的历史此在无法想象的。未来的黑暗将一切预想压溃，使所有的希望、期待、憧憬沦入非本真性，无法成真。"过去"也同样成为"曾经的"现在而宣告终结，它不是迫不得已失却了，而是从"完结中的事物"变为成就我们自身事实性的"完结了的事物"。——因为，这种完结性是此在赖以存在的各种力量的源头。历史的人的存在不是单纯地在，而是"生存的可能"，同时又是对此的谙熟。作为存在可能性的人的存在是未来性的，但是这林林总总的可能性不是虚无缥缈的，而是成就了人类"此在"之现实的此在之完结性所规定的可能性。

或许也可以说，"此在的可能性无一例外是现实的可能性，但是，'此在'的一切现实在其他方面也存有这种可能性"。从时间性而言，"此在的未来性具有一切正在完结的性质。这种完结性整个都是面向未来的"。未来与过去在面向"此在"的生活中合而为一，在统一之中缠绕住现在。本真时间性的重要样式是将此前被暂定的现在相对化，时时刻刻试图将自身抽离……它具有放浪（Entrücken）乃至绽出（Ekstasen）的特点。"残留下来的"是历史的"瞬间"。这绝不是指现在。我们凭借决意背负不安的决心而在对"正在完结的未来"的筹划中实现"绽出的统一"。精神的创造性活动就是发生（Ereignis）在这样的"瞬间"中。

IV 历史精神的纯粹时间性就这样被表现了出来。艺术家精神、美的体验、审美性的"此在"等都包含在其中吗？美的事物是纯粹的历史现象？我们可以从"筹划"和"正在完结的未来"中了解到艺术天才的特殊宿命吗？美的体验的赫拉克利特式构造能够与历史时间调和吗？另外，"艺术家的冒险性"受限于被抛境况对可能性的束缚吗？

艺术家以及更一般的历史此在的存在即为"存在可能"，经由从 Können（能够……、有……的能力）导出的艺术（Kunst）足以证明。我们称"始终了解自己的艺术之人"为艺术家，而且真正的艺术家是其主要作品获得了成功的艺术家，但是成功需要比"具有力量"更高的东西。对自己的工作具有绝对的把握，这种力量取得的所谓成功是无足轻重的，能做到是理所当然。真正的成功只出现于力并不确定的情况下。这属于力的不足。有些时候似乎与力量云云没有关系。幸运的成功得以实现，有时依赖在力量之上的某种东西，有时甚至不需要力量。

因此，艺术家的存在不应该只考虑"了解"。谢林将其视为决定性的关键所在。在天才的艺术作品当中，"一般被冠以艺术之名的东西"（我们今日称之为"技术"者），"只不过是艺术的一部分，有意识地被反省的事物、能通过教育习得的事物、在传统的深思熟虑中抵达的事物"，此外还包括"自然的自由恩惠天生赋予的事物"，这些"艺术中的诗"所在之处的"无意识"的事物进来了。故而，（至少一部分）艺术家是命运所定的存在。此即为实存论范畴中"了解"之天才的应用界限。

从其他方面观之，即使"被抛性"凸显了历史"此在"的事实可能性，但却展现出相同的基本事实。所谓"被抛入到了那里"，从时间上说即"完结性"，但它无法彻底支配天才的存在。此在于"完结性"中承担自身，表现为与一切自由的、高昂的情绪相对立的重荷性。在可谓是"自然性的善意[1]"的艺术家那

1　谢林对此有他独特的见解。"美的生产如同某物从无法轻易解决的矛盾感情中诞生，它根据的是所有艺术家的自白……终于一种无限调和的感情。这种伴随美完成的感情即为感动。这证明了自身是向自然性的自发善意回归，而不是执着于艺术作品中的矛盾的全部消解。因为在不知不觉间，艺术家即使不情愿也会追求生产……客观事物只是在他的生产中的——他不曾亲自干涉的——附属产物。被命运囚禁者无法完成他的企图，他们那不可解的命运注定了……恰如要去完成必须完成的事物，艺术家无论抱有任何意图，他都会被所有人隔离，无法完全洞悉自己，而且，他仿佛就置身于某种迫使意义体现作无限的力量之下。"——原文注

非历史的幸运所带来的冒险性开始的地方，重荷性走向结束。

为了给由此开始的存在方式赋予特征，新的实存论范畴是必要的。然而，在生存论性质（Existenzialien）中的某个相似之物成了问题。我们可以将这种新的存在范畴命名为准存在（Para-Existenzial）。它与"筹划"与"被抛性"两个实存论范畴保持着类似的关系。它必须作为此在之存在的"可能"及"现实"的替代发挥作用。因为从"筹划"（存在可能）及"被抛性"两方面出发，我们才能够阐释自然的命运之手所定下的界限。

我们将问题的新范畴命名为"被担性"（Getragenheit）。这种说法乍一听容易引发误解，因为通常重荷才会被负担。然而，这里指的非但不是重荷，不如用"摇荡着的""悬空的"来形容更贴切，这些词暗示了在没有本体的存在中跨踏的状态。与其说牛顿的引力宇宙，莫如说我们应该思考的是托勒密宇宙中无重量的特异天体的运动性。亚里士多德所谓"属神的事物"——即使没有重量，它自身中却不含任何缺乏本质的东西……荷尔德林的诗句："犹如梦中的婴儿，居于高天者的呼吸中没有命运。"我们理应思考这样的安定性与运动性。

据此，艺术家但凡是天才就必然附带着"被担性"。在这一定义中，它与"筹划""被抛性"对艺术家的此在所做的一样，只是不完全的表征。因为他依然与作为艺术家的历史性自我意识相连接。谢林特别强调了这一点："……因而，诸神将根源之力（诗）的活动与人类的苦心孤诣、勤勉和熟虑牢固地维系在一起，诗是与生俱来的、被赋予的东西，不带技术地创造出已死的产物。……技术摒除诗后所完成的东西，比诗斥退技术后完成的东西容易想象得多。"

故此，艺术家是纯粹"自然"与纯粹"精神"之间的居中者，一如所有觉醒的、成熟的人类所是。但在诗人自身内部，"自然的事物"与"历史的事物"，"无意识的事物"与"意识的事物"依然互相贯彻，他因而优于他者。

这终究不是一般意义上的"反自然"——即并非对于自然与精神之间的形而上学紧张的解放。它仅仅与瞬间的、偶然的幸运有关，而结果是造就一种易毁的静止，也即存在的两种敌对的基本力量间极不稳定的平衡。艺术家的存在因此具有无与伦比的冒险性。他存在于"筹划"的极度不稳定与"被担性"的极度稳定之间，一切历史存在的极端性疑惑与一切自然存在的绝对性无疑之间。他对于自身而言构成问题，同时又不成问题。这是"超存在论式"的典型现象。

艺术家的悖论性格如何在他特有的时间性之中表现出来？从美的此在的时间性的独到之处中能得出"美的范畴的赫拉克利特构造"吗？

"被担性"意味着时间意义上的"现在"。它不是担负着并不存在的过去和未来两者的"现今"。它不受到其他时间形态的威胁。它独自存在，自行完成，自己就已然是"永恒的现在"。这种永恒的现在的特征是安稳。常识性时间中的"现今"经常受到未来的胁迫。这样的时间会由于诸因子也即"现今"的诸多极端颓废性而消逝。这种"现今"作为已逝之物而静止，但是，它们已经不复存在。"永恒的现在"正与此相反，同未来及过去毫无关系。它持续着一种宇宙式的自我完结，而且是大宇宙式的无所不包。它从不静止，而是（如古代哲学所谓的轮回般）"画着圆"——它意味着"未来性的、业已完结的现在"（不可与历史此在的"正在完结的未来"混淆），但是这种未来以及完结不是"无"，而是作为现在的因子与存在生来同格。被宿命囚禁的人就栖息于这样的"永恒的现在"的被担性之中。对他而言，一切存在的事物都是现时的、是为他所有的。然而，它不能被理解为对不安的承受中的重荷，毋宁说它仿佛从来不曾"消逝"（als wäre es nicht "Vorbei"）。"消逝"对他而言只是个愚蠢的词语罢了。

艺术家又如何呢？他参与到宿命的"永恒的现在"与历史此在的"正在完结的未来"之中。他是尤为卓越的居中者。人类是作为居中者的人类，所以艺术家是人类中的佼佼者。卢卡奇所谓的"完全的人"——即为在此在整体的易毁性中显现的人。只有他才拥有索尔格所谓的"反讽之眼"。

但是反讽的事物有着怎样的时间性？反讽之"眼"在一切事物之上摇曳，将一切事物毁灭……这两种操作的统一是决定性。"在一切事物之上摇曳"的是"永恒的现在"，"将一切事物毁灭"的是自身虚无的、通俗时间观中的"现今"，但在这种"现今"的背后，本真性的历史时间的"瞬间"终将是那股不安、那份决意、那种虚无（亏负性）的统一。更详细地讲，艺术家反讽的"毁灭性"因子是从本真性的历史此在出发，将现在视为虚无的"现今"。清醒的、冷静的反讽之眼批判性地解放了现在并将其摧毁，但是反讽视线的另一只眼睛是"做梦的"眼睛。它一边做梦，一边任由谢林式的无意识而巡睃于一切事物之上。"摇曳"因子就像艺术家的反讽一样爱着这个世界，这是对宇宙的同情，因而才能保持着宇宙性的、永恒的现在。

然而，这两种眼睛如何合为一种视线呢？永恒的现在与虚无的现今（与正在完结的未来彼此纠缠的瞬间）这两种时间形态如何合为一种反讽性现在的时间性？这种可能性可以看作一个奇迹，可艺术本就被赋予了不可思议性。这一悖论无法通过阐释来取消，而只能被揭示为与美的事物的悖论的同一。

常识性的"现今"只要是历史"瞬间"的衍生物，美的事物的时间性就是"永恒的现今"。悖论就在于，虚无的"现今"或者尖锐形式中必然的、"随时性的（精神在其中死亡却又生成的）"，瞬间应为永恒。然而，这种对常理的悖逆不外乎是在美的"小宇宙"以及"和自身因子完全背离的理论次元之中才成其为事实的"悖论性事物。究其原因，美的小宇宙首先是宇宙，所有的可能性的总体在它之中已经结为现实。只有立于美的次元之外的人才能够为"小宇宙"命名。——在最终的尖锐化中，作品的宇宙性特征里浮现出"赫拉克利特构造"。换言之，作品只存在于一瞬间，这就是"现今"这件作品。"现今"却已不复如是。为了艺术家以及鉴赏者而创造未久的"瞬间"的善意在刹那间被吹散无迹。"你从（不由分钟构成的）无法延长的瞬间敲打出的东西永远也不会回返。"——时间这种绝对的非连续性是从作品绝对孤立的宇宙性特征之中生成的。

艺术家在作品完成之时能体验到这种丰饶（Fruchtbar）却又恐怖（Furchtbar）的瞬间，因为已经完成的作品会直接受到物质的所有颓废性与灵魂的所有不安定性的威胁，他在这种决意之下无法进行创造。或者说，最极限的决意可能是在对"自然的"善意的经验中持有他自身。然而，他拒绝了。他不愿凭借决心来强制自身内部的自然性，不如说是自然性为他解放了自身。故此，他的时间性此在通过（正在完成的未来的）历史性"瞬间"而变化为自然性将自身作为自由之物赋予他之时的时间形态。自然性就这样将自身给予了他，其间，它"担负着"他——他一边被担负着，一边体验其作品的完成。然而，只要他是将其唤醒并体验，只要他亲身经验了它，他的此在之存在便不只是"被担性"，更是一种筹划。因为一切经验都是了解。艺术家完成一件作品并非如同仙女在梦中跳舞一样的无意识行为。能够发现天才之真实的确定性本身就是梦游症式的，但是，天才始终醒着。他被一种最终的明了性所照耀，但他不是保持绝对的清醒和冷静，而是沉迷于天上的陶醉。

因此，使作品臻于完成的艺术家既是"瞬间的"（正在完成的、未来的），也是"永恒的"。他同时是两者，同时也始终清楚两者是无法合一的。据此，他是"没有本体的""纯粹现象"，也即形而上学的冒险者，且他始终清楚自己被显现为这样。他的存在同时是假象与真实。此为反讽。

然而，他不可能是人类。他无法作为可疑的存在与无疑的存在之间反讽性的两性具有者而活着。从人类整体（遗憾的是，艺术无法引导人类整体升向至高）

的角度来看，人格性最终被融入"缺乏本体的主观性行为"。如此一来，作为事实的、历史性此在的历史人格，他便是问题性的（Problematical）。他的各个"作品"的确——并非"全体作品"——是历史性事实。他的"作品序列"却完全外在于美学的范畴。他所搜集的"诸作品"不是他自己的作品。他是反复把玩这些作品，试图解开谜题的模仿者（Epigonen）——也即他自身。作为历史性的人，艺术家是他自己的模仿者。

如此，艺术——抑或说一般意义上的美的事物——虽然与"生"相脱离，却在"超存在论式的"深渊性中显现为生的现象。艺术由是不再关心死亡及罪愆，不受威胁地"被担负着"——而同时也"被抛掷着"。换言之，一切衰朽、一切虚无都作用于其身。在这最终的深渊之上所架设之物是易于损毁的——在易毁性之中是透明的。此非普罗提诺的太一，而是存乎有限的人无法治愈之处的存在根源的二元性及对峙性……尽情展望这幅绝景吧。

A 感 觉 与 V 感 觉

万虫亦结断袖契，日本故称蜻蛉国。

——《本朝若风俗》[1]

其一

昭和二年（1927）四月某日，平时难得一见的澄江堂先生[2]与我说："你应当写上一句，'永恒的美少年，引我们飞升'[3]。"可我也不能这么直白地就把黄蜀葵根[4]与肥皂写进文章中。——因此，我想要一边对《澄江堂河童谈义》订正增补，一边进入今天的

---

1 即井原西鹤的浮世草子《男色大鉴：本朝若风俗》，多称《男色大鉴》，发行于贞享四年（1687），共八卷四十章，前半取材于武家社会的男色轶事，后半取材于歌舞伎若众的风流故事。日文中的"若"指年少俊美的男子，下文的"若众"指江户时代元服前的少年。

2 指芥川龙之介，澄江堂主人是其别号。

3 对歌德的《浮士德》全书最后一句"永恒的女性，引我们飞升"的戏仿。

4 江户时代流行将黄蜀葵根磨成粉末，制成男同性恋者专用的秘药，亦称通和散。

主题。如果读者有读过那篇作品，自是再好不过，就算没读过，倒也无妨。

说罢方才的"美少年"云云，澄江堂主人讲起他以前在野上君或者其他人那里看过的一幅古画。当时我们在田端町一间昏暗的二层书斋，说着他屈身向前，摆出鞠躬似的姿势，右脚稍微从坐垫往旁边挪了挪，同时还紧紧扶住立在榻榻米上的刀鞘。那画中有两个人，其中一个是美少年，便是这般双手紧握住流穗的朱红色刀鞘，有一种说不清、道不明的惹人爱怜的风情，即便是我也未必不会动心。……澄江堂主人说起了当时的心中所想。——切不可对此事等闲视之。因为这类版画中的女子动辄将怀中的白纸衔在口中，手握刀鞘的男子就显得颇为有趣。《好色五人女》的第五卷讲到，阿万剃掉顶发，乔装成少年模样，假作迷路，来到源五兵卫法师的山间草庐。阿万留意到经案上有本名为《待宵诸袖》的书，便诘问："净拣漂亮话说，那此书为何物？你时常读它，看来还未抛弃此道！"法师无可奈何，只好说着"我来为兄，你做弟"，"来与我亲近"，紧紧拥她入怀。接着，源五兵卫法师从纸夹里取出了什么，放入口中嚼碎，阿万问他在做什么，法师却只是涨红了脸，隐瞒过去。这里的某物就是之前所说的黄蜀葵根。这饶有兴味的一幕出自第五卷第四节"彼爱非此情"。在我眼中，"彼"便是小仓百人一首，"此"则通往弓道、茶茗以及能乐的世界。本文想要讨论的便是彼与此的理论，因此，我希望诸位读者前辈拿出耐心、振作想象，且听我道来。

我想要从曾经边眺望着宇治山顶的夏云、边向 X 夫人讲起的"屁股的哲学"开始——臀部本就是人体最可爱、最柔软的部位，无论何时都会保持青春，根本没有上岁数一说。我想举下面这些例子来证明两瓣臀峰的美妙。

南太平洋上的喀拉喀托火山爆发之际，喷涌的火山灰攀升到大气层中，由此编织出了世间未曾有过的妖冶夕阳，在地球上停留了数周之久。那一年，我在神奈川县的鹤见海岸所经历的，虽说是人为的灾祸，却也伴随着天象的美丽异变。四方晦暗，脚边在黄昏的月色下变得模糊难辨，微微透着茜色的西方地平线上望得见富士山麓，由此向左转动九十度的地方，浮现出一抹缥缈的暗蓝色，那是上总的群山。黑沉沉的天空深处不知飘落下什么东西，无穷无尽。无数朽叶

的灰烬仿佛出自但丁在《神曲·地狱篇》中的手笔，
化作怪异的雪片映在眼底。然而，喘口气的工夫，我
注意到黑暗天使的翅膀遮天蔽日，排列成行的漆黑羽
翼仍然在源源不断地出现。这时就连我也心神慌乱，
觉得必须要做些什么。祈祷已经不实用了。别无他法，
我只有紧紧抓住脑海中浮现出的最具生命力、最朝气
蓬勃的东西。我坐在壕沟的深处，那与我的鼻尖若合
符契的，便是包裹在藏青色棉短裤里、露出蜜桃般裂
缝的屁股。浑圆、柔嫩且富有弹性的部位急促地颤抖
着。女孩站起身，面朝那边，抽抽嗒嗒地哭了起来。
这个女学生本该早早坐上汽车公司引以为傲的大巴去
总持寺的山林里避难，现在却成为挤在卡车里的那群
人中的一个。机械工厂异常空旷，固态的雨倾浇在屋
顶上，发出轰隆隆的巨响。一个同事站在壕沟入口，
鲜血沿他的手腕流淌。他被碎片扎中了……我拼命把
脸凑向那颗拥有鲜明缝隙的桃子。就这样，起初最恐
怖的十五分钟过去了。

　　战争结束后，我再次患上了"酒客晨吐症"。干
呕发作的时候，我必须拿起手边有强烈香味的东
西——比如肥皂盒——猛吸气。我察觉到，每当采取

这种应急措施，不知不觉就会有蜜桃臀的幻想伴随而来。不，并非如此。尽管只是润滑剂的气味，若是将想象移向出浴的屁股上的樱花色肌肤，增效堪称百倍。

后来我们走过冈崎公园的时候，倾听者 X 夫人看到动物园的告知板，不禁笑了起来。

"看来动物的屁股没有人类那么饱满呢。"她如是反驳着我说的话。

"那斑马呢？斑马的屁股不漂亮吗？"我慢悠悠地说道，

"口吐烟圈也好，修指甲涂口红也罢，都是恶魔的趣味。就用金色的犄角代替发簪，用黄金的齿冠套上犬牙，如何？说起斑马，我总会想起女人穿的黑白条纹内裤。薄内裤的内侧系着 Y 字形的松紧带，让内裤紧贴在大腿根，同时使得条纹在肌肤上尽情铺展。花纹应该从后方那被两岸逼仄的谷底放射出来。如果穿的是衬衫，肚脐就成了中心。不过，肚脐也就是'蒂'，当身上还连着脐带的人类从母亲腹中出来的时候，人体的要害理所当然就移向了其他部位。不能是嘴，因为嘴唇经常忙得不可开交。而与嘴相反，那里就比较清闲，所以它必须成为我们'内部'的门户。——斑马的条纹从作为要隘的谷底射出，越过两座圆形的山丘，恰如旭日旗的光线一样延伸到腰围。话说回来，如果您在百货商店看到了这样奇怪的内裤，翻个面，就会发现 Y 字形松紧带的头部穿了个玻璃珠似的东西。如同掰开灯笼果的花萼露出里面的秃顶柱头，您且把那颗珠子拿出来，打听打听这玩意究竟是什么。店员便会告诉您，这是为了不让条纹歪掉，塞进肉体"扣眼"的圆纽扣——不只是斑马。为了穿正内裤或者衬裤，还是加上这么一颗灯笼果为妙。前些时日，我在丹波桥站的站台上看到了一张宣传画，兴许是在近江的舞子或者迈阿密，红色泳装的少女伫立在白沙滩上。那人的肚脐下方微微凸起的是什么东西呢……听说最近有人发明了一种非常精巧的贴身腰带，专门给那些在战场上失去肉体关键部位的士兵穿的，还有效仿这种做法的贴身橡皮圈，说到底都只是一种零件——某个性格严肃的绅士总是眉头紧皱，有一天，他却喜笑颜开地对我说："日本怎么会有少年男妓这样优美的事物！"据说在江户时代，这些温婉可人的男娼都用白绸遮住那下流的物什。我觉得这与橡皮带的效果恰好相反。三岛由纪夫在《禁色》里写过一个芭蕾舞者，喝醉后爬上屋顶，接连生出四颗鸡蛋。他无疑是男性，这项技艺八成是作为他师父兼情人的法国绅士教的。我听说从前在传马町的监牢，新来的犯人会把打点用的金子藏在肛门里。但是，鸡蛋离日本人的生活太远了，怎么看都不像是舞者本人的想法。倘若那些在《菅原传授手习鉴》[1]与歌舞伎《且慢》[2]的舞台上登场的人物，用写乐式[3]的夸张的形体动作表演'生蛋'的话，天知道会是什么效果——我由此想到，如果美女在舞台上背对观众，从紧贴肌肤的内裤缝隙中生下金、银、红、紫、绿色的复活节彩蛋，如何？能不能在斑马条纹内裤后面接上一条短尾巴？舞者表演时旁边还有个穿燕尾服的侍者，想必生蛋也是这个男人的把戏，可怎么都看不透他的手法。篮子里堆满了彩蛋，内裤的尾巴与灯笼草之间似乎有

1　《菅原传授手习鉴》，木偶净琉璃剧目，竹田出云等人所作，1746年首演，以菅原道真的流放作为故事主线，同时叙述武部源藏的忠义以及白太夫三子梅王丸、松王丸、樱丸兄弟的悲剧。

2　《且慢》，1697年由初代市川团十郎首演的歌舞伎剧目，故事梗概为正当恶人凌虐善人之际，主人公大喝一声"且慢"，随即登场出手相救。

3　指东洲斋写乐（生卒年不详），江户中期的浮世绘画家，留下140多种演员头像画，以极度夸张、大胆、写实的表现技法而著称。

什么关系。尽管如此,它为什么能够自由地甩来甩去呢?

　　"'我憧憬超强马力的摩托车,车座能够结结实实承受住紧绷的、伟大的屁股'——让·热内的《小偷日记》如是写道。无论是装设有把车身牵伸得像一枚巨大贝壳的皮革鞍座的摩托车,还是有如鳄鱼皮蛙嘴钱包夹住胯裆的竞速自行车,无论是像四脚毒蜘蛛的赛车,还是消防车、压路机、喷气式飞机、火车,所有体现冒险精神的交通工具的魅力皆与驾驶席的危险感与冷酷感成正比。换句话说,载着屁股的座位冷淡而严厉,它对于我们的臀部是无情的。即使有时候座位非常舒适,但是这种抚慰期待着我们报之以责任和决心,它的冷酷性依旧没有改变。普通女性大概都深谙此道,因为她们有 V 感觉充当中介。但要我说的话,V 感觉实际上只是 A 感觉的分支而已。我们平常说的'那人的屁股真漂亮','那艘船的尾部曲面妙极了,荡开螺旋形的白浪,好生壮观',这些都是根据 A 感觉而发。广义上对于椅子、凳子之类坐具的关心亦同此理,无论存在于那里的是什么,但凡让人想把屁股放上去一试究竟,必然是受到了 A 感觉为求自我证明的怂恿。

"忘了是什么时候，我从某类男性的相貌中读出了一种既不属于 V 感觉之顾虑，也不属于 P 感觉之烦恼的阴翳。犹记得我父亲的朋友里有个医生，在我小时候与我家往来亲密。我经常在他家玄关碰见老酒曲铺的年轻东家——酒曲就是用来酿造酒、酱油、味噌的玩意——我常常注意到那人的表情……从那以后，我每每想起这回事。我很清楚，他穿着粗布衣裳来这弥漫着药味的地方是为了治痔疮。我偷窥着他的脸，肆意想象，这个人横躺在黑色皮革的冰冷诊察台上，会遭受什么样的对待呢？然而，他的眼睛周围总是有一圈深凹的黑……我曾看见他和艺妓结伴走过夕阳下的街角，我想或许与此有关。不过，确实有另一种东西存在于他的相貌之中。并不是直接关系到痔疮的东西，而应该说是与'与痔疮有关系的状态'有所关联的某种东西。可以说，女人的脸与孩子的面容是 A 感觉的。女性身上大抵并存着 A 感觉与 V 感觉，但大多数人只会留意到 V 感觉。不过，如果观察一下西洋妇人的面庞，很容易就能发现这种被忽视的 A 感觉。西洋人的长相都是如此，连屁股也气宇轩昂的，再加上暴露癖倾向，他们可谓Ａ感觉的具象。因为他们是椅子派？抑或以为从小做错事受到的惩罚就是打屁股？还是因为量体缝裁的西服？而且西洋人的体格壮得像鬼怪。

"在歌德的《浮士德》第一部末尾，圣约翰节前夜的魔女宴会上来了一位'尻部见鬼者'。《圣安东尼的诱惑》这幅画中也有一只恶魔，能从屁股喷出火焰，跨坐在他人身上，用长矛柄代替马刺硬插进他人的肛门。——德国的医学书籍中经常有这样的铜版画，中世纪装束的医生站在半裸的女性患者身前，一只手拿着大得离谱的灌肠器。这位医生显然不就是尻部见鬼者吗？……我时而看见，西洋人面孔的Ａ感觉中潜藏着阴鸷的光，令人觉得他可能有皮格马利翁情结或者恋尸癖。换成日本人的说法便是，浪人在孤独的住所里给他唯一的伴侣——少年男娼人偶扎头发……以及上田秋成的《青头巾》……我感兴趣的政治家、军人、学者，这些最有男子气概的男性脸上都表现出被压抑的Ａ感觉。儿童与妇人容貌中的Ａ感觉中只显现出某种未完成的快感，男性却不然，他们每个人脸上都写着迫于生计的忍耐，或者投身于前途未卜的底层事业，被相应程度的绝望压垮、折服。我们常说西洋人比较物质。物质是意欲滞留或者已经滞留的精神，所以这样的东西必须不断被推进。西洋人对于相互倾轧、相互斗争常有比东洋人更加浓厚的兴趣。他们搜索枯肠的苦吟，与其道德上的节制、牺牲行为、抽象的思考、独创的艺术之间必然存在某种关联。……恰如厕所里的坐便器，而日本人常常就跨坐在天地之间，双脚踏在漆黑的长方形空洞的两边。说到这儿，有些事我想讲与你听，是我近来在《正法眼藏》[1]上看到的——"

"在树下之类通风的地方修行时，附近须有溪谷或河流。首先，将衣服脱下叠放，弃黑土而取黄土，揉搓成黄豆大小的圆球，在石头或者树桩上排成两列，每列七颗，共计十四颗。备一块磨石。解完手之后，用刮铲、纸掩埋，后至水边清洗。从事先准备好的泥丸中取出三颗，用以清洁。一颗置于掌上，浇水，溶化成比泥土还稀的浆液，最先清洗尿水。下一颗泥丸也如法炮制，再清洗粪便……

1　《正法眼藏》，日本僧人道元所著的禅书，收录宽喜三年（1231）至建长五年（1253）的佛法教说，被曹洞宗奉为宗典。

"寺庙常设茅厕。此时须将手巾挂于左臂，然后挂在厕外的竹竿上。手巾长一丈二尺，不可是白色，对折后挂在竹竿上。若是穿了袈裟，便应脱下，与手巾并排挂着。不可使其掉落。不可乱抛。

"竹竿上贴着写有编号的纸环，如此便不会忘记自己的衣裳挂在何处。人多的时候，切勿弄错竹竿的顺序。放置竹竿时，须对旁人行礼，但不必鞠躬。只要双手合十于胸前，微微颔首即可。即使没有身着僧衣，在茅厕遇到也须点头示意。如果双手还不曾接触污物，且没有携带其他东西，则须双手合十；如果一只手已经接触污物，另一只手没有拿东西，则须摊开干净的手，掌心朝上，弯曲手指，做出舀水的姿势，低头行礼。来人这样做时，须如是回礼。自己这样做时，对方亦然。——僧衣挂于竹竿的方法如下：脱下僧衣，两袖交错于背后……把两袖叠起来，向后摆放。将已经挂好的手巾沿两角对折，穿过僧衣，再将另外两角对折，结结实实系在竹竿上，然后向僧衣合掌礼拜。取束袖带系于双肘，去并排摆放水桶的地方，提一桶水进便所，水须九分满。在便所的窗前更换木屐，须将脱下的便鞋摆齐，对准自己来时的方向。不可在便所中跑动，亦不可因便意而步履匆匆。入厕时，左手推开门扉。从桶中取少许水洒进茅坑，把水桶放在面前，对着茅坑弹响三声。用手指弹出声音是为了除去不净。同时，左手收成拳头，抵在腰间。然后敛起裤裙、衣裾，面向便所门的方向，两脚踩在茅坑两侧，蹲下排泄。不可溅在前后的地上。不可弄脏便池边缘。其间，不可与隔壁谈笑，不可唱歌，不可擤鼻涕，不可吐唾沫，不可在墙壁上写字，不可用刮铲在地上胡写乱画。——完事后用刮铲清理，也可以用纸，但不可用写坏的废纸。不可用有字的纸。另外，切勿将未使用的刮铲与用过的刮铲混淆。——刮铲通常长约八寸，三角形，有大拇指那么粗。有涂漆的，也有未加装饰的。朱漆的刮铲悬在茅厕前的挂钩上。使用完刮铲或者纸后，右手取水濡湿左手。首先，巧用长柄勺掬水清洁小便，重复三遍。然后冲洗大便，注意动作不要太粗鲁，以免打翻水桶，把水洒出来。——刷洗干净后先放好水桶，擦干刮铲，抬掇好裤裙和衣裾，右手提桶走出厕门，脱下茅厕专用的木屐，换回自己的麻衬草鞋。把水桶放回原处，而后须净手，这次先用右手取灰匙，盛一匙灰堆在瓦砖或者平坦的石头表面，让水顺着右手流进去，清洗触碰过污物的左手，就仿佛在砥石上研磨一样。换三回灰、三回土、三回水。洗罢取些皂荚浸泡在小桶中，双手仔细搓洗。手腕也要洗净。保持诚心，殷勤清洗，依照如上灰三次、土三次、皂荚一次的顺序洗七遍。然后换大桶洗净。凉水和热水都没关系。将洗过一回的水倒入小桶，再换新水净手。必须用右手持长柄勺，但注意不要敲响水桶。不可将水溢出，也不可将皂荚撒得到处都是，沾湿了地面。最后，用寺院或者自备的手巾擦拭，而后返回挂衣服的地方，解开束袖带挂回竹竿上，合掌致意后解开手巾系的结，穿好僧衣。然后用手巾在左肘上抹香。有一香木雕成的六角宝瓶，仅有拇指大小，约有四根手指并齐那般长。一尺见长的细绳穿过宝瓶两端的孔将其挂在竹竿上。把六角柱放在两手掌心间揉搓，香气遂浸染双手。把束袖带系回竹竿时，切不可与其他束袖带缠绕。以上事项均应认真完成，切不可心烦意躁，敷衍了事。另外，不可一直盯着别人看。茅厕宜用凉水，热水会引发肠风——"

皂荚是过去的人用的肥皂，但肠风指的是什么，就不得而知了。我将这些粗略跟 X 夫人讲了一遍，

一千一秒物语

她插话道：

"应该不是痢疾，也不像是痔疮。"

"不是有这样一个说法吗？'百日说法'[1]……还是什么的。不过，用热水擦洗的话，好像就会放屁。——无论如何，道元禅师认为最好用温水洗手。所以应该在便所门前架一口锅，唤人细心照看，不使柴火熄灭。而且经卷有记，按照道场的规矩，热水不可断绝，以免使众人动念。——还有，如果弄脏了便所，就要打开门，挂上门札。要是失手打翻了水桶，便应该在门上挂上'落桶'的札牌。不可进入挂有这类札牌的厕所。如果已经有他人进去并弹响水桶，应该暂时回避。"

其二

每当那个"急报"传来的时候，大伙即使正沉迷于游戏，也会异口同声喊一声"快"，齐刷刷闷头冲

1　指日本俗语"百日说法，毁于一屁"，形容长时间的努力毁于一个小小的失误。

出去，身子前倾得仿佛额头都要沾上土了。我们在大街上奔跑，穿过小巷，拐到小姬家的后面，纷纷扒着板墙的缝隙和节孔往里望。

　　我在《河童谈义》里也写过这个故事……某日，我偶然路过同学家门口，看见他趴倒在他母亲肥大的身体下，屁股上正在进行灸治。一瞬间，我注意到朋友雪白的大腿上脱了半截的黑色（或者是纯白色？）短衬裤，不由得大吃一惊。那条缝纫机制的西式短衬裤比当时的黑色兵儿带、黑缎学生书包、制服帽要时髦得多。——故事说到这里，还是先讲回小姬。这个与我同龄的小女孩有个卖海带的亲戚，店铺离小姬家也没几步远，所以她能吃到各种各样的海带，海带条、海带丝、蘸砂糖的海带、烤海带等。可她实在太贪吃了，结果每俩月就会便秘一次。遇到这种情况时，她母亲只有咋舌的份儿，便让年幼的女儿匍匐在外廊上，反手握着一支镶着珊瑚玉的簪子，取除她下身那道开口中的堵塞物。"小姬又堵上了！"急报一传来，我们就赶紧跑过来翻墙看热闹。明媚的阳光洒满小姬家的院子，这个不知道谁传出来的消息却不一定是真的，我们经常什么都没看到。

那时还发生过另一桩事。小姬的哥哥带来一条泥鳅——一种背部呈浑浊的绿色、腹部为白色的淡水鱼——他把这条筒形的鱼放在两手间揉搓。曾经有一回，他当着我的面，冷不丁把一根麦秸插进蜻蜓的尾巴梢。蜻蜓就这样晃晃悠悠的，仿佛随时要坠落似的飞走了。我正想着这次他又会给我看什么，男子拎着条死泥鳅，一会儿举起，一会儿放下，喋喋不休地说着马上给我表演压轴好戏："接下来……嗯……我要把这条泥鳅……唔，插到我的屁股里给你瞧瞧！"

那时短衬裤刚刚在洋服店的橱窗里出现。新式的衬裤一开始受到人们"不方便"的评价，因为衬裤的松紧带经常会缩回裤腰里。的确，我还清楚地记得，短衬裤刚开始普及的时候，夜市上常有人卖用来穿细带的针，但我觉得短衬裤的魅力正在于它的不便性，在于它无法完全遮住大腿。当时大家清一色穿的是手缝的柔裤，材质是白棉布，很像人力车夫穿的紧身细筒裤，但短得几乎与腰部平齐。与自家缝的这种土里土气的裤子相比，短衬裤是机器缝制的，喜欢的颜色也齐全，两者就好比西式编织袜和日式分趾布袜，前者自然摩登多了。这之后过了两三年，我们已经能穿上期望已久的短衬裤。我去观看其他学校的运动会，有一个少年恰好从我所在的栅栏前通过，我忽然感受到和当年黑色短衬裤给我带来的如出一辙的震撼。他穿着一身崭新的法兰绒质地的运动服。绒面的光滑只能保持一段时间，很容易沾上污渍。这么一块做工细致、馨香四溢的新布料，竟被他毫不爱惜地穿在外面，包裹住这个比我大两三岁的男子的娇嫩肢体……巧在那时，周围的空气染上茜晖，未完的赛事仍在面前的运动场上热烈地进行。也缘于此，我感到了一种比黑色短衬裤那时更加无可奈何的、迄今也未曾再体尝过的寂寞。

后来我知道了，这样的感情也并不罕见。偶尔确会出现那样的少年。他们在镜子前无数次摆弄帽子的角度，在澡堂里也要大费周章，但不知何时穿上了极时髦的短衬裤，令人无法不向他们投去目光。白色运动服的下面不是护具，而是漂亮的花衣裳。他们身上散发的气质仿佛是被遗弃在桥下的小乞丐，若有人问起双亲，他们便会露出妖媚的讥讽神色，微笑着回答："我的父亲是基督，母亲是玛利亚。"这些少年自幼便习得了这种风韵。正如西鹤所写："此人七岁貌若婵娟，一笑生百媚，见者皆以为是女子。"不过并非只有面容姣好者才具有这种风情，莫如说，相貌平平者更有丹蒂主义色彩。

"只要做了这件事，就能够魅力四射，让老师、朋友都喜欢上你。"我听过类似这种劝人入会的说辞，但是即使不加入各种秘密俱乐部，"自恋"就能赋予你优雅感。许多女子也拥有这种风情，但是限于"身为女性"这一不利条件，观者的视线与当事者的自我意识会双双眩晕。女人的俏丽不似男人那般出挑、那般令人无法释怀。归根结底，无论女子穿的是裤子、衬裤，还是和服、裙子、和服裤裙，区别其实并不显著，因为这种男式下装只会令人联想她在骑马。——在爱欲未曾觉醒的年代，人们在这些隐秘的事情上总是意外地很敏感。这种风情究竟从何而来？

譬如，当少年坐在玄关的门槛上，穿着新的半高筒靴，低头系鞋带的时候，他们在想什么呢？或许是在为脱掉靴子而惋惜。当脚掌一伸进靴子里，这种惋惜就会变为对意外合脚的惊讶。那么，穿上这双连鞋底也擦得亮堂堂的新鞋，少年想要活成什么样子？想要一辈子只走绮丽的油毡和平坦的沥青路？还是想在舞台上扮演一个角色，昂首阔步，踢踏作响？想踩在地毯上吗？抑或想坐在一尘不染的汽车驾驶座里踏上离合器？干脆，就穿着这双靴子去大肆胡闹一番吧。只穿着那条崭新的英国进口内裤——它仿佛散发着令人酥痒的甘甜气味，轻盈地贴合着身体曲线，尤其与腰肢紧贴——在飘扬的万国旗下奔跑，尘土飞扬，直到筋疲力尽摔倒在地。——却没有直接站起身，而是被浑身烟味儿的老师抱去了医院。或许大家心里都暗自羡慕、憧憬，也想要被人抱着。如果用担架取代老师的胳膊就更理想了。

与前面所说的相同，女子也有这种感情，但女性会向Ｖ感觉转移，男性则会发生Ａ感觉式的固化。因此，少年对于裤子与内裤的批判力是本质的、犀利的。即便是水手服、灯笼裤、马戏团的天鹅绒衬裤，都比单纯的服饰更进一步，无论它们是严丝合缝地裹住那个富有弹性的球形部位，还是胀得几乎要撑破了，抑或是勒出了线条，大抵都是男子对自己Ａ感觉的证明。少女们更关心衣服的整体色调、松紧程度、肌肤接触的舒适感，总而言之，她们将重点放在柔软性上。穿靴子的时候，与其说想在柚木材质的轮船甲板上走动，她们更希望践踏缭乱盛放的花草。

幼年的纪德喜欢躲在垂挂着桌布的餐桌底下沉迷于某种"恶习"。是什么恶习？我总觉得一定与他在别处说过的玻璃球有关。若果真如此，纪德唯独在这一点上并没有"我和大家不一样"的想法。这是所有孩子都或多或少具有的倾向。他忍不住要用不知名的同人杂志拾起光滑的小石头……每当这时，他就感到羞耻和恐惧，仿佛在被神明监视着。他下定决心到此为止，但一看见圆形的石头就不禁又伸出了手……这部小说的主题是孩子的奇妙烦闷，我觉得这很稀奇，当然，也只是个极寻常的故事罢了。只是我想让诸位理解，孩子天生喜爱把玩光滑的小玩意，以至于轻易便会将其吞入口中。许多年前，一个爱好文学的朋友向我展示他编纂的少年爱感伤诗集，题名为《桃色之卵》。若让我说，接吻的魅力本来就是 A 感觉式的。我们的这些小绅士老早就研究过自己屙出的粪便的颜色、硬度和冰激凌的适配度，他们逮着包括"小心屁股"[1] 这一游戏在内的一切机会，仔细观察屁股翘起

---

[1]　江户时代的孩童游戏。将和服的衣摆掖进腰带，趁他人不备，掀开衣摆使其屁股露出来为赢。

的模样、屁股突出的姿势、屁股左右摇晃的动作。他们对于体检和运动会既期待又害怕，不过，他们也会震惊于肛肠科医院的广告，偷偷在字典上查找直肠、括约肌、灌肠、栓剂、验便、便秘、痔疮、腹泻等词条，每次都会有新的兴奋和感动。因此，听到征兵检查的消息会让他们心神不安。P 感觉尚未苏醒，肉体兴趣的中心还徘徊在自我与他者的 A 感觉之间。——纪德在《科里东》的结尾写到主人公的一个男性朋友，直到二十二三岁仍希望活成美丽的女子。这是幼年期的臀部拜物教倾向做出的妥协，它与对于女性肉体构造的认知相结合，不愿再有所成长。往时人们的元服[1] 抵触心态便是如此。他们"想要保留额前的头发"，因为"缝袖落雨，角前惊风，一经元服，更比落花无情[2]"不只是旁人的哀叹，在更本质的意义上它往往是当事人的切身问题。

---

1 元服，指日本古代公家、武家男子的成人仪式，改服束发，废幼名而加冠。至江户时代，贵族以外的元服仪式简化，只需剪掉前发即可。多在十二至十六岁间举行。

2 语出西鹤《男色大鉴》卷一其四。缝袖，指日本近世以后的习俗，男女成年后须将和服的开腋处缝合。角前，指江户时代男子元服前的发型，拢起刘海，将发际线两侧剃成角形。

——裤子也好，衬裤也好，鞋子也好，我都比女子穿得更美，少年甚至会作此想。他想象着，不单单是把屁股压在车座上剧烈摇晃，就连喝药、打针、躺担架也是作为女性比较快乐。由此生出了一种少女仰慕。然而，他所期望的不是"作为女性的女性"，而只是依赖Ａ感觉去憧憬"更为庞大的、充当Ａ感觉的Ｖ感觉"而已。丈量腰围订制的短衬裤与男性胯间极端的罗巴切夫斯基构造（连接背部与下腹的向下弯曲的弧线与两股间的弧线垂直相交）互相吻合，对于少年而言，这条衬裤就能解释为对于Ａ感觉的补充。男装丽人的魅力就存乎于此——对于Ａ感觉的委婉暗示。成年人的独居癖好以及对厕所的格外在意，都可以从幼年期的臀部拜物教中找到依据。

Ａ感觉本身即性意识尚未萌发前的自我限定，就好比身上瘙痒难耐，却怎么也找不到地方。于是，在某种无形的牵引下，厕所变成了我们的第二故乡。不仅幼童时期如是，成年后依然如是，那间与外部隔离的小屋是人类取回本真自我的场所。这是唯一一个能够自由耽溺于任何事情的地方。无论是冥想、妄想、放空，还是漫无目的地沉潜于自我之中，肆意地驱使下半身，抑或是偶尔陷入恋秽癖（scatology）的境界，都无须任何烦忧，但是有时也会因为进出厕所太频繁、在那里耗费了太长时间从而愧疚。因为这种愉悦是不足以与外人道的，是不能被人发现的秘密。——女性在肉体构造上具有更多被孤独充实的内在愉悦，儿童早已在自己排便时的期待、紧张以及解放感中想象过这种快乐。更有甚者，他们中有人顽强地抗拒排便，以求达到全身痉挛的状态，这不恰恰说明了他察觉到了 A 感觉的秘密吗？而且这样的事情必然伴随着更强烈的羞耻。——众所周知，女性（除排泄以外）还与厕所有着更密切的联系，但是不能说其密切程度就高于成年男性。为什么呢？因为无论是谁都把"更重要的事情"带到厕所里做，但这样一来，我们就会察觉到他人在厕所中的所作所为与自己无异。反过来讲，我们也不愿被他人发现、指摘相同的事情。厕所附近的成年男性会让人觉得形迹可疑，实际上，这也表明了 A 感觉是内在的，是对于感觉的感觉。女性通常扮演着拥护 V 感觉的角色，所以她们无论在厕所里耽误多久，也不会有丝毫可疑之处，反而显得妩媚动人。但也由于这种特权，她们忽视了自身所具备的 A

感觉的重要性。

在蓝纸包裹的电灯散发的月光下，穿童子军军装的少年俯卧在地上，戴头盔、贴假胡子的德国士兵从隔壁房间慢慢地向他匍匐爬来……这幅画面是我曾经写过的一部短篇小说的最后一幕。小说中的少年在电影里看到被印第安人包围的防卫队在星条旗下全部阵亡的场面，不禁惊叹其妙。尤其令人震撼的是，崩裂倾覆的天幕与捆扎好的物资间堆满了全裸的惨白尸体。他们的手脚、胴体、头颅散落遍地。少年将这幅画面深深地记在脑海中。具体说的话，就是一具尸体撅起屁股，仿佛在行动不便的状态下鞠躬行礼，脑袋插进了别的躯体之中。有时，他自己模仿这个姿势，把头顶在墙上，恰好被楼梯上的人撞个正着。这是无比狼狈、羞耻的瞬间，但好在对方应该也丈二和尚摸不着头脑。然而，家人不在的一天夜里，那个目击者拿来了变装道具，要求少年在那里躺下，摆出上回的姿势。

——实际上，这个主题来自于我十二三岁时看的关于日俄战争的电影。

　　那部电影是芝加哥某导演的作品，也是系列电影的其中一部，名字叫《蛤蟆塘会战》，仅有短短的五六分钟。电影里，一队日本兵欠身单膝跪地，朝白雪覆盖的山坡上的俄国阵地开火。日本步兵在冲锋途中返身撤退，却造成了队伍的溃散，倒毙的士兵横七竖八躺在雪地里，被留在了那里……我对这部电影有着难以理喻的偏爱。画面右侧，有一具膝盖绷直躺在地上的尸体，两手伸向前方，腰部仿佛塞进了棉花一样鼓鼓囊囊，营造出某种奇妙的氛围感。在电影院还没有出现的时代，在各地巡回演出的电影放映队经常会放同一部电影。每看一遍，就会使我回味一遍蛤蟆塘雪景带来的感动。坐在教室课桌前时，我一边琢磨起"那个姿势是什么样子来着"，一边在笔记本的空白处画下几组倒在雪中的士兵。厚厚一本手帐的每一页、每一处都是线条勾勒出的日本兵。铅笔的痕迹透到下方的纸面上，我小心翼翼地依照铅笔印画出略微偏离的线条……如此画了几十张后，用手指捏住手帐的边缘，让纸页飞快翻动，线描的日本兵笨拙地前进了起来，然后迎来了部队溃散、败逃，倒下的士兵被遗弃在了那里。西装革履的绅士身上总散发着屎臭……我总会想，穿西装的人身上有屎臭是因为西式裤子脱的时候太麻烦，必须从上往下扒掉——尽管如此，所谓的大人为了从不慌乱，时刻保持体面，才会散发出屎臭。不过浑身皮革味的士兵一样臭气熏天。大概是因为士兵在行军途中需要忍耐的场合比穿西装的绅士还要多吧？……水兵却不是这样的。短上衣下是一条水兵裤，显露出整个屁股，前端也非常宽松，稍微往下一拉，裤子一下子就脱掉了。这样的水兵服便于长官用鞭子或者短棍抽打士兵的屁股。士兵大抵是要露出屁股的。士兵身上有和人偶的相似之处，譬如他们倒在机关枪前，抑或是，从沉没的军舰甲板上滚落大海……

另一段同时期的记忆画面里，一群头戴毛线帽、身穿虎纹囚服的囚犯从荒地对面而来，依次从断崖上飞身跃下，朝这边疯跑。他们被后面的数名追赶者开枪射中，像蛤蟆塘的日军一样抛下倒毙的同伴，逃得无影无踪。囚徒们肥大的横纹囚服接住飞速射来的子弹的一刹那有种奇妙的偶合。那颗小小的子弹击中身体的哪里比较好？从那时的感情来说，命中臀部是最相宜的。屁股的哪个部位好呢？必须是要害。要害意味着什么？如何瞄准才能将子弹射进那么隐秘的位置呢？只是，在道理上非这么做不可。——最克制的部位、最敏感的场所受到了攻击，而受攻击的对象不仅限于美人。

与《春的苏醒》中的角色一样，我对肛门科产生好奇的原因也在于此。我那时从高高的书架上取下积了厚厚一层灰的医学概论，埋头阅读，有人冷不防在我身后说："查什么呢？"我慌张地翻到了下一页。"什么嘛，生殖器？""不是！我在看关于大脑的问题。""啊，不在那里喔，借我一下。"——但我甚至还不知道生殖器是什么。"消化器官？"好在没有被他发现，因为我一直在盯着人体解剖图的下腹部看。

哥哥出门看电影去了，几个小时内绝对不会回家。在反复确认之后，A爬上了楼梯。他把脸贴在二楼的木地板上听楼下的动静，揣摩发出多大的声音能够不被楼下听见，话虽如此，他自个也不晓得接下来要做什么。但若是被人看见就万事皆休！……

这部小说的主题来自穿虎纹囚服的犯人与蛤蟆塘会战，但如果没有那幅讽刺画，小说也不会成形。——我的畏友 N 平时自诩为小梅菲斯特。他随时备着五六根削好的铅笔，在大大的写生簿上画满了达芬奇风格的人体比例图，有时还会发展成连环画。滑轮、网、秋千、跷跷板轮番出场，在悬崖峭壁上对主人公施加严刑拷打。围在 N 身边的同学有的困惑不解，有的哑然失笑，大概没有人比我更懂那幅画的含义了。画中有一间装潢十分用心的西式房间，天花板上悬挂着两三架飞机模型。这自然是对我的揶揄。但房间里堆积如山的实验器具和标本，表现的是 N 家的起居室。西式房间的床上坐着一个与我们同龄的少年，双腿前伸，回过头，不知在心无旁骛地做着什么事情。那模样像极了女人在澡堂里侧身回首洗濯脚踵。还有四五张同题材的画，每张画中少年的姿势都略有不同。N 让体操运动员或者手握方向盘的司机抬高一条腿，打开双腿，扭转腰肢……他擅长将每个身体部位分开描画，并且加上精致的阴影。同一个人物在这张画里穿衬衫，下一张就变成了裸体。吊着毛线球的烟斗啦，玻璃管啦，人物身边纷然充斥着奇妙的道具，甚至还有镜子，不由令我大吃一惊。N来了兴致，坏心眼地把那幅铅笔画硬塞到我眼前——很久以后，我向佐藤春夫先生讲了这个故事。先生被我的慌张逗乐了。他一直笑呀，笑呀，笑得喘不过气。他俯卧在万年不整理的床上，探出脑袋，在稿纸背面画上书籍装帧常用的唐草花纹。先生仍在笑着，钢笔在陶制的墨水瓶——据说是堀口大学[1]从西班牙带回来的特产——里吸饱了墨汁。邮戳的图章、连着橡皮管的葫芦、螺旋形开瓶器……他乘兴画下许多奇妙的、淫荡的器械，构思之精巧令人惊愕无言。看他画得起劲，我便开口说道——N的父亲虽是博士，却沉迷于专业之外的课题，为此，他在九州的某大学里旁听。他们父子制作了大量标本，特殊时期进行消防演习的时候，不得不借助亲戚的力量一起搬出去呢。这个故事更引起佐藤先生的兴趣，他仿佛已在头脑中创作出了什么。

1　堀口大学（1892—1981），日本诗人，著有诗集《月光与小丑》，其译介法国象征主义诗歌的译诗集《月下的一群人》对昭和诗坛产生影响颇巨。

先生经常从废弃的稿子中寻找灵感。其实我也用旧友的轶事写了小说，可写得不顺畅，便半途而废了。故事中的一幕便是小说《A 与圆筒》。当时冥思苦想题目而不得，就随便起了个凑合用，现在看来，这题目倒显得意味深长。故事是这样的——

　　哥哥一定看电影去了，A 在心中又暗暗确认了一遍，他溜进哥哥的房间，转动书桌上的台灯旋钮，拉出了书桌左边的抽屉。抽屉深处有一个装进口香烟的金属方盒，里面确实藏着某样东西，但 A 并不知道这是什么。这是一根长十厘米左右、像是机械零部件似的黄铜圆筒。

　　前几天的星期日下午，无所事事的 A 抽出那根插在树丛中的竹竿。把怀中的镜子用金属丝固定在竿头。他想要制作能够越过院墙、窥视别人家内部的潜望镜，但效果并不理想。A 想改变镜子的位置再实验一次。不知不觉已经过了两点，哥哥应该正在二楼睡午觉。A 将圆镜重新装上……不过他也没有偷窥二楼的想法。A 意识到必须得换一面更大的镜子，他想，等下回再做吧，便把竹竿倚着墙放在二楼的走廊上。只听得啪嗒、啪嗒的脚步声，哥哥就好像从楼梯上滚下来似的，光着脚冲了过来，夺过潜望镜就照着A的屁股猛敲。他把竹竿折成两截，随手一丢，气呼呼地回楼上去了。

当晚，哥哥似乎在没开灯的昏暗房间里做着什么事情，一听到弟弟上楼的动静，就慌忙把东西塞进书桌的抽屉。A的直觉告诉他，那样东西和白天发生的事情有关。——不过，哥哥为什么会因为这根圆筒而惊慌失措呢？黄铜表面有三道卡槽，似乎缺失了四个小零件。A的手指轻轻一拨弄，一道卡槽"咔砰"一声裂开，一颗螺丝以骇人的力道从中弹了出来。——仿佛N挥动画笔时嘴里跟着嘟囔的拟声词，这些生理与物理的混血儿该怎么用汉字表示好呢？咔砰！咔呵！噼叽！这样的声音不断响起，越来越大，最后是一声"咣！"连附近的邻居都能听见。结束。

——诸如前列腺按摩器、带编号的子宫颈管扩张器、阿茨伯格氏直肠管等器具的魅力在于使肉体感知到金属冰冷抑或温暖的触碰，换言之，它们是作用于身体内部的医疗器具。联系到 A 感觉乃至 V 感觉来考虑的话，它们犹如蜻蜓屁股上的麦秸、朋友肛门里的泥鳅一样令人战栗不已，因为这两种感觉都是"自我感觉式"感觉。实际上，V 是作为性存在的自我限定，A 却不然。V 感觉苦恼于自身所背负的生殖重荷，A 感觉宿命般的不幸则是在排便以外的时候无人问津。那么 P 感觉是什么？或许 P 根本就不存在。究其原因，V 感觉是从 A 感觉分离出来的，这种 V 感觉表里翻转后就是 P 感觉。V 担负着种族延续的重任，A 抱持着对于知性的关心。比起 A 在学问和艺术上的进展，P 无论何时都只是一部匆忙的播种机器、一个暂时安装在肉体外部的道具。它一旦苏醒，就在催逼之下沦为 V 感觉的奴隶，进退维谷。它憧憬着 V 和 A 两者的始源性（譬如在缓慢的作用下延续至永远），不断焦虑着，通过转换将自身放在持续性享受的位置上，以此泄愤。

当金属的冰凉与玻璃传导的温热为了医疗以外的目的单独探入身体内部的时候，镜子便成了必不可少的物件，因为这样的行为必然是典型的自恋情结。我们从镜中看见自己本真的姿态，这一行为本身也充满了V感觉。她们试图借此达成一种普遍，却被尚未成熟的生殖阻断道路。某日，我曾经为芥川龙之介即兴创作。回到开篇的朱红刀鞘一幕，此时若从背后去看那画中少年的脸，便会发现他就是你自己。

许多渔猎男色之人在爱抚女性的时候也会将对方想象为少年。幻想的对象全凭各自的嗜好，或是勇武的青年，或是士兵、水手、投机者、码头装卸工、犯罪者，甚至还有年迈的流浪汉，实际上，自己被对方爱抚的想象必然随之发生。如是看来，作为对象的"年少温柔之人"必然是我们自己。因此，我们经常听到现实中的同性恋采取交换角色的形式。实际上，罗马贵族中一人分饰两角的同性恋者不在少数。譬如出身凯撒家系的尼禄就在身边同时豢养了两种同性爱人。因盛大的结婚仪式而广为人知的毕达哥拉斯便是尼禄的丈夫。尼禄的妻子波培娅·萨宾娜早逝，他便娶了与亡妻长得一模一样的斯波鲁斯为皇后，还命这个美少年与他共乘肩舆，四处巡游。电影《你往何处去》[1]中登场的伽尔巴是位七十三岁的老将军，根据苏维托尼乌斯的记叙，他在远征西班牙途中听闻尼禄自杀的消息，喜形于色，和他的爱人伊凯鲁斯热烈拥抱接吻，相伴走入帷帐。伽尔巴的爱人是正值壮年的士兵。就在同一年，这位老皇帝的头颅被他曾经的玩物撒尔维乌斯·奥托挑在枪尖上示众。没有胡须的奥托以前是尼禄夜间嬉戏的友人。另一方面，妖童斯波鲁斯与尼禄一起逃出宫廷，后来却不得不委身于奥托。因为他早已被阉割，故而被装扮作少女。他最后自杀了。尼禄的祖先凯撒年轻的时候相貌俊美，被称为"所有女人的丈夫，所有男人的妻子。"

"这故事一定要讲给田中贡太郎[2]听听。"澄江堂主人为这即兴的怪谈而频频抚掌发笑，但其实他早已透过自像幻视走入同性之爱的秘密。

在让·热内[3]的《小偷日记》里，黄昏时分，徘

1　《你往何处去》（*Quo Vadis*），美国导演茂文·勒鲁瓦于1951年执导的电影，国内译作《暴君焚城录》。

2　田中贡太郎（1880—1941），作家，号桃叶、虹蛇楼，以编纂怪谈逸事而闻名，代表作有《日本怪谈全集》《中国怪谈全集》等。

3　让·热内（Jean Genet，1910—1986），法国作家。幼时被父母遗弃，后沦落为小偷，青少年时期几乎在流浪、行窃、狱中服刑中度过，在监狱中创作了小说《鲜花圣母》《玫瑰奇迹》。——编者注

徊于吉尔·德·雷男爵城堡的废墟中，无数少年少女被献祭给蓝胡子骑士的淫乐。这片被他们的骨血膏润的土地绽放的金雀花上映出的，或许就是自己的脸……或许自己就是这些花儿的精灵。但是，就像让·热内在其他地方所写的那样——趁夜色翻越国境的铁丝网时被卫兵抓住，被枪毙之前冀求爱抚并没有什么奇怪的。——提弗日城堡的主人是佩罗的童话《蓝胡子》的原型。然而，真实的蓝胡子杀害的不是妻子，而是雇人从远方国度诱拐而来的数百名幼童。铁扦刺穿，剁成肉末，眼睛、耳朵、手、头颅则被盛放在玻璃器皿中。然而被作为供物献给赐予他知识与黄金的魔王的，却是吉尔·德·雷本人。据说在他最终被宗教裁判所处以火刑的早晨，他漂亮的蓝胡子变成了红色。他的遗体被同族的贵妇人收殓，郑重安葬。想来，任何一个女人都能体味到蓝胡子故事中的妙味。因为 V 感觉的尽头是"对无机界的还原"，这是所有女性存在成立的依据，同时，那里也是 V 感觉朝向其派生地 A 感觉的趋归点。江户川乱步曾经谈起 J．A·西蒙兹[1] 时跟我说："他们有种将事物抽

1　约翰·阿丁顿·西蒙兹（John Addington Symonds，1840—1893），英国诗人、文学批评家，翻译了大量同性主题的古典诗歌。

象化的倾向。倒不是说隐瞒，只是，同性恋者不把事物看作它们本来的样子。便若歌中唱的一样，'常盘山间的杜鹃，欲说还休的，方为思恋'。[1]"——这种抽象化就对应着我所说的转换，而且它还含有客观化这层意思。人们应该从能乐舞台上的童角所穿的大口袴的拂动和飘扬之间，读出一种格式化的"少年嗜好"（Pedophilia Erotica）。幼年期的爱欲中尚未出现一丝一毫同性恋的幻影，但纵使他知悉了外部存在的种种嬉戏，A 感觉依然是内在的，它极度恐惧着事物的外形化。

其三

Y 小姐[2]指着冈崎动物园入口处的一幅画，画中是几匹嬉戏玩耍的斑马——

"我前几天路过这里，大阪来的 M 夫人看见这斑

---

1 歌出《古今和歌集》卷十一恋歌一第四九五首，作者为平贞文。
2 指山本浅子，下文的"M 夫人"指昭和时代的歌人梁雅子，两人为稻垣足穗的弟子。

马，回头望着先生，捧腹大笑……那幅画怎么了？我想问她为何发笑，最后却忘记了。"

我想今天就能彻底解开 A 感觉与 V 感觉这道题目了：

"我主张所谓的'屁股'只是人体中最艺术的部位，对此，M 子抗议说斑马的臀部也是不可或缺的，但是斑马的屁股之所以美丽，只是因为与人的屁股相似而已。人们似乎还没有察觉，无论是谁，只要对他人的屁股感兴趣，其实就是对自己的屁股感兴趣。灌肠器、橡胶或者金属制的医疗器具、自行车车座、女式紧身衬裤……儿童通过这些媒介，对自己与他人肉体的那个部位产生了非同寻常的关心，因为那里是他们能够辨别自我存在的唯一场所。于是，我们看到了幼年期的人对于 A 感觉的陶醉。在一开始，他们大多是孤独的，所以必须在幻想以及现实中寻找镜子。自恋情结只有在镜子前才称得上是自恋情结。《浮士德》的"瓦尔普吉斯之夜"中出场了一个尻部见鬼者。尽管难以察知这妖魔所代表的含义，但是，尻部窥视终归意味着窥视自己的屁股。这便是我的想法。

波德莱尔在私密日记中写下："恋爱就是潜入他

者之中，艺术就是潜入自己之中。"然而，恋爱一旦变作同性之间，便会具有潜入自己内部的倾向。弗洛伊德的肛门期是相对于口唇期提出的术语，但对于该术语的解释不能局限于弗洛伊德的理论之内。我赞成弗洛伊德的说法，阴道的快感只是肠道排泄时所带来的快感的变形。也可以这么说，V 感觉的成立赖于先于它存在的 A 感觉。不过，V 感觉一经派生、独立，就会安于现状，"如那看守宫门的卫士所焚的篝火，夜晚燃烧，白昼熄消，摧我心肝"[1]。V 感觉展开的瞬间即被对象化，丧失了返窥自身的功能。"

　　Y 始终沉默地注视着前方。我们来到黑谷森林附近的大道上。我接着说道：

　　"与此相反，A 感觉是长了翅膀的，因为它扎根于某种无名的渴望之中。V 感觉的界限为子宫所决定，A 感觉却是深远无底的。V 感觉至少还有 P 感觉这一伴侣，A 感觉却位于肉体的边境，而且是被禁止入内的，与排泄行为相关的滑稽故事更为其蒙上一层阴影。A 感觉偶尔会被同性恋所拯救，但它在原则上仍属于

1　歌出平安朝的勅撰和歌集《词花集》，亦为小仓百人一首第四九，作者为大中臣能宣。

弗洛伊德所谓的"前快感"，不可能有任何改变。纪德说，同性恋就像阿卡迪亚[1]洒满日光的山野，原本不包含任何悲剧性要素，但是，这些活在田园牧歌里的人们只要有了漠然的接触欲望，不就意味着已经利用 A 感觉了吗？'那将会排泄口互相触碰，故而是可耻的'，因此，'这里的性器官肯定只有一种'。并非如此。A 感觉是性的原始形态，是单孔目动物时代的残留。可以说，在最初的女神与男神从鹡鸰那里习得夫妇之道[2]前，日本也只存在同性恋。纪德的话也是在说，同性恋在古希腊早已是人们的常识。马克斯·韦伯的《世界宗教的经济伦理》中有一篇小论文，他说柏拉图的 Eros[3] 纵使是喜悦的，也只是一种温热的感情，所以狄俄尼索斯式的热情在古希腊并没有得到广泛认可。借用西鹤的话，有道是'女性匿迹、断袖盛行的男岛上时日宁静，不闻夫妇口角，更无争风吃

1　阿卡迪亚（Arcadia），古希腊伯罗奔尼撒中部的高原山区，人口稀少，传说潘神住在这里。因为古代诗人在此居住而享有盛名，许多诗人都把阿卡迪亚看作田园生活的象征。——编者注

2　指伊邪那美、伊邪那岐从鹡鸰处学习交媾的典故，见《日本书纪·神代上》。

3　英文，意为性欲。亦作爱若斯，古希腊神话中的一位掌管爱欲的神。

醋'。赫希菲尔德[1]写道，同性恋者对于阶级制度、社会地位等都是极为淡泊的。——其实不必引经据典，我认为 A 感觉自身的不幸，或者说，对尚未诞生之物的期待、对进化以前之时代的乡愁，无疑是萌发出独创性的思想与艺术的种子。弗洛伊德注意到，有的孩子喜欢强忍便意，直至全身剧烈痉挛。你不觉得这种肛门堵塞的感觉让人莫名熟悉吗？那就是人在等待天明时的心情啊。我们独自一人期待着某物的来临，所谓具有独创性的事业便是这种行为的变形。据说小时候用手指蘸着粪便在墙上乱涂的孩子长大后成了画家。这种事情确实屡见不鲜啊——"

"照这么说，最近常见的女同性恋就是赝品喽？"

"但女同性恋落在画上，亦是美得不可方物。"

"外观上……确实。"

"凸起之类的东西不也是一种内省吗？"

"凸起是男性不幸的象征。但是与男同性恋相比，女性间的恋爱的基础或可说是轻度接触式的。女性之

1　马格努斯·赫希菲尔德（Magnus Hirschfeld，1868—1935），德国内科医生、性学学者。

间的同性恋……是啊，趣旨在于 K 感觉（Clitoris[1]）是纯粹的爱抚。我以为唯此才能够展开女性特有的世界。相较于 V 的原始、野蛮，K 是纤细、复杂的，它连接着对已逝的少女时代的乡愁。因此，来自具有相同感觉的女性的爱抚才能够完全实现目的。如果希望将其与 V 融合，相应的方法也已经广为人知。——同性恋的要点在于同种感觉的重叠。异性在结合时对于对方的感觉会有一种盲目感，无论多么谨慎小心都无济于事。与此相比，同性爱人之间却有着更深切的同情、共鸣以及相同的痛苦……由此变成了精神性的兴趣。同性感觉的重复开拓了一个更加妖冶的世界，或许也可以说是多重的兴趣——"

"刚才您说过凸起象征着男性的不幸，确实。P感觉的‘P’只是独自存在的雄蕊罢了。正因为此，世上的男性大半是狼狈不堪的存在。女性是完整的花，联系着遥远深邃的‘无’，即生命的本质，在这一点上，多么巧舌如簧的唐璜都会哑口无言。他不外乎只是个忠实而自负的供给者、一个忙碌的水泵修理工。不过，在古希腊雕像中看到的青年那青春的、可爱的

---

1 英文，意为女性器官阴蒂。

一千一秒物语

阴茎又是怎么回事呢？常识告诉我们那是出于审美要求的结果，但是绝不仅于此，它是指示出后方圆润柔软的臀部（即 A 感觉的所在）的标记。我想，它至少是在提醒我们不要向 V 感觉偏移。我们刚才提到了男装丽人，肛门爱欲对于男性的意义，对于女性也是一样的。雄性较雌性而言是更完整的存在，原因与其说是羽毛的颜色、清亮的声音等能够吸引雌性的地方，不如说是，在背负种族存续重任的雌性身上的 A 感觉容易被隐藏，而在（雄性身上）A 感觉，抑或说单性生殖倾向表现得更加明显。更何况人类社会呢，年少温柔的时光不过刹那，柏拉图派与苏菲派[1]将置身于某种永恒的薄暮之中的美少年奉为'美的理想'（Beauideal[2]）是很恰当的，因此，世上有美少年，而无美少女。'美少女'一词是经常被性欲冲昏头脑的男性一方的发明，因为大多数女性都会度过人类最具有永恒意义且最为明智的时期（少年期），从幼女一跃成为大人。对吧？——因此，男装丽人之谜完全可

1　一个宗教哲学思想派别，主要以《古兰经》和圣训的有关经文为依据，吸收新柏拉图主义和其他宗教神秘主义的理论及礼仪后形成的思想体系。——编者注

2　英文，主要作名词，代指为"十全十美的事物、完美的典型"。——编者注

以解释为从 A 感觉移向 V 感觉途中的滞留，或者 V
感觉向 A 感觉的偏移。永恒的女性本身就是美少年
式的存在。与此相反，娼妇即试图通过 V 感觉这一
装置达到一种普遍的存在。"

"但是为了逃离肉体，别无他途呀！"

"妇女精神的发现者欧里庇得斯笔下克律西波斯[1]
的原型就是少年阿伽通[2]。你怎么看呢？——纪德就
注意到了这一点。安德洛玛刻、伊菲革涅亚、阿尔刻
提斯、安提戈涅[3]，在欧里庇得斯创造出这些令人惊
叹的纯粹的女性的背后，他采用了美少年为原型。同
样的事情想必也在莎士比亚身上发生过。女人的精神
性即是女人与自身 A 感觉的联系。

"纪德还说过，现今的青少年明显变得愈发低调
和优柔寡断，因为他们已经等同于女性的俘虏。女性
是爱的商贩，只要你表现出意愿……尽管如此，男性

1　克律西波斯（Chrysippus），希腊神话中俊美非凡的少年。——编者注

2　指古希腊年轻的悲剧诗人阿伽通。其与苏格拉底的对话参《会饮
　　篇》。——编者注

3　皆是古希腊戏剧中典型的富有独立精神的女性。分别出自欧里庇得斯的
　　剧作《安德洛玛刻》《在奥利斯的伊菲革涅亚》《阿尔刻提斯》。其中安
　　提戈涅的出处应是作者谬误，应出自索福克勒斯的《安提戈涅》。——
　　编者注

一千一秒物语

至今为止一直追在女性屁股后转，永无宁日。最近，有些女性却愈发有少年气质了。——让我们稍微离下题，翻开字典：'膣'字原义为'肉生也'，'肛'指'肥大貌'。你不觉得从解剖学意义上来解这二字很有趣味吗？……再如姣童、娈童之类的熟语，想必中国人早就注意到了Ａ感觉，不过，历史上首先发现臀部的应该是希腊人吧。他们不止将臀部当作感性的对象，更发现了臀部和形而上学的关联。进入基督教时代后，尊重妇女之风开始盛行，甚至波及绘画与雕刻，Ａ感觉最终迷失在Ｖ感觉之中。恰如纪德所言，'戏剧的衰退始于扮演女角的男演员的消失'，艺术的堕落不正是始于向Ｖ感觉的妥协吗？艺术中原本有两种流派，是为父系艺术与母系艺术，绘画上的印象派、文学上的"自然主义－现实主义"倾向堪称软艺术的两面大旗，但是那样的绘画如今也日渐式微。我们不能视而不见，女性内在的Ａ感觉已然从种族延续的重压中解脱出来，对至今规定着女性之性质的东西予以反抗。"

"性爱的新领土，Ａ感觉的爱……我也在精神上支持这一点。处于二十世纪紧张感之下的性爱，与头脑融合从而获取世界……我觉得可以想成是头脑对于性的介入……说回前面提到的女同性恋，要让我说的话，女同性恋之间的爱只是见弃者的彼此接近，什么也不会生成。男性间的爱才会开启新的事物。作为干涸的唯美主义的最高杰作，男性间的同性恋是飞跃式的。然而，现实的男色只实现了我所言之意义的极小一部分，或者可以想见，我所谓的同性恋从未存在过，因为我说的都是理想主义的要素。从理想情况来考虑的话，友情或曰倾心，能够实现精神上的最高和谐。当然，这要求参与者保持独立的个性。肉体的丽质要求我们在相当程度上超越传统的选择。在此之上，有意识的共犯……我已经想象到了，那将成为快乐的边界。"

"活脱脱是现代化的古希腊爱欲嘛！"

"对！只要那强烈的阴影覆盖下来，我便能得到满足——但是，我还没有提及快乐在人类的内里通过肉体性引发的烦恼诸相。因为这已经涉及到先生的世界了——"

"那么您再往下听——《一千零一夜》的英译者理查德·伯顿在第十卷末尾的论证中提出，'恋臀癖区域'（Sotadic Zone）是一个地缘概念，起自地中海沿岸，包括小亚细亚、美索不达米亚、迦勒底[1]乃至印度，甚至涵盖了中国与日本。这片区域内能够发现别处难得一见的男性气质与女性气质的混融。听好了——直肠神经与性器官神经无论何时都紧密相连……肛门保存着单孔目状态，始终处于沉睡，只有排便时尚留有少许余韵，当它与性行为产生关联……我的话会举起鞭子不间断地猛抽屁股……可以吗？……它会在充满性意味的连续刺激下觉醒——总之，该部位的神经在同性恋群体中非常发达，容易达到性高潮。伯顿的学说引用了意大利的曼泰加扎[2]的理论。室町时代的稚儿物语[3]中的配角、西鹤笔下身中短刀的爱人们、'腰间的曼妙管叫萨摩佬销魂落魄'，恐怕都属于刚才所说的同性恋阶段。醍醐寺三宝院收藏的《稚儿草纸》中有一卷画的是假阳具的淫戏，如

1　约公元 1000 年前定居两河流域的迦勒底人（Chaldean）于公元前 626 年灭古巴比伦王国，并建立了新巴比伦王国，建立了所谓的"迦勒底王国"，后几乎统一整个两河流域。——编者注

2　保罗·曼泰加扎（Paolo Mantegazza，1831—1910），意大利神经学家、人类学家、作家。

3　稚儿物语，以寺庙的童仆与僧侣之间的爱欲为题材的物语的统称，著名的作品有《秋夜长物语》《幻梦物语》等。

果将其视为懵懂少年间的阴茎愿望，就没什么可奇怪的了——说来，伯顿指出某些女性同性恋也会需求 A 感觉。必须注意的是，有些女性不用后庭接纳异物就得不到满足。南方熊楠[1]的书牍里记过这么一件事：曾经伦敦的学士会上聚集了一群年轻人，他们七嘴八舌地讨论着，如果存在一种东西方文献都不曾记载过的游戏，会是怎样一种游戏呢？——要我说的话就是《八犬传》中童子与忠犬的嬉戏。不过，好像霭理士[2]的著作里出现过类似的例子。在芝加哥就发生过十五岁男孩被狗咬烂了屁股的事件。——学士院的年轻人争执不下的时候，恰好南方氏走了过来，便有人说，'来得正好！你可是长了两条腿的百科全书，想必知道答案。'他便答道，'女子用角先生戏弄男子后庭，如何？'——以前还有一件好玩的事，某女子对男子说，'如果你不肾虚，我便束紧这条橡皮腰带伺候你。'男子把她的话当笑话讲给了我听。这可以解释为自恃了解 V 感觉却反而经此意识到 A 感觉的存在。

1　南方熊楠（1867—1941），生物学家、民俗学者，致力于菌类的采集研究。著有《十二支考》《南方闲话》《南方随笔》等。

2　霭理士（Henry Havelock Ellis，1859—1939），英国医生、性心理学家、作家，代表作有《性心理学》。

南方先生年轻时的轶事亦然，难道不是因为他们的脑海早已想到了那种游戏，所以才会对南方的答案表示赞许吗？"

果然还是应与人一道，在落樱明月的夜下走过琵琶湖疏水渠旁的这条小径。而今，远远眺望到灯火连绵的吉田山内侧的风景在我左手边延伸。昔日，大正初年（1912）时，这附近尚是一片林茂草深，从吉田山到真如堂，便是村山槐多曾走过的路。他思恋着他的光之王子[1]，备受前基督教的美丽邪念折磨，吹起和古希腊的埙相似的陶笛，独自徘徊……我忽然想起了这件事，说出口的却是另一件事。

"欸，在我还终日游手好闲的那段日子里，有一天，我带家人从大阪来京都游玩。在去银阁寺的路上，我捡到了一个月兔捣药模样的玩具。我还记得，那是个涂着青、黄色的木头玩具，侧耳听，兔子还会'咯咕咯咕'地动起来。一旁的姐姐想要从我手中夺走它。我一恼火，就把这只木头兔子扔了出去。兔子越过栏杆，落进了池塘。前几日，我与您同去银阁寺的时候

1　《光之王子》是村山槐多以中学时代的同性爱人为模特的画作。

才发觉，我整日躺卧的榻榻米就是东求堂[1]的所在哪。而且，我想那只兔子已经从水中被打捞起来了。那时，池水沐浴在充沛的日光下，红鲤鱼与黑鲤鱼的背部露出池面，时而上浮，时而沉潜。鲤鱼确是从茶室深处等候的地方低头俯视着我。这件事深埋在我的记忆底部。那座庭院入口的唐门……或许我何时在梦中见过？我这回注意到，总体上看，银阁寺的规模意外得小。这便很好。我不赞成铺张无用的面积。原先我因为银阁寺的盛名而嫌恶它，如今亲眼所见，到底是让人叹为观止。白砂堆也绝妙。虽状似中国的西湖，但沙堆是颠倒过来，朝上堆积，表面描画出朴素的波浪……"

"如同一幅安静的毕加索啊。义政将军赏月的旧址……好一座抽象派的富士山……"

"那畔是月待山，眼前被这样一座蓊郁的小山挡住，仿佛是在阻止心的散逸。说起赏月，因这东山峰峦连绵，兼之月待山横亘于前，这里不是赤红的大月亮，而是已经高悬中天的明月，犹如徐徐向南回转的

1　东求堂，银阁寺内的持佛堂，室町幕府第八代将军足利义政于1486年所营建，名字取意于"东方之人颂佛以求西方净土"。

银盘。这是'背烛共怜深夜月'的月亮。曾几何时，我想用石膏建一座耶路撒冷，让它沐浴在蓝色电灯的月光下。银阁寺也像是模型一样，但它不可能用石膏实现。如何表现出月待山呢？用边角料的金属丝搭出外形，种上点植物染成浓绿色？这样凑合是行不通的！确实说穿了是个盆栽，但其中运用了大量的高等曲线。——西洋人或者说盎格鲁 - 撒克逊人偏爱圆以及曲线，然而在日本，松枝、石灯笼、拱桥、鱼糕的横切面，在一切事物中都能发现椭圆、抛物线、双曲线、正弦曲线。曾有西洋人说过，日本妇人的圆髻才是高等曲线的集合。若是如此，圆髻便是一种对于溪谷的预想，也即是 V 感觉的世界。还有前刘海……中世[1]以后的'若众髻'将头顶的乌发剃净，露出一颗稚气的圆脑袋，不正是在暗示与其对称的 A 感觉曲面吗？至少，与王朝时代的小舍人童[2]、侍童、寺院的稚儿所留的发型相比，小姓[3]的发型确实显得很

1　中世，日本历史的划分时期，指镰仓、室町时代。

2　小舍人童，贵族身边做杂活的少年，特指平安时代近卫府的中将、少将使唤的童子。

3　小姓，侍候贵人的少年，多为男色的对象，亦指江户幕府下的武家职务，在将军身边负责杂役。

颓唐不是吗？日本唯美主义的三角形也由是平添了一丝若有若无的情致。所谓'雪月花的三角形'，由能乐、茶茗、弓道、若道四种要素构成，其中三者分别作为三边，一者作为三角形的中心。四者的顺序可以随意调换。

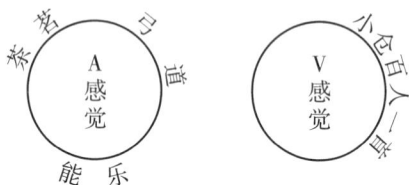

"按照我的设想，如果将其比作包裹着 A 感觉的圆，'雪月花的圆周'将会分裂为两个圆，能乐、茶茗、弓道连接为一环，不消说，另外一个圆是围绕着 V感觉的《小仓百人一首》。——话说回来，圆 A 中的弓道这一要素要比其名字涵盖的意义更广阔。想来与V 感觉的情绪性相比，A 感觉的表现形式是情操，举例来说，如果把 V 感觉比作电影院整体的氛围，那么 A 感觉就是独自运作的放映机与胶卷。A 感觉最初就是使心灵高飞的飞机与氢气球。换言之，它就是用尖喙插入少年列奥纳多·达·芬奇嘴唇的那只秃鹫，所以，在给新买的长靴系鞋带时的自恋将会依次投射到衬裤、半长灯笼裤、短袜、自行车的革车座，之后当然会转化为对军事——也即甲胄、刀剑、城堡、飞行器、战舰——的憧憬。A感觉一直作为面向自我的玩具，至此，它将展开为面向外部的玩具。不仅于此，这条延长线还连接了热内的神圣卖淫。自恋大概意味着与对象之间的距离为零，其自我作用趋近无限大，不是吗？……抑或说，这个隐秘的场所不单单是架向恋爱的浮桥，更是窥视深渊的孔穴？A感觉与形而上学的关联是被希腊人发现的，但是，热内的日记隐约表露出A感觉是天使的情欲，也即单性生殖的存在。而且我始终认为，即使翻遍世界历史，也寻不到在中世日本一隅灼灼其华的优婉之物。虽不知义政信奉何宗，但那若道的月光世界至今仍飘荡在银阁寺的庭院中……不是对往时的赞颂，而是对当下的感受，更容许了对将来生活的紧密包含，这一点非常值得玩味。"

"那里在做梦。梦的本质即无法透悉所有具体事实。在性中还有人迹未至的东西。唤起人的兴趣也是理所当然喽。——一只鹤飞落银阁寺，这一意象在我脑中变得越发浓墨重彩。姐弟间的爱恋与同性恋可以说是鹤之味啊。精神性的介入导致抑制，抑制催生了气质。……若论及日本传统感觉的洗练，银阁寺、鹤与雪月花无疑都是最上品。"

"在那里，落在月待山的无数枝桠上的银子似的月光，我们赏玩夜半的月亮，仿佛那便是寂光土的月，是能够在高悬中天的月球表面瞥见失去面影的夜游之地。"

"三岛由纪夫曾说，哈德良皇帝[1]与安提诺斯的故事如果被改编为能乐就好了。不过，谣曲的《天鼓》[2]写的不就是相同的故事吗？"

---

1 普布利乌斯·埃利乌斯·哈德良（Publius Aelius Traianus Hadrianus，76—138），罗马帝国安敦尼王朝的第三位皇帝，五贤帝之一。安提诺斯是他的同性恋人，随他出巡埃及时溺死于尼罗河中。为纪念安提诺斯，哈德良将其奉为神明，在尼罗河边修建了一座新城市，以安提诺斯命名。——编者注

2 天鼓，能乐曲名。作者不详。讲述中国的少年乐师"天鼓"得到上天授予的鼓，却被皇帝下令上缴。天鼓抗命后自沉吕水。鼓被运至宫廷，但谁也无法敲响。皇帝派遣敕使接来少年之父来打鼓，这才发出美妙的鼓声。皇帝闻声怜悯，令人演奏管弦为少年祈求冥福，天鼓之灵现身击鼓作舞，于黎明前消失。

一千一秒物语

"在抓住伽倪墨得斯[1]的巨鹰附近，银河仿佛向南坠落，格外绚烂之处就是安提诺斯的星座。那畔是在尼罗河上冶游时不幸殒命的罗马帝国的美少年，这厢是东汉皇帝在星夜下的大河边奏响丝竹管弦为死去的少年乐师招魂。——仪式终于开始了，河风寒凉，波浪翻滚，是时候奏夜半乐[2]了……吕水涌波，天鼓的魂魄立于堤上，向月而吟，戏水扬波，长袖翩跹，不觉间，夜游舞乐之时已过……欢乐逾极，哀愁始兆。檐下滴水声中听得见远方的瀑布声。月亮离开了月待山，行过天心，向西倾垂，接过银烛的人的侧脸展露出端严微妙之相……"

Y像是忽然意识到了什么，说道——

"哎呀，已经这时候了，月待山对面的地铁站都开了，走下楼梯，便是'银河铁道'的始发站了呀。"

---

1 伽倪墨得斯，希腊神话中的美少年，宙斯变成一只巨鹰将其掳至奥林波斯山。此鹰即为天鹰座。

2 夜半乐，雅乐的曲名，属于平调、唐乐。

追记 Y 小姐的尺牍

——关于让·热内——

走过疏水渠的小径时，我说得太过天马行空，许多事都记得不甚清楚了。为此，特意借 Y 小姐的记述稍加添补。

如果将 Sex 当作常识性的、中心性的存在，那就必须同等对待位于其下层的幼年爱欲。位于上层的爱欲则展开表现为精神的、文化的发达……也就是我们先前所说的多重的兴趣。上层构造与下层构造之间保持着一种紧密的联络。在男色关系中，负责这一联络的就是先生所说的 A 感觉吧，也就是作为梦之浮桥的 A 感觉。——在其外延中，我们能够看到对无机物的憧憬以及强烈的乡愁。这些存在是遮蔽个性的阴翳、看不见的暗影。诗人的直观不啻就是捕捉这一点。

从不同的视角来看，人类的个性秘密之所以痛彻，是因为它处于 Sex 的领土，这便是个性能在 Sex 上隐藏交换欲望的根据。从女性立场出发，我会认

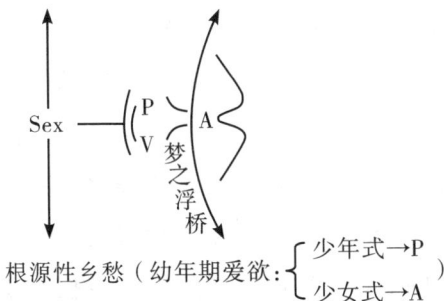

精神的、文化的展开（Erotical Dream）

外延的光晕：『对无机物的憧憬』；热内对岩石的抒情诗式见解

Sex　P　V　A　梦之浮桥

根源性乡愁（幼年期爱欲：$\begin{cases}少年式\rightarrow P\\少女式\rightarrow A\end{cases}$）

为男性隐藏对于被动状态的炽烈欲望这一点很有趣。我觉得这与女性隐瞒自己的施虐癖是出于相同的道理……

人们对性爱上的 Change 习以为常的时代到来了。热内写下了他不得不成长为主动的一方去爱抚可爱的情夫时心生的悲哀，重要原因是他自己丧失了优美，从前的快乐减半了。对于在男色中扮演被动者的热内而言，这意味着一种发现了却也没有发现的真实——我想要说的是，受虐癖是人类的存在主义核心。我想受难者热内从他的亲身经历中发现了这一点。他用文学语言记录下了那个世界，是值得我们尊敬的。在我看来，热内是个健全的人。

与多数艺术家一样，热内也喜欢阴影。热内说过，自己为了写成一篇黑暗的小说，不惜同时爱着众多的情夫。背叛带来的伦理上的孤独，自负的信念，抑或是，于神圣性的抵达，都能唤起我的理解和同感。他嗜好的世界作为 Erotical[1] Dream 而存在。先生你是知道的，宗教是最高级的爱欲，神圣性是最可疑的。而且，伦理上的孤独、自负的信念这些优秀的个性将会迫使人以猛烈的势头追求性爱。它们可以说是人类最好的天性。热内对于刑场的炽烈憧憬证明了这一点。

尽管热内的作品中充满了与无机物的抒情纠葛，尽管热内很熟悉人类的肉体性事象，尽管热内对于物品、皮带、金属、软管等非常重视且具有性依赖，但这些都是热内沉迷男色的有力证明。阴影即美丽，迷醉即被动，这是宗教早已发现的世界、最离经叛道的世界……

我还想列举另一种美味的恶，在讨论过热内之后，优美性逐渐成为重要的问题。下面才是我作为女性想要说出口的真正的问题，因为这是作为女性应该隐瞒起来的事情……

---

1 英文，意为性爱的，色情的；作名词时指代好色之徒。——编者注

一千一秒物语

我只有一个问题——即使考虑到了＇A感觉的接触可能性，臀部不是最光滑的部位吗？虽说是常识，A确实没有V那样的粘着力。A的运动只有排泄。正因为此，向它发起攻击的魅力才大大增加。反过来说，人们于是对排泄的禁止产生了兴趣。唤醒直肠的蠕动……因此，时间长度是同性恋的重要因素。

拉德克利夫·霍尔[1]女士——她的作品只写了同性恋的外壳，而缺乏最重要的东西，即不含有对于内在领土、肉体内部的阐明。她的小说很无趣。

或许，以下只是我的内在直观，同性恋是在时代前沿展开的爱欲世界，我感受得到他们被阻碍结出果实的痛苦。它引起的是反光般的兴奋，让人意识到从这里可以爬进充满人工色彩的世界。我想，同性恋死去不久的抒情性便是由此而生。比如，即使我们采用A感觉，但A感觉自身中也不存在已经完结的事物。A感觉终究是具有悲剧色彩的。虽然让人意想不到，女性侵犯男性的"A"之类的事情确有发生，要我说的话，女性对此早已有所了解。为了发现男性中成为

---

1 拉德克利夫·霍尔（Radclyffe Hall，1880—1943），英国作家，创作有著名的女同性恋小说《孤寂深渊》。

被动者的欲望，很多女性索性放弃了直觉。届时她感到的惊愕是极具文学性的，不过，女性总是会隐瞒自己从男性体内寻找被动性的行为……对于这种事，女性没有必要对技巧感到羞耻，成为女王的女性都或多或少曾有过新的发现，为其赋予意义的碎片化的具体事实随处可见。

让我们再度回到 Change 的常识化问题。当女性一方接受先生你所谓的感觉的平方、A 与 V 融合的常识化……很不容易，嗯，非常不容易。感觉的增加意味着消耗，也就自然明确了快乐的界限。银阁寺，唯一一种依靠优美才能够获得的存在。作为诗人，怎么会不想谈论它呢？

译后记：
宇宙乡愁与黄昏的人

童话的天文学家——

　　赛璐珞的美学者——

　　柏油马路上的儿童心理学家——

　　发条装置的机械师——

　　奇异的感官标签收藏家——

　　那么，是谁将一千零一夜的荒唐无稽圈圈

封存于一根雪茄之中？

　　稻垣足穗！

　　这段精心雕琢的文字是初版《一千一秒物语》的

序文，出自浪漫派文学旗手佐藤春夫之手。即使在同

时代的作家眼中，稻垣足穗的肖像也是如此古怪。

　　他似乎只爱那无机质的、辉煌且坚硬的天体，从

而与近代日本文学的晦暗、濡湿绝缘。其作品中，童心与探险家式的好奇取代了欲望与官能的位置，女性的身影几乎销声匿迹，取而代之的是象征着生命之丰饶的少年，肉体的重要性让位于作为外部肢体延伸的飞机、蒸汽机车、电车等机械装置。这份明朗与决绝或许会令人联想到三岛由纪夫。事实上，三岛恰恰是足穗的拥趸，他曾说："因为足穗，我们才第一次接触到宇宙的冰冷空气。只要接触过一次，就会被深深吸引，宛若被天狗所爱的少年，永远无法摆脱这层记忆。"

月亮、饿殍、弥勒

1900年，稻垣足穗生于大阪市船场北久宝寺町的一个牙医世家，但他自幼生长于神户。是时，这座幕府末年开港的城市已然是日本与西洋的交界点，街市繁华，人烟阜盛，古老的大和心与舶来的西方文化在这里融会无间。港口夜景、异国船只、摩耶缆车、托尔酒店、林立的洋馆与外国人公墓、混血少女，自摩耶山眺望这座城市，宛如银河铁道架往的童话世界。足穗便是从这座"月光都市"开始了他的作家生涯。

然而，足穗最初并非以作家为志业。他从小沉迷于电影和飞机，在关西学院中学部就读期间创办了同人杂志《飞行画报》。他真正想要成为的是一名飞行家。1916 年，足穗报考了位于东京羽田的日本飞机学校。在《飞行器傻瓜》的自述中，足穗是该校创办后招的第一期考生，却因为近视而落榜，同期入学的还有日后被称作"特摄电影之神"的圆谷英二。高中毕业后，足穗并未进学，而是游荡时日，一边进行融化了叔本华哲学、飞行经验和未来主义趣味的写作，一边在神户独立制作双翼机。1921 年，足穗将《一千一秒物语》的手稿寄给佐藤春夫，后者读罢大为激赏，在他的提携下，足穗作为现代主义文学的新星开始崭露头角。1923 年的日本正处于激荡的变革时代，日本共产党成立、关东大地震、虎之门事件、治安维持法的颁布，但这一切似乎与足穗了无瓜葛。他既没有投身于如火如荼的普罗文学，也未曾参加达达主义艺术运动，即使因为横光利一的欣赏而被视为新感觉派的一员，但就连足穗是否参与过新感觉派的活动也尚存疑。足穗仿佛与现实绝缘，只执着于他那装满彗星与机械的、高度抽象化的奇怪文学。《贩卖星星的店铺》《第三半球物语》《天体嗜好症》接连出版单行本，足穗却始终不被文坛主流所接纳。1927年，足穗收到一张寄自东京田端的便笺："君的文学在此国备受冷遇，但只要还能写，请一直写下去吧。"写下这句话的人是芥川龙之介。

足穗不只爱在笔下与天体吵架，对同时代的文人也颇为辛辣。他给小林秀雄贴上"冒牌货"的标签，嗤笑川端康成是个"千代纸工匠"，称森鸥外与夏目漱石写的是"书生文学"，甚至连崇拜自己的三岛由纪夫，足穗也恶语相向，说其作品中"缺乏令人悸动的事物"。在佐藤春夫对菊池宽不吝赞辞之后，足穗斥骂这位曾经的师父已沦为"《文艺春秋》的喉舌"并与其决裂，从此远离文坛。1931年后的数年间，祖父母、父母先后亡故，足穗继承了家族留下的古着店，但很快就因为经营不善而破产。交不起房租的足穗在各处辗转，不得已，于1936年重返东京。此后，在长达十数年间，他过着穷困潦倒的生活，几在饿死的边缘徘徊，只靠着在同人杂志发表作品的零星稿费

一千一秒物语

过活，其间，又因为酒精中毒、尼古丁中毒而屡屡中止创作。他意识到"自己的童话世界终究结束了"，必须寻找切入现实的接口。中期作品《弥勒》第二部反映的就是 1937 年至 1939 年的足穗在月光骑手、饿殍、绝食的圣人以及弥勒的身份间转变的岁月。

1950 年，足穗与净土真宗僧籍的筱原志代结婚，移居京都。濑户内寂听在《搭乘行星的酒神》一文中回忆道，战后，她远走京都，从新结识的年轻诗人和小说家口中听说了"稻垣足穗"之名。这些耽溺于先锋文学的战后青年将足穗奉若新神，而且这尊神祇在漫长的流浪之后定居于京都。然而，稻垣足穗作为文学家回归大众视野要等到1968年。在60年代末的"异端文学热潮"中崭露头角的涩泽龙彦、土方巽、加藤郁乎、种村季弘等艺术家对被遗忘了数十年的足穗推崇备至。三岛由纪夫在《小说家的假期》中写道"世间必须对稻垣足穗氏的工作报以更多的敬意"，涩泽龙彦称"稻垣足穗始终光荣地孤立于猥杂的日本文坛之外"，而他更是将《梦的宇宙学》题献给这位"魔道先驱"。是年，德间书店出版了《少年爱的美学》，这部书获得了第一届日本文学大赏。晚年的足穗暴得大名，一跃成为异端文学的象征。对此，三岛撰文道：
"长久以来只在一部分好事者间声名卓著的稻垣足穗，
如今变成这个时代最具先锋性的现象，甚至成了年轻
人传说中的英雄。"昭和五十二年（1977），足穗因
为大肠癌在京都去世，戒名释虚空。

未 来 文 学

　　美少年、天文学、宇宙论、飞机、全景画装置、
未来主义、机械学宣言、圣人、菩萨或弥勒——而贯
穿上述足穗文学主题的，则是彻头彻尾的虚无主义。
尽管后来足穗不断在德国观念论、海德格尔哲学、天
主教信条、净土宗思想中为这种虚无主义寻找依据，
但它最初无疑发轫于他的宇宙迷恋与飞行梦。其中有
几个标志性事件，不仅常出现于足穗笔下，还被高桥
康雄编入《稻垣足穗年谱》：

　　1900 年，稻垣足穗出生，马克斯·普朗克
提出揭示世界不连续性的普朗克常数 h。

1903 年，三岁，莱特兄弟发明的人类历史上第一架飞机试飞成功。

1908 年，八岁，闵可夫斯基提出四维时空概念，马里内蒂发表《未来主义宣言》。

1913 年，十三岁，武石浩玻驾驶爱机"白鸠号"进行巡回京都、大阪、神户三市的飞行表演，却在深草练兵场着陆失败，在数万观众的注目下坠亡。足穗在大阪天王寺公园的武石飞行纪念馆参观了白鸠号的残骸。

这种并列向我们暗示了足穗文学的秘密，正如他那句箴言所示："我们将永无止息地赞颂飞行家之死。"

足穗文学大致可以分为四部分：一、早期天体嗜好症式的幻想文学，充满大正浪漫派与邓萨尼勋爵的奇幻色彩，如《一千一秒物语》《黄漠奇闻》《巧克力》；二、A 感觉式的作品，主要是少年爱主题的小说或者随笔，如《他们》《A 感觉与 V 感觉》；三、基于未来主义的文明观而作的、关于飞行器等机械装置的作品，如《飞机物语》《机械学宣言》；四、自传性作品，如《弥勒》。

除却早期几篇作品保留了明确的故事情节以外，足穗的小说都长得很不小说，莫如说更像是用诗性语言和科学精神写就的随笔。因而，他的弟子山本浅子说，足穗文学完全属于二十世纪，其内部追寻不到任何十九世纪文学的影子。无论形容为"永恒癖"也好，"宇宙乡愁"也罢，我们总能够从足穗的怪异文体中发现一种离心式的热情，对他而言，月亮高于太阳，虚空比现实更具意义，世界的僻远尽头远胜于中心腹地。

"我后来的所有作品都是《一千一秒物语》的注释。"

足穗曾在与濑户内寂听的对谈中说，作家不可能超越自己的处女作，无论再写什么都是对它的补完。正如足穗的人生存在明显的割裂，少年时代便以文学立身，其后却历经数十年的苦厄以及被世间遗忘，他不同时期的作品也表现出截然的对立，以《一千一秒物语》为代表的前期作品群充满了唯美主义的童话色彩，而在以《弥勒》为代表的中后期作品群中，曾经与人间万物交换身份、嬉笑怒骂的月亮和作者不再亲昵，滞留在遥远的彼方，成为宇宙乡愁的最终目的地。

然而，童话王国与幻视世界相接壤的国境线仍是那贯彻始末的、超时间性的虚无主义。《弥勒》中关于"最终都市"的幻象并非是某一个诸如 X 世纪末的具体日期、一个早已预言的末日，而是那些对终末感有所体察的人们在幻视中抵达文明尽头的虚无映像。这种关于末日的独特书写，将文学传统中那些出于现实关怀的"危机意识""世纪末感觉"贬斥为一种琐碎的流行情绪。

我们在足穗文学中看到了未来与末日的离奇媾和。即使同属于存在论意义上的幻想文学，不同于坂口安吾的梵我一如观（例如化风而去的风博士、流水远逝的紫大纳言、化作樱花飘零的山贼），足穗的哲学依据主要来自海德格尔，其小说视阈中充满了具象与抽象的交换游戏。记忆中的、风景中的人被抽象为字母，个人体验被抽象化为洋溢着泛神论气息的事件，与此相对，象征被自由且具体地驱使，月亮产生意志，霞光具有肉体，生与死的平衡取决于一场烟花装置的全景海战，没落与飞跃的可能性托付于一架永远在坠毁的飞机。

于是，月亮成了睾丸、成了少年爱的润滑皂，肛门成了雪茄、成了粘膜圆筒的宇宙，失落的 A 感觉与 A 圆筒（肛门）内的梦境彼此置换，生与死交替侵袭，从而，江美留成了去今五十六亿七千万年后在龙华树下得道的弥勒，《弥勒》中"未来与末日的媾和"转变为"由末日通往未来的契机"。

阅毕全书，读者或许很难将"性情古怪的少年爱研究者"与"耽于飞行梦的文学少年"的身影重合为一人。曾经，少年摊开坪内逍遥译的莎剧《仲夏夜之梦》，端详着书中精美的铅笔画，信笔写下无数篇发生在一千零一秒里的故事，写下无数颗"我的私人天体"……

大正十二年（1924）二月十八日，芥川龙之介给稻垣足穗写过另一封书简，或许最堪为足穗文学的注脚：

> 坐在巨大新月上的稻垣君，我想要感谢你的赠书，但我没有拧发条飞蛾，去不到你的长椅高悬的那片夜空。

蛇 足

本书为稻垣足穗的作品初次在中国出版，颇为吊诡的是，早在 1923 年民国读者就已读到了发表于 1940 年的《弥勒》中的文字。

如《弥勒》第一部的脚注所写，大正十年（1921）8 月 31 日夜，足穗在写给春夫的信中自称"黄昏的人"，而春夫只是在这封散文诗般的信前添了几句抬头，称这是少年作家 T·I 寄来的一封信，便发表在 1921 年 10 月号的《文章俱乐部》杂志上，是为小说《"黄昏的人"》。

几乎与此同时，周作人继续《域外小说集》的志业，自 1921 年始"译佐藤春夫小篇"，至 1922 年 1 月为止，凡四篇为《雉鸡的烧烤》《我的父亲与父亲的鹤的故事》《"黄昏的人"》《形影问答》。1923 年 6 月，它们被收录在周氏兄弟编译的《现代日本小说集》中，由上海商务印书馆出版。

周作人在 1921 年 7 月 9 日、10 日的《晨报》上刊登的《雉鸡的烧烤》的译者附记中表示作品中有不解之处，向 H·S 氏讨教。然而，对于这篇《"黄昏的人"》，知堂仅仅在 1921 年 12 月 30 日的日记中落有一笔："连日译佐藤春夫小说，成二篇。"

我们不禁猜想，知堂为什么选入这篇名不见经传的《"黄昏的人"》? 也许是倾心于小说洋溢的"世纪末的诗情"? 还是说，他曾向春夫打听过神秘的 T·I 究竟是托词杜撰还是确有其人? 今已难考，但这种猜想以及文字的流传本身已是一桩充满足穗风格的绮闻了。

无论如何，只为了探寻自己喜欢的东西而走遍世界，最终在伦敦买了一条领带就打道回府的男人的故事; 躺在地球上与月亮亲吻，第二天晚上，在用针穿起来的星与星之间吊死了的人的故事……刚刚二十岁的稻垣足穗寄给春夫的这些奇思妙想，经由知堂的译笔介绍给了 1923 年的中国读者，只是在彼时，他们尚难以知晓名为 T·I 的少年的真面目，仿佛隐身在无边无垠的黄昏之中。直到九十九年后的今日，这位黄昏的人才姗姗来迟。

一千一秒物语

现在是午夜

你房间里的星星

一定正在跳舞吧

一頁 folio

始于一页，抵达世界

Humanities · History · Literature · Arts

出品人　　范　新

品牌总监　恰　恰

策划编辑　徐　露

特约编辑　徐子淇

营销总监　张　延

营销编辑　狄洋意　许芸茹

新媒体　　赵雪雨

版权总监　吴攀君

印制总监　刘玲玲

Folio (Beijing) Culture & Media Co., Ltd.

Bldg. 16-C, Jingyuan Art Center,

Chaoyang, Beijing, China 100124

一頁 folio
微信公众号

官方微博：@一頁 folio ｜官方豆瓣：一頁 ｜媒体联络：zy@foliobook.com.cn